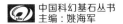

中国科幻基石丛书
主编：姚海军

群星通航

中国科幻小说精选

— 王晋康 何夕 韩松 等 著 —

四川大学出版社
SICHUAN UNIVERSITY PRESS

图书在版编目（CIP）数据

群星通航：中国科幻小说精选 / 王晋康等著.
成都：四川大学出版社，2024.8. --（中国科幻基石丛
书 / 姚海军主编）. -- ISBN 978-7-5690-7064-4

Ⅰ．I247.7

中国国家版本馆 CIP 数据核字第 20242J8L05 号

书　　名：群星通航：中国科幻小说精选
　　　　　Qunxing Tonghang: Zhongguo Kehuan Xiaoshuo Jingxuan
著　　者：王晋康　何　夕　韩　松　等
丛 书 名：中国科幻基石丛书
丛书主编：姚海军

出 版 人：侯宏虹
总 策 划：张宏辉
选题策划：侯宏虹　王　冰
责任编辑：王　冰　姚海军
特约编辑：赵云帆
责任校对：毛张琳
封面设计：施　洋
封面绘图：赵恩哲
责任印制：王　炜

出版发行：四川大学出版社有限责任公司
　　　　　地址：成都市一环路南一段 24 号（610065）
　　　　　电话：（028）85408311（发行部）、85400276（总编室）
　　　　　电子邮箱：scupress@vip.163.com
　　　　　网址：https://press.scu.edu.cn
印前制作：四川科幻世界杂志社有限公司
印刷装订：四川省南方印务有限公司

成品尺寸：147mm×208mm
印　　张：10.125
插　　页：1
字　　数：213 千字

扫码获取数字资源

版　　次：2024 年 8 月 第 1 版
印　　次：2024 年 8 月 第 1 次印刷
定　　价：48.00 元

本社图书如有印装质量问题，请联系发行部调换

四川大学出版社
微信公众号

写在"基石"之前

姚海军

"基石"是个平实的词,不够"炫",却能够准确传达我们对构建中的中国科幻繁华巨厦的情感与信心,因此,我们用它来作为这套原创丛书的名字。

最近十年,是科幻创作飞速发展的十年。王晋康、刘慈欣、何夕、韩松等一大批科幻作家发表了大量深受读者喜爱、极具开拓与探索价值的科幻佳作。科幻文学的龙头期刊更是从一本传统的《科幻世界》,发展壮大成为涵盖各个读者层的系列刊物。与此同时,科幻文学的市场环境也有了改善,省会级城市的大型书店里终于有了属于科幻的领地。

仍然有人经常问及中国科幻与美国科幻的差距,但现在的答案已与十年前不同。在很多作品上(它们不再是那种毫无文学技巧与色彩、想象力拘谨的幼稚故事),这种比较已经变成了人家的牛排之于我们的土豆牛肉。差距是明显的——更准确地说,应该是"差别"——却已经无法再为它们排个名次。口味问题有了实际意义,这正是我们的科幻走向成熟的标志。

与美国科幻的差距，实际上是市场化程度的差距。美国科幻从期刊到图书到影视再到游戏和玩具，已经形成了一条完整的产业链，动力十足；而我们的图书出版却仍然处于这样一种局面：读者的阅读需求不能满足的同时，出版者却感叹于科幻书那区区几千册的销量。结果，我们基本上只有为热爱而创作的科幻作家，鲜有为版税而创作的科幻作家。这不是有责任心的出版人所乐于看到的现状。

科幻世界作为我国最有影响力的专业科幻出版机构，一直致力于对中国科幻的全方位推动。科幻图书出版是其中的重点之一。中国科幻需要长远眼光，需要一种务实精神，需要引入更市场化的手段，因而我们着眼于远景，而着手之处则在于一块块"基石"。

需要特别说明的是，对于基石，我们并没有什么限定。因为，要建一座大厦需要各种各样的石料。

对于那样一座大厦，我们满怀期待。

目 录

没有答案的航程

韩　松

1. 生　物

生物从昏迷中醒来，发现自己不再记得以前的事情。

它躺在一个不大的房间里面。房间是半圆形的，周遭是洁白的金属墙。一端有一扇紧闭的门。另一端是窗户，透过它能看见室外群星森然密布。

正对窗户不远，是三张紧挨着的皮制座椅。上面空空的，一尘不染。

生物努力站起来，觉得全身骨架生疼。于是它心中浮起一个意象：曾经，一共是有三个生物，就坐在这些椅子上，一言不发而久久地观看那闪亮的星空。但这个意象，遥远陌生得很，并且转瞬就落花流水一般散失掉了。

生物便向自己发问：这是什么地方？我是谁？发生了什么事？我怎么会来到这里……

它还没把问题问完，便听见身后发出响动。

它紧张地回头观看，见那扇闭着的门正缓缓打开，门边站着一个物类。那后来者看见生物,脸上有说不清的种种表情。

这时,生物便听到室中嗡嗡响起一种声音。它惊讶地听出了"你好"这个音节,而这竟是门边那家伙发出的。

生物迟疑一下,感到自己被不由自主所主宰,便也回应:"你好。"

这声音又使它们吃了一惊。原来都会说话呀。而且这不假思索脱口便出的语言,竟然是同一种呢。

生物判定它和对面的个体是属于一个门类。因此,生物推断从它的模样上,也能反映自己的形象:五官集中在一个脑袋上,有一只脖子,两手两腿,直立行走,穿着灰色的连体服。

生物因此开始重新认识自己。这种形象有些熟悉,但生物想不起在哪里见过。这使它非常不安。它在心里称后来者为"同类"。

接下来,生物飞快与同类熟络起来。它这才知道,原来同类也失却了记忆。自然地,它们有了同病相怜、同种相亲的感觉,亦便立即讨论了目前的处境。

显而易见,这种讨论根本无效。头脑里供参考的背景知识一去不返。

很快它们就累了。生物和同类不安已极,愣愣看着白色的四壁,任凭星宿从窗外流过……时间逝去了。

同类忽然叫出声:"喂,我们是在一艘宇宙飞船上!"

生物循着这声音,在几条隐蔽的脑沟中畏畏缩缩拾回一点儿似曾相识的东西。宇宙飞船、发射……好像是这么回事。

"我们可能是这艘飞船的乘员。"它便也说,为零星记忆的恢复感到鼓舞。

在这种鼓舞之下,便作了如下假设:它们驾驶这艘飞船,从某个地点出发,去完成一个使命。中途发生的某种不测使它们昏迷。昏迷中它们失去了记忆。飞船现仍在航行途中。

可是出了什么事呢? 它们的智力之流至此再次阻绝。另外一个思虑倒升将出来:飞船上就它们两个吗? 它们不约而同去看那三张座椅。不错,房间内的座椅的确是三张。

生物和同类梦游般移到座椅跟前,然后小心地欠身坐下去。这椅子分明是按照它们这种物类的体形来制作的。可是到处找不到操纵手柄和仪表盘之类的布局。

它们相视一眼,觉出世界的奇怪,便格格笑出声,却又忽然止住笑。

它们想到其实并不了解对方,亦不明身处之境。

这时,星光以很佳的角度攒射在生物眼帘中,像无数的鱼儿竞身投入饥饿的池塘,召唤起驾驶的冲动。只是,它和同类都忘记如何操纵这艘飞船了。

它们仔细体会进入骨髓的惊懔和恐惧。

第三张座椅空着。

还有第三者。

2．第三者

生物便说："喂，得赶快找到第三者。"

同类说："如果它还能记起一些什么就好。"

生物说："哪怕它也失了记忆，我们三个在一起互相提醒，也许要好一些。三个臭皮匠，顶个诸葛亮嘛。"

同类说："这话很有意思。它是什么意思？你想起它来了？"

生物腼腆地笑笑。它也不记得这句话的来历。

同类又说："可是它看见我们会吃惊吗？"

生物说："我想它也在找我们呢。"

它们便开始在船舱内寻找第三者。它们知道肯定能找到它。因为有第三张座椅嘛！

这是生物和同类的首度合作。它们的配合竟是相当默契。它们惊喜地看看对方，心想，出事前，它们一定是一对好搭档（这是一个回忆的线索）。

世界的确不大，很快走遍旮旮旯旯。结果鬼影也没发现一个。这一点是可以打赌的。它们不放心，又寻一遍，结果如前。

可是，为什么要设第三张座椅呢？

四周静无声息。不祥的气氛开始笼罩生物和同类，但它们还没有由衷感到阴森。因为它们沉浸在唯一的收获中。弄清了这大概真的是一艘飞船。

它的结构简单,像一根哑铃(为什么这样的结构就是宇宙飞船呢?)。它们甚至确定它由一个主控制室(生物昏迷的房间)、三个休息室、一个动力室和一个生活室构成。

其中,控制室对于它们来说暂时没用,因为忘记了操纵方法。但使它们惊喜的事还是有的:在生活室里发现了大量食物。用它们知道的那种语言通俗来讲,是"吃的"!

这使它们醒悟,肚腹中越来越强的那种不适之感叫作"饥饿"。消除饥饿,是它们在飞船上需要解决的第一个实际问题。但它很快被似乎更为重大的理论问题踹到一边儿去了。

没有找到有关这次航行的资料。没有找到足以证明生物和同类身份的信息。没有发现它们的任何个人物品。这样就不能回答那几个最关键的问题:

它们是谁?它们从哪里来?它们要到哪里去?它们要干什么?

飞船上没有白昼和黑夜,时间便像盲流。生物和同类心情紧张,只好继续喋喋不休讨论出了什么事:

一、事故。第三者死了。它们则失去了关键性记忆(一些细枝末节的倒还记得,比如"哑铃""门""窗""语言"等概念)。

二、第三者被劫走了,连同所有的资料(飞船遭到过抢劫)。

三、第三者是一个重要人物,指令长之类。

四、第三者正在劫持这艘飞船。

五、从来没有什么第三者。第三张座椅是虚设的,比如给候补船员用。

六、……

这样讨论下去照例没有结果。更恐惧的是它们似乎来自一个喜欢讨论的种族（又一个可供回忆的线索）。

于是在同类的提议下，又回到现实。

目前有这么一个问题：无论第三者存不存在，飞船总算还在自己手中。尽管不知道来历和去向，它们得控制它。这才有光明的前途呀。恍然大悟。

这样一想，一切似又简单了。它们便动手动脚尝试。但一会儿后发觉并不容易。没有一个按钮，没有一台计算机，没有一个显示器，没有一个文字和图案。

在缺乏提示的背景下，生物和同类连一点儿操纵飞船的常识也记不起来。这已非行动与否的过错。

它们跟着意识到这飞船也忒怪了。整个光溜溜的，很现成的感觉。它整个地包容它们，它们却无法动它一爪。它被做成这种样子，可能是一种先进的型号。设计师是谁呢？

同类说，它更像一个虫子的空壳。这虫子原来生存于无名的外星。它此刻虽然没有展示什么神通，却也漠视乘者的存在。不过，正常的结论似也应有三种：

一、只有第三者知道操纵法。

二、它们加上第三者共同用复合意念能操纵。

三、这艘飞船是自动控制的。

最后,它们不约而同决定相信第三种结论。有了这样的揣想,它们松了一口气。无聊的话题便又一次强迫症似的开了头。

同类相信它们正在执行一项严肃的任务。它说:"你难道认为我们原来是那种碌碌无为者吗?我觉得不可能。看看这艘飞船,这次航行。我想我们当初一定经过严格的训练和挑选。这次航行有着伟大的使命。"

"那也不见得。"生物反驳,"没准儿,我们是两个逃犯,两只实验用动物。"

其实它心里也像同类那么想来着。它对眼前这位产生了兴趣。它的生活与同类的生活必定有过巨大的交叉。什么逃犯,也许两位是至爱亲朋呢。但是好友一夜之间便对面不识了。

生物摇摇头,否认了这是它们原来生活的那个世界的普遍现象。

"那真还没准儿。"同类却微笑着接过生物的话茬儿,打断生物的沉思。生物便不知为什么有点儿不高兴。

同类接着说:"但是,也有可能,逃犯只有一个,另一个是上船来捉逃犯的警察。实验动物也只有一个,另一个是科学家。这种配合也正属于好搭档之列。"

生物只好干笑着拍了拍同类的肩膀,说:"你讲的太有意思了。幸好我们什么都记不起了。不然中间有一个可就麻烦了,老兄。"

同类推开它的手:"喂,你正经一点儿。好好想一想。我现在一点儿都不了解你,虽然我不明不白要信任你。换几个问题问问,看你想不想得起来。第一个:你今年多大了?"

生物艰难地想了想,老实回答:"不知道。"

"你最喜欢什么颜色?"

"不知道。"

"有什么爱好?"

"不知道。"

"崇拜过谁?"

"想不起来。"

"一生中最难忘的事情是什么?"

"好像没有。"

"你属于什么星座?"

"什么意思?"

"我偶然想起了这个。喏,星座。"

"星座?"

同类摊摊手。

船舱外的星光便沿着它的指缝,密密麻麻溢过来,针扎般刺痛生物的脑海。

久了,它们都感到没话可说。

后来一想到这段情节,生物仍否认它们曾拒绝进行交流和理解。当时,它只是受不了这冷场,说:"你说,会不会有谁在寻找我们?"

同类一惊,道:"倒是有这种可能。如果我们接受派遣,从某个基地出发,必定有谁在跟踪监测。"

在无聊的话题行将结束之际,它们为最后偶然冒出的这个想法激动不已。那派遣它们的人,会不会就是第三者?

它们建议实行轮流值班制度。记忆的丧失使它们不敢轻易对任何东西下注。而且,它们对正在发生什么和将要发生什么毫无把握。

所谓轮流值班,便是让一位休息,另一位在主控制室待着,虽然实际上不能控制什么,却可以对突发事件进行观测,发出警报。

值班者更重要的职责,便是等待万一遇上寻找它们的飞行器或者别的路过的飞行器,向它求救。虽然不知道用什么办法能使对方获知它们的处境,但它们觉得,到时候就应该会有办法的。它们的智慧目前达到的地步便是这样。

3.方 舟

等呀等。可是黑暗的空间好生静谧,老不见第二艘飞船。生物和同类失望至极,愤恨至极,便又去看窗外的星空。

星空亮晶晶的。宇宙大洪水一样，从四面八方泄入荒凉的船舱和寂寞的心胸。于是又有了无话找话。多亏语言——它本身大概也是一种生命形态，这时它们就这样感激地想。

同类骂道："狗娘养的，它们不管我们了。"

生物说："喂，看起来我们的世界已经毁灭了，我们两个是最后的幸存者。"

同类点点头，"这大概是事故的起因。"又说，"但你说的跟《圣经》中的不一样。你的意思是说我们乘的是诺亚方舟？那么鸽子呢？"

《圣经》是什么武器？诺亚方舟又是何种疫病？为什么要提到鸽子！生物听了同类的话，陷入痛苦的思索。它朦朦胧胧记起一些往事，却不得要领。它也试探着说："那也应该有性别之分。这种场合，通常是安排一男一女。"

同类就谨慎发问："什么场合？"

生物便又乱掉方寸。性别是什么呢？一男一女又该干何事？一团模糊遥远的云彩，带着毛边儿，在它的神志中纵横切割。心乱与静谧的空间不成对应。语言杀人！生物慌慌张张去看同类，发现它也在十分尴尬地打量自己。

"这些事情是说不清楚的，除非你真的记得。"末了，生物黯然说。

"一定有什么地方搞错了，但不是我们的过错。"同类说。

渐渐地它们的谈话中老有一个星球的名字出现。 但由于没有年代坐标对它进行定义,它们断定这东西大概没有什么价值,便把它抛在了脑后。

另外它们逐渐回忆起自己跟"人"这个概念有关。这是一个沉重得有点儿可怕的概念,它们有这种感觉。

可是就算是"人",也并不能说明它们是谁呀,因此也没有多大用处。于是它们令人遗憾地放弃了这方面的进展。但是第三者会不会是个女人?这种新想法使生物精神一振,忘乎所以地兴奋和慌乱起来。

4. 威 胁

飞船上没有白昼和黑夜,谁也不知道宇宙中的时间究竟过了多久。轮到生物值班时,群星仍然缄默,像做游戏的小孩绷住脸,看谁先笑谁就输。

生物晕晕乎乎坠入臆想。窗外的星星在不知岁月地旋转。那里的所有生物,也都如它们这样昏昏噩噩地活着,不知生来死往、不知自己是什么东西、不知目的地吗?

一瞬间它隐隐约约闪念到,这正是它在昏迷之前向往过的生活呀。这正是一段如痴如醉之旅呀。但生物马上又确信整个航程是有目的的,只是它暂时忘记罢了。

生物便蔫头蔫脑去看那张座椅,心里泡沫一般泛起没有指向的念头:第三者真的死了吗？还是仍在这艘飞船上？还是在什么地方跟着？如果它出现,它能告诉一些什么？还有,女人的事……

它忽然背脊发凉。

生物转头看去。一双眼睛在门上的小圆洞里盯着自己。

生物凝视这眼睛,一时不知道该做什么好。这是一双布满血丝的眼睛,充盈着怀疑和阴毒。它们和生物的目光接触的片刻,便凝固住了。

生物跃起的刹那,那眼睛从门洞上移开了。生物冲出门。通道空空的,并无人迹。它蹑手蹑足回到自己的休息室,发现里面略有凌乱,似乎被搜查过。

它一声不吭出去。它的腿部肌肉在痉挛。这证明它的确是一个普普通通的生物。

生物费了好大劲才重新挪动脚步。它匆匆去到同类的休息室。同类不在。生物刚要退出,却撞上它进来。同类看见生物在这里,满脸狐疑。

生物告诉同类:第三者确实在船上。

"你看见了吗?"同类冷冷地问。

"我看见了。"生物牙齿打颤,为同类的口气感到委屈。

"不会是幻觉?"

"不是幻觉。"生物十分肯定。

"它跟我们一样吗?"

"我没有看清它的脸。但感觉上是跟我们一样的生物。"

同类面部肌群便有些抽紧,像一块游历太久而峥嵘的陨石。它说:"你有没有看走眼?这艘飞船上不可能有第三者的藏身之地。"

生物说:"也许上次搜查时我们忽略了什么角落。它可能在跟我们捉迷藏。而且我的房间好像被人动过了。此刻它在暗处我们在明处。"

同类低声道:"就像个幽灵?"

生物解释:"它可能以能量态存在。我感觉得到。它现在可能正伏在飞船壁上。它一直在外面跟着飞船。它跟我们不一样,它能在太空中呼吸和行走。"

同类说:"你怎么想呢?"

生物脸有些泛青,说:"它也许就在外面。它要吸我们的血。你有没有听说过黑暗太空中的冤魂?"

同类说:"那都是水手们杜撰的故事。"

生物说:"可是这种情况下你不能不去想!一切是那么不可思议。"

同类说:"什么叫不可思议?第三者它究竟要干什么?"

生物说:"我能感觉到,这儿整个是一个阴谋。我们得找到它,赶快抓住它!"

同类紧咬着嘴唇,想朝前迈出一步,却好像没有力量这么做。"你的分析不能说没有道理,你看见的也可能并非幻觉。"它慢吞吞地说,"但另一种可能性也许更符合常情。如果真有第三者,根据第三张座椅的样式和你刚才的描述,它最多是跟我们一样的乘员,那么它又会有什么特别呢?它一样没有了记忆,一样对环境不适应,它要看见我们,也一样的恐惧,以为我们是阴谋者。"

生物摇摇头,"你是说,是它在躲着我们?防范我们?猜测我们?"

同类哈哈一笑,"你说一个生物,在这种环境中,还能做别的什么吗?我觉得没必要去找第三者。找到了它又能怎么样呢?我们需要从三人中选一个指令长吗?我看还是让它要怎样就怎样吧。"

生物说:"不需要选谁当头。但多了一个人,我们就可以减少每个人的值班时间,用余下的时间来恢复记忆。"

同类说:"可是食物就得按三个人来分配了……"同类忽然缄口,又哈哈一笑。

当生物终于领悟到同类道出了一个重大问题时,场面便有些尴尬。生物一直忘记了第三者也要进行新陈代谢才能活着,可见记忆的丧失是多么危险。

"如果它与我们一样是船员,它是应该有一份的……飞船本是为三个人设计的。刚开始我们不是努力找过它吗?"生物这样说,在内心拼命否定什么又重建什么。它是那么的胆战心惊,以至于不敢去看同类的眼睛。

"那是原先呀。有好多事情我也是这两天才想到。你就当第三者不存在吧。"同类见话说到这个地步,便这么总结。

生物承认它说得有些在理,又感到其中逻辑的混乱,而唯一的断线头又随时间的退潮一寸寸从它手中滑脱。它在线索离手的刹那,又回忆起某些东西,却没有向对方言说。

它们仅仅达成协议认定第三者并不存在,因为它们需要它的不存在。

跟着建立了一项制度。在取食物时,必须两人同时在场,并进行登记。尽管达成协议否认了第三者的存在,仍然在值班制度中加入了一条对食物舱进行保卫的规定。

一个明显的事实是:由于它们的生存,食物确实在一天天减少。但这是一个刚开始没引起注意的特别事项。对于"吃"的忽视是一件重大事情。同类是什么时候留意于这个情况的?生物因为怀疑对方的记忆恢复得比自己更快,便第一次对同类产生了戒备之心。

这种戒备有时甚至盖过了对第三者的防范。

生物企图否认这种情绪。它希望到食物刚好用完的那一天,飞船在一个地方降落,有人告诉它们,这一切不过是一个精确设计的玩笑,是一场无伤大雅的试验,是计划中的一部分,包括它们的失忆。

可是,万一要不是这样,会怎么呢?同类是不是也在想这个问题,是生物所不能知道的,但它这几天越来越寡言,是生物担心的。

生物希望与同类一起商量一下。但每次它都无法开口。它不再认为商量能解决问题。实际上,现在,它们已开始对见面时要说些什么字斟句酌起来。先前那种古怪的闲谈成了真正可笑的往事。那个想法不断浮现:它们会怎么样? 它们都会灭亡,还是……

其中一人会灭亡?

生物的心让这个念头刺激着,冷冰冰地越跳越凶。跟着,大段时间里它努力使自己接受一个新的想法。同类说没有第三者是对的。

因为它就是第三者。

5．最后的X餐

事实是,飞船上一共有三个生物(或三个"人")。事故发生后,同类最先醒来。它发现出了事,便杀害了一名同事——为了独享食物。然后它来加害生物。这时生物碰巧醒来了。

生物是这么想的。生物又想:换了我可能也会这样做。

要不就是:同类在控制飞船。它装成失去了记忆而实际不是。为什么要这样呢? 当然是一个阴谋。而生物是它的人质。

因此,这艘飞船的使命,极有可能肮脏卑鄙。

生物要使自己接受这样的想法,就不能没有思想斗争:它是坏人还是好人?它是好人还是坏人?它要不是好人会不会就是坏人?它要不是坏人会不会就是好人?它要是好人我该怎么办?它要是坏人我又该怎么办?

唉,以前的事它怎么什么都记不得了。

飞船上没有白昼黑夜。时间不知已流失到了何处。这是没有人来管的。生物和同类羞羞答答又一块去取食。

轮到生物登记。它查了一下,原本食物堆得山似的舱里,各种食品已去掉三分之二。就它们两人,消耗量也很惊人。由于有了那种新想法,它看同类的目光不一样了。

它有意只取不足量的食物。然后它注意观察同类的反应。生物看见同类的眼睛时不觉愣了一下。布满血丝,似乎有怀疑和阴毒在其中一闪。

它吓了一跳,但表面上不动声色。然而同类并不待生物捕捉到什么和证实什么,便表现出高兴和理解,拿了自己那份食物,乐滋滋吃去了。

生物也开始吃它的一份。这时它发现量太少了。同类便过来把它盒中的一部分扒拉到生物盒中。这个意料之外的举动使生物的脸孔热了一下。

它也不让对方捕捉到什么,便堆起笑容说:"干脆再到舱里去取一些吧。"

同类用手压住生物的肩膀,不让它动。"我知道你是好意。

但是我们必须节省。"它说,"我的确不太饿。你需要,你去取一些吧。"

生物便惭愧有加。它努力不在对方面前表现出来,以使对方觉出自己的软弱。但内心的情绪却终于释放于脸面。生物察觉到,自己对同类的歉意中夹杂厌恶。这时它就像一个刻薄的可怜虫被人看穿了心事。但生物发现同类竟能装出若无其事的样子。这尤其使它感到深不可测的恐惧。

这时,同类便静静看着生物的鼻尖说:"到了目的地一切会好的。等恢复了记忆,我会发现,你原来一直是我的好搭档呀。"

听了这话,生物忙随口答道:"尤其是现在这样子,我们面对同一个问题,克服同一种困难。这将是多么宝贵的记忆呵。我一定要把这航程中的种种事情告诉我们的后代。"

可怜的生物便又反复起来,一会儿觉得同类之外还有第三者。一会儿又觉得同类便是第三者。但它的想法并不能阻止食物的不断减少,并且减少的速度有些不正常。它们加强了守卫,却没有发现小偷。

在没有捕捉到第三者之前,生物便再次疑心同类在值班时偷窃了食物。它开始监视同类。生物从主控制室舱门上方的小圆孔观察同类的工作。一连几次它发现同类甚为老实,同类的背影写满忧患。同类那么专注地注视一无所有的太空,的确让人感动。

每当这时生物便深知自己错怪了人,但同时它又非常热望同类去偷窃食物。飞船上缺少一个罪犯,便不能证明另一个人的合法性。然而终究使它不安的是同类的无动于衷。

它知道我在监视?而它会不会反过来监视我或者它早已开始监视我了呢?生物便这么胡思乱想着,思维不断颠来倒去,心中涌起思乡之情。它回忆起在它原来的世界上,它并不这么贪吃。

6. 过　失

飞船上没有白昼黑夜。时间继续大江东去毫不反悔。飞船亦仍坚持它顽固的航程。无尽无头。

生物和同类更为沉默乏味。它们早已不再提第三者,但似乎二位有同一种预感:冥冥中的第三者不久即要露面摊牌。是吉是凶,将真相大白。

但就在紧要关节,不幸的是,同类发现了生物在监视它。这打破了预定的安排。

它刚把头回过来,便与生物透过门洞的目光对个正着——就像那次生物和第三者陷入的局面。同类无法看见生物的整个脸,就如同当时生物与第三者对视。

同类或许以为碰上了第三者,它明显有些慌张和僵硬。

然后,它缓缓从椅上站起,这竟然花了很长时间,而不像生物那样猛然一跃。

同类向生物威严而奇怪地走过来。轮到后者僵硬了。同类身后洪水猛兽般的群星衬托着它可笑的身体。

生物一边搜索解释的词句,一边想还有充足的时间逃跑。然而它却被一股力量固定,在原地无法动弹。

生物知道自己的眼睛这时也一定布满血丝而且充盈着怀疑和阴毒,因为它看见同类越走近便越避开这目光,而且步伐颤抖着缓慢下来。

生物相信到这时同类还没认出它。它要走还来得及。同类走到门前停住,伸出手。生物绝望地以为它要拉门的把手,但那手却忽然停在空中,变成了僵硬的棍子。

它看见同类的额上渗出血汗。仅仅一瞬间,在长途航行中时时刻刻经受神经折磨的这个躯体,便在生物面前全面崩溃,昏倒下去。

这真是出乎生物的意料。它急忙推开门,进去扶起同类,拼命掐它人中。一会儿后它睁开了眼睛。

"你疯了。我死了,你只会死得更快。"同类这么叫着,恐怖的眼白向外溢出,使劲把生物的手拨弄开。它一定以为生物要加害于它。

生物大嚷:"喂,你看看我是谁!"

同类却闭上眼,摇头不看。生物这时犹豫起来。最后它决定把同类弄回休息室。但在出门的瞬间,同类猛地掐住生物的脖子。

"叫你死!叫你死!"它嚷。

"你干吗不早说,"生物也大声向它吼道,"既然心里一直这么想来着!"

生物很难受。眼珠也凸出来。生物掰不开同类的手。后者拥有相当锋利的指甲。

生物便仰卧在同类身下,用牙乱咬它的衣服,直至咬破肌肉,膝盖则冲它小肚子猛顶下去。

这套熟练的动作使生物意识到它很早以前可能有过类似经历。它全身酥酥的而且想笑。

同类立时昏了过去。生物便翻了一百八十度,攀上同类的身子。它咬它面皮,也掐它脖子。这回它处理得自然多了。

同类喘出臭气。生物看见它脖子上的青筋像宇宙弦铮铮搏动,不禁畏缩了。

同类便得了空挣扎。生物复加大气力。同类不动了。生物以为它完了。不料同类又开口说话:

"其实我一直怀疑你就是第三者⋯⋯"

生物的一对眼珠开始淌血。血滴到同类额头上,又流到它的眼角。同类怕冷似的抽弹了一下。生物的小便就在下面汩汩流了出来。

生物证实同类确实不能再构成威胁之后,便去搜索它的房屋,把什么都翻得凌乱。它没有找到足以宣判它死刑的证据。

它这才醒悟自己并不知道杀死的是一个什么生物(或一个什么"人"),就像它不知道自己是谁一样。

生物开始感到小便流尽后的凄凉。一切只是一个意外的失手。生物答应自己一定要好好原谅自己。这时它也没发现同类偷窃的食物藏在什么地方。

生物做完这些,全身困倦,横躺在那三张椅子上。这时它好像听见有人在叫它。它浑身一激灵,四处寻找。然而仍然只有白色的金属墙。墙上的门紧闭,再没有什么物类倚立。

可是生物打赌的确听见了某个呼唤,尽管它之后再没重复。

之后它产生了强烈的毁尸灭迹的愿望,但试了种种办法,都没有成功。没有器材、药剂,也找不到通往宇宙空间的门户。

7. 性别之谜

余下的时间生物便吃那些剩余食物,以消除周期性的不适感。

尸体便在一旁腐烂。它就用食物的残渣把它覆盖,免得气味散发得到处都是。

许多次,生物以为还会从门洞中看见一双监视的眼睛,却再没发现。但那三张座椅仍然静静地原样排列。一张属于它，一张属于死人。另一张呢？

生物没有兴趣再为这个开始就提出的问题寻找答案。

它便去看星空。星空是凶杀的目击者。生物便暂定它为第三者，以完成自我的解脱。

它在自己的壳中航行。不知为什么，危险和紧张的感觉依然存在，而且另一种孤单的心绪也袭将上来，渐渐化为一层欲哭无泪的氛围。

生物想不出再该干些什么。这时它便有与尸体聊天的冲动。

等到剩余的食物吃完一半，仍然没有目的地将要出现的任何迹象。生物又开始吃另一半，即原来属于同类的口粮。

食物消耗殆尽，它便去吃那具尸体。

生物想：它说我会死得更快是没有道理的。这人真幼稚。

噬食裸尸之时生物才注意到它的性别。得承认，这一点它发现得为时太晚。

它仍然试图揣测在余下的时间里还会出现一点儿什么修正自己命运的变故。

这艘飞船——现在生物怀疑它真的是一艘飞船——便随着它的思绪飘荡，继续着这沉默是金而似有若无之旅。

水星播种

王晋康

再宏伟的史诗性事件也有一个普通的开端。2032年,正当万物复苏的季节,这天,我和客户谈妥一笔千万元的订单,晚上在得意楼宴请了客户。回到家中已是十一点,儿子早睡了,妻子田娅倚在床头等我。酒精还在血管中燃烧,妻子为我泡了一杯绿茶,倚在身边陪我闲聊。我说:"田娅,我的这一生相当顺遂呀,年方三十四,有了两千万元资产,生意成功,又有美妻娇子。人生如此,夫复何求!"妻子知道我醉了,抿嘴笑着没接话。

　　这时电话铃响了,拿起听筒,屏幕上显示出一个男人,身板硬朗,一头银发一丝不乱,目光沉静,也透着几分锐利。他微笑着问:"是陈义哲先生吗? 我是何俊律师。"

　　"我是陈义哲,请问……"

　　何律师举起手止住我的问话,笑道:"虽然我知道不会错,但我仍要核对一下。"他念出我的身份证号码,我父母的名字,我的公司名称,"这些资料都不错吧?"

　　"不错。"

　　"那么,我正式通知你,我的当事人沙午女士指定你为她的遗产继承人。沙女士是五年前去世的。"

我和妻子惊异地对看一眼,"沙午女士? 我不认识——噢,对了!"我突然想起来了,小时候,在爸爸的客人中有这么一位女士,论起来是我的远房姑姑。她那时的年龄在四十岁左右,个子矮小,独身,没有儿女,性格似乎很清高恬淡。在我孩提时代的印象中,她并不怎么亲近我,但老是坐在角落里静静地观察我。后来我离开家乡,再没有听过她的消息。她怎么忽然指定我为遗产继承人呢?"我想起沙午姑姑了,对她的去世我很难过。我知道她没有子女,但她没有别的近亲吗?"

"有,但她指定你为唯一继承人。想知道为什么吗?"

"请讲。"

"还是明天吧,明天请允许我去拜访你。上午九点,可以吗? 好,再见。"

屏幕暗下去,我茫然地看着妻子,这个消息太突然了。妻子抿嘴笑着说:"义哲先生,你的人生的确顺遂呀。看,又是一笔天外飞来的遗产,没准儿它有两个亿呢。"

我摇摇头,"不会。我知道沙午姑姑是一名科学家,收入颇丰,但仍属于工薪阶层,不会有太丰厚的遗产。不过我很感动,她怎么不声不响地看中了我呢? 说说看,你丈夫是不是有很多优点?"

"当然啦,不然我怎么会在五十亿人中间选上你呢。"

我笑着搂紧妻子。

第二天,何律师准时来到我的公司,我让秘书把房门关上,交代下属不要来打扰。何律师把黑色皮包放在膝盖上,我想,他马上会拉开皮包,取出一份遗嘱宣读了。可他没有这样做,而是轻叹道:"陈先生,恐怕这是我一生中最困难的律师业务。为什么这样说? 以后你会明白的。现在,先说说我的当事人为什么指定你继承遗产吧。"

他说:"还记得你两岁时的一件事吗? 那时你刚刚会说一些单音节的词,一天你父母抱着你出门玩,沙女士也陪着。你们遇到一家饭店正在宰牛,血流遍地,牛的眼睛下挂着泪珠。你们在那儿没有停留,大人们都没料到你会把这件事放到心里。回家后你一直愀然不乐,反复念叨着'刀、杀、刀、杀'。你妈妈忽然明白了你的意思,说:'你是说那些人用刀杀牛,牛很可怜,对不?'你一下子放声大哭,哭得惊天动地,劝也劝不住。从那之后,沙女士就很注意你,说你天生有仁者之心。"我仔细回想,终于愧然摇头,这件事在我心中已没有一丝记忆。何律师又说:"另一件事则是你七岁之后了。沙女士说,那时你给人感觉很早熟,有超出七岁的想法,常常皱着眉头愣神,或向大人问一些古古怪怪的问题。有一天你问沙女士,为什么闭上眼睛后,眼帘上并不是空的,不是绝对的黑暗,而是有无数细小的微粒、光斑或其他什么东西飘来飘去,但无法看清它们。你常常闭上眼睛努力想看清,总也办不到,因为当你把眼珠对准它时,它会慢慢滑出视野。你问沙女士,那些杂乱的东西是什么?是不是在我们看得见的世界背后,还有一个看不见的世界?"

我点点头,心中发热,也有些发酸。童年时我为这个毫无意义的问题苦苦追寻过,一直没有答案。即使现在,闭上眼睛,我仍能看到眼帘上乱七八糟的麻点,它确实存在,但永远在你的视野之外。也许它只是瞳孔微结构在视网膜上的反映?或者是另一个世界(微观世界)的投影?现在,我已没有闲心去探求这个问题了,能有什么意义呢。但童年时,我确实为它苦苦寻觅过。

我没想到这件小事竟有人记得,我甚至有点凛然而惧:一个人的一生中,有多少双眼睛在默默地观察他啊。

何律师盯着我眼睛深处,微笑道:"看来你回忆起来了。沙女士说,从那时起她就发现你天生慧根,天生与科学有缘。"

我猜度着,沙姑姑的遗产大概与科学研究有关吧,可能她有某个未完成的重要课题等待我去解决。我很感动,但更多的是苦笑。少年时的我确实有强烈的探索欲,无论是磁铁对铁砂的吸引,还是向日葵朝着太阳转动,都能使我迷醉。我曾梦想做一个洞悉宇宙奥秘的科学家,但最终却走上经商之路。人的命运是不能全由自己择定的。

"谢谢沙姑姑对我的器重。但我只是一个商人,在商海中干得还不错。我没有接受过高等教育,即使我真的有慧根,这慧根也早已枯死了。"

"没关系,她对你非常信赖,她说,你一旦回头,便可立地成佛。"他强调道,"'一旦回头,立地成佛',这是沙女士的原话。"

我既感动,也觉得有些好笑,看来这位沙姑姑是赖上我啦!她就只差说"苦海无边,回头是岸"了。不过,如果继承遗产意味着放弃我成功的商业生涯,那沙姑姑恐怕要失望了,但我仍然礼貌地等客人往下说。老于世故的何律师显然洞悉我的心理,笑道:"我已经说过,这是我最困难的一次律师业务。你是否接受这笔遗产,请务必认真考虑后再定夺,你完全可以拒绝的。"他歉然说,"对不起,我现在还不能宣布遗嘱的内容。遵照我当事人的规定,请你先看看这本研究笔记,如果你对它不感兴趣,我们就不必深谈了。请你务必抽时间详细阅读,这是当事人的要求。"

他从黑提包里取出一本薄薄的笔记本,郑重地递给我,然后含笑告辞。

这位狡猾的老律师成功地勾起了我的好奇心,我匆匆安排了一天的工作,带上笔记本回到家中。家中没有人,我走进书房,关上门,掏出笔记本认真端详。封皮是黑色的,已有磨损,显然是几十年前的旧物。它静静地躺在我手中,就像是惯于保守秘密的沧桑老人。笔记本里究竟藏有什么秘密?

我郑重地打开它。不,没什么秘密,只是一般的研究笔记,是心得、札记和一些实验记录。遣词用句很简练,看懂它比较困难,不过我还是认真看下去了。后来,我看到一篇短文,一篇不足千字的短文,这篇短文影响了我的一生。

生命模板

20世纪后半期,科学家费曼和德雷克斯勒开启了纳米科学的先河。他们说,自古以来人们制造物品的方法都是"自上而下"的,是用切削、分割、组合的方法来制造。那么,为什么我们不能"自下而上"呢?可以设想制造这样的纳米机器人,它们能大量地自我复制,然后它们去分解灰尘的原子,再把原子堆砌成肥皂和餐巾纸。这时,生命和非生命、制造和成长的界限就模糊了,互相渗透了。

这当然是一个美好的设想,可惜其中有一个重大的缺陷——当纳米机器人大量复制时,当它们把原子堆砌成肥皂和餐巾纸时,它们所需的程序指令从何而来?毫无疑问,这个指令仍是自上而下的,因此就形成宏观世界到纳米世界的信息瓶颈。这个瓶颈并非不能解决,但它会使纳米机器人大大复杂化,使自下而上的堆砌烦琐得无法进行。

有没有简便的真正自下而上的方法?有。自然界有现成的例子——生命。即使最简单的生命,如艾滋病毒、大肠杆菌、线虫、蚊子,它们的构造也是极复杂的,远远超过汽车、电视机等机械。但这些复杂体却能按DNA中暗藏的指令，自下而上地建造起来。这个过程极为高效和低廉。想想吧，如果以机械的办法造出一架功能不弱于蚊子的微型直升机，需要人们做出多么艰巨的努力，付出多少金钱！而蚊子的发育呢，只需要一颗虫卵和一池污水就行了。

由于生命体的极端复杂和精巧，人们常把它神秘化，认为它只能由上帝创造，认为生命体的建造过程是人类永远无法破译的。实际上并非如此，只要用还原论的手术刀去剖析它，就会发现它也是一种自组织过程，仅此而已。宇宙中的一切都是由自组织形成的：宇宙大爆炸形成的夸克，宇宙星云中产生的星体，地球岩石圈的形成，石膏和氯化钠的结晶，六角形雪花的凝结，等等。宇宙中的四种力——强力、弱力、电磁力和引力[1]——是万能的黏合剂，是它们促使复杂组织能自发地建造。

生命也是一种自组织，不过是高层面的自组织。两者的区别在于：非生命物质自组织过程是不需要模板的，或者说它也要模板，但这种模板很简单，宇宙中无处不有。所以，太阳和一百亿光年外的恒星可以有相同的成长过程；巴纳德星系的行星上如果飘雪花，它也只能是六角形，绝不会是五角形。而生命体的自组织需要复杂的模板，它们只能产生于难得的机缘和亿万年的进化。但不管怎么说，生命体的建造本质上也是一种物

---

[1]这是物理学中的四种基本力，全称分别是：强相互作用力、弱相互作用力、电磁力和引力。

理过程,是由化学键(实质上是电磁力)驱使原子自动堆砌成原子团,原子团变形、拓展、翻卷,直到生命体建造出来。

想造一架微型直升机吗? 假如我们找到类似蚊卵的模板(当然不需要吸血功能),让它孵化、发育……这个工作该多么简单!

不过,以蛋白质为基础的生命体有致命的弱点,它太脆弱,不耐热,不耐冻,不耐辐射,寿命短,强度低,等等。那么,能否用硅、锡、钠、铁、铝、汞等金属原子,依照生命体的建造原理,"自下而上"地建造出高强度的纳米机器或纳米生命呢?

经过三十年的摸索,我想我已制造出了硅锡钠生命的最简单的模板。

也许我确实有科学的慧根,我马上被这篇朴实的文章吸引住了。它剖析了复杂的大千世界,轻松地抽理出清晰的脉络。尤其是结尾那句简短的、平淡的宣布,纵然是科学的外行,也能掂出它的分量。一种硅锡钠生命的模板! 一种高强度的,完全异于现有生命形式的新生命! 可以断定,我将得到的遗产肯定与之有关。

我立即打电话给何律师,直截了当地问他:"何律师,那种硅锡钠生命是什么样子? 现在在哪儿?"

何律师在电话中大笑道:"沙女士的估计完全正确! 她说你会打电话来的。还说如果你不打来电话,律师就可以中断工

作了。她没看错你。来吧,我领你去,那种新型生命在她的私
人实验室里。"

沙女士的实验室在城郊的一座小山坡上,是一幢不大的平
房,屋内有两名工作人员正在安静地工作。何律师引我参观各
屋的设施,耐心解释着,他说:"给沙女士当了十年律师,我已成
半个纳米科学家啦。"他领我到实验室的核心——所谓的生命
熔炉。四周是厚厚的砖墙,打开坚固的隔热门,灼热的气浪扑
面而来,里面是一个约有一百平方米的大熔池,暗红色的金属
液体在其中缓缓地涌动。看不到加热装置,大概藏在熔池下面
吧。透过熔池上方因高热而抖动的空气,能看到对面墙上有一
个巨大的金属蚀刻像,那当然是沙午女士了。她默默俯视着下
面灼热的熔池,目光慈爱,又透着苍凉,就像远古的女娲看着她
刚用泥土团成的小人。

何律师告诉我,这是些低熔点金属(锡、铅、钠、汞等)的混
合液,其中散布着硅、铁、铬、锰、钼等高熔点物质,这些高熔点
物质尺寸为纳米级,在熔液中保持着固体形态。我们的变形虫
——沙女士说的新型生命——正是以这些纳米级固相原子团
为骨架,俘获一些液相金属组成的。熔池长年保持在四百九十
摄氏度上下波动八十五摄氏度的范围,这是变形虫最适宜的生
存环境。"现在,看看它们的真容吧。"

他按一下按钮,侧面墙上映出图像。图像大概是用 X 光层

析技术拍的，画面一层层透过液体金属，停在一个微小的异形体上。从色度看，它和周围的液体金属几乎难以区分，但仔细看，可以看出它四周有薄膜团住。它努力蠕动着，在黏稠的金属液体中缓缓地前进，形状随时变化，身后留下一道隐约可见的尾迹，不过尾迹很快就消失了。

"这就是沙女士创造的变形虫，是一种纳米机器，或叫纳米生命。在这个尺度的自组织活动中，机器和生命这两个概念可以合而为一了。"何律师说，"它的尺度有几百纳米，能自我复制，能通过体膜同外界进行新陈代谢。不过它吃食物只是为了获取建造身体的材料（尤其是固相元素），并不是为了获取能量。它实际是以光为食物，体膜上有无数光电转换器，以电能驱动它体内的金属'肌肉'进行运动。"

我紧紧盯着屏幕，喃喃地说："不可思议，真是不可思议！"

"是啊，和地球上的生命完全不同。它的死亡和繁衍更离奇呢。一只变形虫的寿命只有十二到十六天，在这段时期，它们蠕动、吞吃、长大，然后它们蜷成一团，使外壳硬化，在硬壳内的物质发生'爆灭'，重新组合成若干只小变形虫。至于爆灭时生命信息如何向后代传递，沙女士去世前还未来得及弄清。"

"它们繁殖很快吗？"

"不快，金属液体中的变形虫达到一定密度时，就会自动停止繁殖。我想其内在原因是合适的固相材料被耗尽了。看！快看！镜头正好捕捉到一只快要爆灭的变形虫！"

　　屏幕上，一只变形虫的外壳显然固化了，在周围缓缓涌动的金属液体中，它的形状保持不变。片刻之后，壳体内爆发出一道电光，壳内物质随之剧烈翻动，又很快平静下来，分成四个小团。然后硬壳破裂，四只小变形虫扭转着身体，向四个方向缓缓游走。

　　我看呆了，心中有黄钟大吕在震响，那是深沉苍劲的天籁，是宇宙的律动。我记得有不少科学家论述过生命的极限环境，但谁能想到，在五百摄氏度的金属液中，会有一种金属生命，一种不依赖水和空气的生命？这种生命模板的合成是多么艰难的事，那应该是上帝十亿年的工作，沙姑姑怎么能在几十年的研究中就把它创造出来？我瞻望着她的蚀刻像，心中充满敬畏。何律师关上隔热门，领我回办公室。他说："这种生命还相当粗糙，它体内光电转换器的效率还不如普通的太阳能板呢。沙女士说，经过一代代进化后，它们也会像地球生命一样精巧，不过那肯定是几亿年以后的事了。至少在我接手后的五年里，这些慢性子的家伙没有一点儿变化。"

　　我问："这是私人实验室？得不到政府的支持？"

　　"对，至于原因——我想你能猜到。从实用主义观点看，这种研究恐怕在几千万年内毫无价值。沙女士开始研究时，原是想创造某种能耐高温、有实用价值的纳米机器人。她搞出了这种小变形虫，但一直没有为它找到实际用途。沙女士去世后，委托我用她的财产维持生命熔炉的运转，不过，这笔资金很快就要告罄了。"

他看看我,我看看他,我们都知道这句话的含义。沙女士留给我的,实际是一笔负资产,我一旦接下,就要向这座熔炉投入大量的资金,直到用尽家财。然后……然后该怎么办?再去寻找一个像我这样易于感动的傻瓜?

但不管怎样,我无法拒绝。这些生命尽管粗糙,终究已脱离物质世界,它们是妙手偶得的孤品,如果生存下去,也许能复现地球生命的绚丽。我怎忍心让它们因我而死呢。童年的科学情结忽然复活了,就像是一泓春水悄悄融化着积雪。我叹口气,"何律师,宣布遗嘱吧。"

"啊,不。"何律师笑道,"遵照沙女士的规定,还有第二道程序呢。请你先看完这封信吧。"他从皮包中掏出一封密封的信,郑重地递给我。我狐疑地接过来,撕开。信笺上用手写体简单地写着两行字,其内容是那样惊世骇俗:

致我的遗产继承人:

真正的生命是不能豢养的,太阳系中正好有合适的放养地——水星。

我呆住了。

我瞠目结舌,太阳穴的血管嘭嘭跳动。那个狡猾的律师似笑非笑地看着我,他一定料到了这封信对我的震撼。是啊,与这两行字相比,此前我看到的一切还值得一提吗?

索拉星

《圣书·创世纪》:

大神沙巫创造了索拉人。沙巫神是父星之独子,住在父星第三星上,那个星球曾是蓝色的,浸在水波之中。二十个四千一百五十二万年前,神来到索拉星上,他见索拉星是好的,光是好的,天地是好的。神说:好的天地,焉能没有活物?神伸展身躯,高五百七十九亿步,从父星的熔炉里舀出热的汤液,汤液中有小的活物。他把汤液洒遍索拉星的土地。二十个四千一百五十二万年后,小活物长成索拉人。

沙巫神行完这件事,失去了父星的宠爱。父星发怒说:你怎么敢代我行这件事?父星用白色的光剑惩罚了蓝星,毁灭了沙巫神的家。沙巫神乘神车逃离蓝星,去了父星照不到的地方。

沙巫神在索拉星上留下化身,化身沙巫睡在北极的寒冰里,躲避着父星。每隔四千一百五十二万年,化身沙巫醒来,乘神车巡视索拉星。他怜悯索拉人的愚昧,把智慧吹进索拉人的眼睛和闪孔。

神告诉索拉人:

我的孩子们啊，我偏爱你们，你们有福了。我造出你们的身体，比我更强壮，不怕父星的惩罚；你们以光为食，不以生命为食；你们是金属做的身子，不是泥和水做的身子；你们身上有五窍，不是九窍；你们没有雌雄之分，免去做人的原罪。你们有福了啊。

神告诉索拉人：

我把神的灵智藏在圣书里，你们什么时候能看懂它呢？看懂圣书的人就能找到极冰中的圣府，神会醒来，带你蒙受父星大的恩宠。

水星素描

水星是离太阳最近的行星，距太阳零点三八七个天文单位，即五千七百八十九万千米。太阳光猛烈地倾泻到水星上，使它成了太阳系最热的行星。它的白昼温度可达四百五十摄氏度，在一个名叫卡路里盆地的地方，最高温度曾达到九百七十三摄氏度。由于没有大气保温，夜晚温度可低至零下一百七十三摄氏度。这个与太阳近在咫尺的星球上竟然也有冰的存在，它们分布于水星的两极，长年保持着零下六十摄氏度以下的温度。

水星质量为地球的二十五分之一，磁场强度为地球的百分之一,公转周期为八十七点九六天,即一千个地球年等于四千一百五十二个水星年。水星自转周期为五十八点六四六天,是其公转周期的三分之二,这是由于太阳引力延缓了它的自转速率,造成了一定程度的引力锁定。

水星地貌与月球相似,到处是干旱的岩石荒漠,是陨星撞击形成的环形山(卡路里盆地就是一颗大陨星撞击而成)。地面上多见一种舌状悬崖,延伸数百千米,这种地形是由水星地核的收缩所形成。水星的高温使一些低熔点金属熔化,聚集在凹部和岩石裂缝内,形成广泛分布的金属液湖泊。由于水星缺少氧化性气体,它们一直保持金属态的存在。夜晚来临时,金属液凝结成玻璃状的晶体。当阳光伴随高温在五十八点六个地球日之后返回时,金属湖迅速开冻。

如此严酷的自然环境,毫无疑问是生命的禁区——可是,真是如此吗?

"疯了,"我神经质地咕哝道,"真的是疯了,只有疯子才这样异想天开。"

何律师安安静静地看着我,"可是,历史的发展常常需要一两个疯子。"

"你很崇拜沙女士?"

"也许算不上崇拜,但我佩服她。"

我干笑道:"现在我知道这笔遗产的内容了,是一笔数目惊人的负遗产。继承人要用自己的财产去维持生命熔炉的运转，维持到哪一年——天知道。不仅如此,他还要为这些金属生命寻找放生之地,一劳永逸地解决这个问题,而这么做,至少需要数百亿元资金,需要一两百年的时间。谁若甘愿接受这样的遗产,别人一定会认为他也疯了。"

何律师微笑着,简单地重复着:"世界需要几个疯子。"

"那好,现在请你忘记自己的律师身份。你,我的一个朋友,说说,我该接受这笔财产吗?"

何律师笑了,"我的态度你当然知道。"

"为什么该接受? 对我有什么益处?"

"它使你得到一个万年一遇的机会,可以干一件前无古人的事。你将成为水星生命的始祖之一,它们会永远铭记你。"

我苦笑道:"要让水星生命进化到会感激我,至少得一亿年吧,这个投资回收期也太长啦。"何律师笑而不答。

"而且,还不光是金钱的问题。要到水星上放养生命——地球人能接受吗? 毕竟这对地球人毫无益处,说不定还会给地球人类增加一个竞争对手呢。"

"我相信你,相信沙女士的眼力,所有困难你都有能力、有毅力去克服。"

我像是被蝎蜇似的叫起来:"我去克服? 你已确定我会接受这笔遗产?"

那个狡猾的律师拍拍我的肩,"你会的,你已经在考虑今后的工作啦。我可以宣读遗嘱了吧，或者，你和夫人再商量一下？"

六天后，我们举行了一个小小的正式仪式，我和妻子签字接受了这笔遗产。

我为这个决定熬煎了六天，心神不宁，长吁短叹。我告诉自己，只有疯子才会自愿套上这副枷锁，但海妖的歌声一直在诱惑我，即使塞上耳朵也不行。四十亿年前，地球海洋中诞生了第一个能自我复制的蛋白质微胞，那是个粗糙的、微不足道的东西。如果真有上帝，恐怕他也料不到，这种小玩意儿会进化出绚烂的地球生命吧。现在，由于偶然的机缘，一种新型生命投入到我的翼下，它是一位女上帝创造的，它能否在水星发扬光大，取决于我的一念之差。这个责任太重了，我不敢轻言接受，也不敢轻言放弃。即使我甘愿做这样的牺牲，还有我的妻儿呢？我没有权利把他们拖入终生的苦役中。妻子对此一直含笑不语，直到某天晚上，她轻描淡写地说："既然你割舍不下，接受它不就得了。"

她说得十分轻松，就像是决定上街买两毛钱白菜。我瞪着妻子，"接下它——你知道这意味着什么？"

"意味着咱俩一生的苦役。不过，如果不能按自己的意愿和兴趣去生活，活一辈子又有什么意义？我知道，如果你这会儿放弃它，老来你一定会后悔的，你会为此在良心上煎熬一生。行了,接受它吧。"

那会儿我望着妻子明朗的笑容,泪水潸然而下。

现在妻子仍保持着明朗的笑容,陪我接受了沙姑姑的遗产。何律师今天很严肃,目光充满苍凉。我戏谑地想,这只老狐狸步步设伏,总算把我骗入彀中,现在大概良心发现了吧。沙午实验室的两名工作人员欣喜地立在何律师身后。屋里还有一个不露面的参加人,就是沙午女士,她正待在那座生命熔炉的上方,透过因高温而抖颤的空气,透过厚厚的墙壁在看着我们,我想她的目光中一定充满欣慰。我特意请来的记者朋友马万壮则是咬牙切齿:

"疯了! 全疯了!"他一直低声骂着,"一个去世的女疯子,一对年轻的疯夫妻,还有一个装疯的老律师。义哲,田娅,你们很快会后悔的!"

我宽容地笑着,没有理他。不管怎样反对,他还是遵照我的意见把这则消息捅到新闻媒体中去了。我想,行这件事,既需要社会的许可,也需要社会的支持。那么,就让这个计划尽早去面对社会吧。

老马把那篇报道捅出去之后,我立即接到一位朋友的电话,他兴高采烈地说:"我见到报道了!金属生命,水星放生,一定是愚人节的玩笑吧。"

我说:"不,不是。实际上,那篇报道原来确实打算在4月1

号发表,但我忽然悟出4月1号是西方愚人节,于是通知报社向后推迟四天。"

"正好推迟到4月5号啦,清明节,那这篇报道一定是鬼话喽!"

我苦笑,慢慢放下话筒。

此后舆论慢慢认真起来,当然大多数是反对派:异想天开! 地球人类的事还没办完呢,倒去放养什么水星生命! 也有人宽容一些,说只要不妨碍人类的利益,只要不花纳税人的钱,人人都可干自己想干的事。

在这些争论中,我沉下心来全力投入实验室的接收工作。我以商人的精打细算,最大限度地节省实验室的开支。算一算,我的家产能够维持它运转三十年。这种生命很顽强,高温能耐受到一千摄氏度以上,低温则可耐受到绝对零度①。在温度低于三百二十摄氏度时,它们会休眠。所以,即使因经费枯窘而暂时熄灭熔炉也没什么关系,只是会暂时中断这种生命的进化。

不过,我不会让生命熔炉在我手里熄灭的。我不会辜负沙姑姑的厚望。

晚上,我和妻子常常来到生命熔炉前,看那暗红涌动的金属液,或者把图像调出来,看那些蠕动的小生命。一亿年之后,十亿年之后,它们进化成什么样子,谁能预料到呢? 看着它们,我和妻子都找到了一种感觉,即妻子腹中刚刚诞生一个小生命

---

①绝对零度指零下二百七十三摄氏度。

时的感觉。

老马很够朋友,为我促成了一次电视辩论。"或者你说服社会,或者让社会说服你吧。"

我、妻子和何律师坐在演播厅内,面对中央电视台的摄像镜头,聚光灯烤得脸上沁出细汗。演播台另一边坐着七位专家,他们实际是这场道德法庭的法官,不过他们依据的不是中国的刑法,而是生物伦理学的教义。台前是一百多名听众,多数是大学生。

主持人耿越笑着说:"节目开始前,首先我向大家致歉,这次辩论本来应放在水星上进行的,不过电视台付不起诸位到水星的旅费。再说,如果不配置空调,那儿的天气太热了一点。"听众会心地笑了。

"'水星放生'这件事已是妇孺皆知,我就不再介绍背景资料了。现在,请听众踊跃提问,陈义哲先生将做出回答。"

一位年轻观众抢着问:"陈先生,放养这种水星生命——这样做对人类有益处吗?"

我平静地说:"目前没有,我想在一亿年内也不一定有。"

"那我就不明白了,劳神费力去做这些对人类无益的工作——为什么?"

我看看妻子和何律师,他们都用目光鼓励我,我深吸一口气说:"我把话头扯远一点儿吧。要知道,生物的本质是自私的,每个个体要努力从有限的环境资源中争取自己的一份,以便保存自己,延续自己的基因。但是,大自然是伟大的魔术师,它从自私的个体行为中提炼出了高尚,因为生物体在竞争中发现,在很多情况下合作更为有益。对于单细胞生命,各细胞彼此是敌对的。但单细胞合为多细胞生命时,体内各个单细胞就化敌为友,互相协作,各有分工,使它们在生存环境中处于更有利的地位。于是,多细胞生命便发展壮大。概而言之,在生物进化中,这种协作趋势是无所不在的,而且越来越强。比如,人类合作的领域就从个体推至家庭,推至部族,推至国家,推至不同的人种,乃至于人类之外的野生生物。在这一过程中,生命一步步完成对自身利益的超越,组成范围越来越大的利益共同体。我想,人类的下一步超越将是和外星生命的融合。这就是我倾尽家财培育水星生命的动机,我希望在那儿进化出一种文明生物,成为人类的兄弟。否则,地球人在宇宙中太孤单了!"我顿了顿,"其实,在一个月前我还没有这些感悟,是沙女士感化了我。站在沙教授的生命熔炉前,看着暗红涌动的金属液中那些蠕动的小生命,我常常有做父母的感觉。"

一个中年男人讥讽地说:"这种感觉当然很美妙,不过你不要为了这种感觉,而培育出人类的潜在竞争者。我估计,这种高温下生存的生命,其进化过程必定很快吧,也许一千万年后它们就赶上人类啦。"

我笑了,"别忘了,地球的生命是四十亿年前诞生的,如果担心地球生命竞争不过四十亿年后才起步的晚辈,那你未免太不自信了吧。"

耿越说:"说得对,四十亿岁的老祖父,一千万岁的小囡囡,疼爱还来不及呢,哪里有竞争?"观众笑起来,一位女听众问:"陈义哲先生,我是你的支持者。你准备怎么完成沙女士的托付?"

我老实承认:"不知道。至少到目前为止我还不知道。我的家产能在三十年内维持生命熔炉的运转,但三十年后怎么办?还有,怎样才能凑出足够的资金,把这些生命放养到水星上?我心里没有一点数。不管怎样,我会尽我的力量,这一代完不成,那就留给下一代吧。"

辩论会进行了近两个小时,七名专家或称七名法官一直一言不发,认真地听着,不时在纸上记下一两点,从表情上看不出他们的倾向性。最后耿越走到演播台中央说:"我想质询已相当充分了,现在请各位专家发表自己的意见吧。你们对水星放生这件事,是赞成、反对,还是弃权?"

七位专家迅速在小黑板上写字,同时举起黑板,上面齐刷刷全是同样的字:弃权!

听众骚动起来,耿越搔着头皮说:"如此一致呀!我很怀疑七位裁判是否有心灵感应?请张先生说说,您为什么持这个态度?"

坐在第一位的张先生简短地说:"这件事已远远超越时代,

我们无法用现代的观点去评判将来的事。所以,弃权是最明智的选择。"

埋在索拉星北极冰层中的沙巫圣府快要露面了,透过厚厚的深绿色的极冰,已能隐约看到圣府中的微光。牧师胡巴巴进入了神灵附体的癫狂状态,向外发射着强烈的感情场,胸前的闪孔激烈地闪烁着,背诵着《圣书》的《旧约》和《新约》篇的祷文。破冰机飞转着,一步一步向前拓展。胡巴巴俯伏在白色的冰屑中向化身沙巫遥拜,脑袋和尾巴重重地在地上叩击,打得冰屑四处飞扬。

科学家图拉拉立在他身后,不动声色地看着,助手奇卡卡背着两个背囊(那里有四个能量盒),站在他的身边。

这次的"圣府探察行动"是图拉拉促成的,他已经一百五十岁了,想在"爆灭"前找到《圣书》中屡次提到的圣府——或者确认它不存在。他原想教会会极力反对,但他错了,教会的反应相当平和,甚至相当合作。他们同意这次考察,只是派了牧师胡巴巴做监督。图拉拉想,也许教会深信《圣书》的正确?《圣书》说,化身沙巫睡在北极的极冰中;《圣书》说,能看懂《圣书》的人就能找到极冰中的圣府,唤醒大神,蒙受大的恩宠。千百年来,无数自认读懂《圣书》的信徒争着到北极去朝拜,但没有一个人活着回来。现在,教会可能想借科学的力量来证明《圣书》的正确。

想到这儿，图拉拉不禁微微一笑。近五百年来科学的力量越来越强大，几乎能与教会分庭抗礼了。比如说，眼前这位虔诚的胡巴巴牧师就受惠于科学，他的尾巴上也装着一个能量盒，科学所发明的能量盒，否则，"以光为食"的他就不可能来到无光的北极。

在这次向北极行进的路上，图拉拉看到了无数的横死者，他们是一代代虔诚的教徒，按《圣书》的教诲，沿着从圣坛伸向北极的圣绳，来寻找沙巫神的圣府。当他们逐渐脱离父星的光照后，体内能量渐渐耗竭，终于倒在路上。对于这些横死者，教会一直讳莫如深。因为，这些人死前没找到死亡配偶，没经过爆灭，灵魂不得超生，这是圣诫三罪(不得横死，不得信仰伪神，不得触摸圣坛和圣绳)中第一项大罪。但这些人又是可敬的殉教者。教会是该诅咒他们，还是该褒扬他们呢？

图拉拉决定，从北极返回时，他要把这些横死者收集起来，配成死亡配偶，让他们在光照下爆灭。图拉拉倒不是相信灵魂超生，但总不能任这些人永远暴尸荒野吧。

破冰机仍在转着，现在已经能确定前面就是圣府了，因为极冰中露出四十根圣绳，在此会聚到一块儿，向圣府延伸。圣府中射出白色的强光，把极冰照耀得璀璨闪亮。牧师胡巴巴让工人暂停，他率领众人做最后一次朝拜，诚惶诚恐地祈祷着。人群中只有图拉拉和奇卡卡没有跪拜。牧师愠怒地瞪着他们，在心中诅咒着，你们这些不尊崇沙巫神的异教徒啊，神的惩罚马上要降临到你们身上！

奇卡卡不敢直视牧师，也不敢正视自己的导师，他的感情场抖颤着，两个闪孔轻微地闪烁，像是询问自己的导师，又像是自语：难道化身沙巫真的存在？难道《圣书》上说的确实是真理？因为《圣书》说的圣府就在眼前啊。

图拉拉看到助手的动摇，他佯作未见，苍凉地转过身去。他一向知道奇卡卡不是一个坚强的无神论者，常常在科学和宗教之间踟蹰。图拉拉本人在一百年前就叛离了宗教，麾下聚集了一大批激进的年轻科学家。他们坚信图拉拉在一百年前提出的生物进化论，相信索拉人是由低等生物进化而来（这一点已有许多古生物遗体给出证明），坚信《圣书》上全是谎言。但是，在对宗教举起叛旗一百年后，图拉拉本人反倒悄悄完成了对《圣书》的回归。

他不信宗教，但相信《圣书》（指《圣书》的《旧约》篇），因为《圣书》中混杂着很多奇怪的记载，这些记载常常被后来的科学发展证实。比如，《圣书》上说：索拉星是父星的第一星，蓝星是父星的第三星。这些圣谕被人们吟哦了数千年，从来不知是什么含义。直到望远镜的出现刺激了天文学的发展，科学家才知道，索拉星和蓝星都是父星的行星，而其排列顺序完全如《圣书》所言！

又比如，《圣书》（《旧约》）第三十九章中规定了索拉星的温度标定,以水的凝结温度为零度,水的沸腾温度为一百度。可是,索拉星生命在几亿年的进化中从没有接触过水!只是在近代,科学家才推定在南北极有极冰存在。那么,《圣书》中为什么做这种规定,这种规定又是从何而来呢?

难道真有一个洞察宇宙、知过去未来的大神吗?

还有,索拉星赤道附近的二十座圣坛,对科学家们来说也一直是不解之谜。在那些圣坛上,黑色的平板永不疲倦地缓缓转动,永远朝着父星的方向。每座圣坛都有两根圣绳伸出来,一直延伸到不可见的北方。《圣书》上严厉地警告,索拉人绝不能去触碰它,不遵圣诫的人会被狠狠击倒,只有伏地忏悔后才能复苏。图拉拉不相信这则神话,他觉得圣坛中的黑色平板很可能是一种光电转换器,就如索拉生物的皮肤能进行光电转换一样。问题是——是谁留下了这些技术高超的设备?以索拉人的科学水平,五百年后也无法造出它!

正是基于这个信念,他才尽力促成了对圣府的考察。现在,已经可以确认圣府的存在了,《圣书》上那个神秘缥缈的圣府就在眼前。如果化身沙巫真的住在这里……图拉拉迫不及待想见到他。

最后一层冰墙轰然倒塌,庄严的圣府豁然显现。这是一个冰建的大厅,厅内散射着均匀的白光,穹顶很高,厅内十分空旷,没有什么杂物,只有大厅中央放着一辆——神车!《圣书》上提到过它，无数传说中描绘过它，三千一百二十年前的史书中记载过它。这正是化身沙巫的坐骑呀。神车上铺着黑色的平板，与圣坛上的平板一模一样。下面是四个轮子。神车上方是透明的，模样奇特的化身沙巫斜躺在里面。

化身沙巫真的在这里！洞外的人迫不及待地拥进去。以胡巴巴为首，众人一齐俯伏在地，用脑袋和尾巴敲击着地面，所有人的闪孔都在狂热地祷告着：至上的沙巫大神，万能的化身沙巫，你的子民向你膜拜，请赐福给我们！

只有图拉拉一人站立着，跪伏的人群包括他的助手，奇卡卡的祷告似乎比别人更狂热。众人合成的感情场冲击着图拉拉，他几乎也不由得想俯伏在地，但他终于抑制住自己，快步上前，仔细观看化身沙巫的尊容。

化身沙巫斜倚在神车内，模样奇特而庄严。他与索拉人既相似又不相似，他也有头，有口，有胳臂和双手，有双眼，有躯干；但他的尾巴是分叉的，分叉尾巴的下端也有指头。他身上有四处奇怪的凸起：脑袋正前方有一个长形凸起，其下有两孔；脑袋两侧两个扁形凸起，各有一孔；两条尾巴开始分叉的地方有一个柱形凸起，上面有一个孔。胸前没有闪孔，图拉拉惊讶地想，没有传递信息的闪孔，沙巫们如何互相交谈？他们都是哑人吗？不过把这个问题先放放吧。他现在要先验证《圣书》上最容易验证的一条记载。他仔细数了沙巫身体上的孔窍，没错，确实是九窍，而不是索拉人的五窍。

《圣书》又对了啊。图拉拉呆呆地立着,心中又惊又喜。

他又仔细观察神车内部。车前方放着一个金制的塑像,塑像只有半身,与沙亚神一样,头部有七窍,不过这尊塑像的头上有长毛,相貌也显然不同。这是谁? 也许是沙亚神的死亡配偶? 他忽然看到更令人震惊的东西,一本《圣书》!《圣书》是崭新的,但封面的字体却是古手写体,是三千年前索拉先人使用的文字。在图拉拉的一生中,为了击败教会,他曾认真研究过《圣书》,对《圣书》的渊源、版本和讹误知之甚详。他一眼看出这是第二版《圣书》,内容只有《旧约》而无《新约》,刊行于三千一百二十年前。这版《圣书》现在已极为罕见。

胡巴巴也看到了《圣书》,他的祈祷和跪拜也几近癫狂。等他抬起头,看见图拉拉已经打开车门,捧住《圣书》,胡巴巴立即从闪孔射出两道强光,灼痛了图拉拉的后背。图拉拉惊异地转过身,胡巴巴疯狂地喊道:"不许渎神者触摸《圣书》!"他挤开科学家,虔诚地捧起《圣书》,恶狠狠地说,"现在你还敢说神不存在吗? 你这个渎神者,大神一定会惩罚你的!"他不再理会图拉拉,转向众人说,"我要回去请示教皇,把沙亚神的圣体迎回去。在我回来之前,所有人必须离开圣府!"

他捧着《圣书》领头爬出去,众人诚惶诚恐地跟在后面。奇卡卡负疚地看看自己的老师,低下脑袋,最终也去了。胡巴巴走到洞口时,看到留在洞中的科学家,便严厉地说:

"你,要离开圣府。化身沙亚不会欢迎一个渎神者。"

图拉拉不想与他争执，他的闪孔平和地发射着信息："你们回去吧，我不妨碍你们，但我要留在这里……向化身沙亚讨教。"

胡巴巴的闪孔中闪出两道强光，"不行！"

图拉拉讥讽地说："胡巴巴牧师的脾气怎么大起来啦？不要忘了，你是在科学的帮助下才找到圣府的。如果你逼我回去，那就请把你尾巴上的能量盒取下来吧，那也是渎神的东西，《圣书》从未提到过它。"

牧师愣住了，他想图拉拉说得不错，《圣书》的任何章节中，甚至宗教传说中，都从未提到过这种能量盒。它是渎神者发明的，但它非常有用，在这无光的极地，没有了能量盒，他会很快脱力而死，而且是不得转世的横死。他不敢取掉能量盒，只好狂怒地转过身，气冲冲地爬走了。

那次电视辩论之后的晚上，何律师在我家吃了晚饭。席间他告诉我："义哲，你实际上已经胜利了，对这件事，法律上的'不作为'就是默认和支持。现在没人阻挡你了，甩开膀子干吧。"

他完成了沙午姑姑的托付，心情十分痛快，最后喝得酩酊大醉，笑嘻嘻地离开。这时电话铃响了，拿起话机，屏幕上仍是黑的，那边没有打开视频功能。对方问："你是陈义哲先生吗？我姓洪，对水星放生这件事有兴趣。"

他的声音沙哑干涩,颇不悦耳,甚至可以说,这声音引起了我生理上的不快。但我礼貌地说:"洪先生,感谢你的支持。你看了今天的电视节目?"

对方并不打算与我攀谈,冷淡地说:"明天请到寒舍一晤,上午十点。"他说了自己的住址,随即挂断电话。

妻子问我,是谁来的电话,说了什么。我迟疑地说:"是一位洪先生,他说他对水星放生感兴趣,命令我明天去和他见面。没错,真的是命令,他单方面确定了明天的会晤,一点也不和我商量。"

我对这位洪先生印象不佳,短短的几句交谈就显出他的颐指气使,不仅如此,他的语气和语调还有一种阴森森的味道。但是……明天还是去吧,毕竟这是第一个向我表示支持的陌生人。

洪先生的住宅在郊外,一座相当大的庄园。庄园历史不会太长,但建筑完全按照中国古建筑的风格,飞檐斗拱,青砖青瓦,曲径小亭。领我进去的仆人穿一身黑色衣裤,态度很恭谨,但沉默寡言,意态中透着一股寒气。我默默地打量着四周,心中的不快更加浓了。

正厅很大,光线晦暗,青砖铺的地面,其光滑不亚于水磨石地板。高大的厅堂没有什么豪华的摆设,显得空空落落。厅中央停着一辆助残车,一个五十岁的矮个男人仰靠在车上。他高度残疾,驼背鸡胸,脑袋缩在脖子里,五官十分丑陋,令人不敢直视。腿脚也是先天畸形,纤细羸弱,拖在轮椅上。领我进屋的仆人悄悄退出去,我想,这位就是洪先生了。

我走过去,向主人伸出手。他看着我,没有同我握手的意思,我只好尴尬地缩回手。他说:"很抱歉,我是个残疾人,行走不便,只好麻烦你来了。"

话说得十分客气,但语气仍十分冷硬,面如石板,没有一丝笑容。在他面前,在这个晦暗的建筑里,我有类似窒息的感觉。不过我仍热情地说:"哪里。请问洪先生,关于水星放生那件事,你还想了解什么情况?"

"不必了,"他干脆地说,"我已经全部了解。你只用告诉我,办这件事需要多少资金。"

我略为沉吟,"我请几位专家做过初步估算,大约为两百亿元。当然,这是个粗略的估算。"

他平淡地说:"资金问题我来解决吧。"

我吃了一惊,心想他一定是把两百亿错听为两百万了。当然,即使是两百万,他也已是相当慷慨。为了不伤他的自尊心,我委婉地说:"太谢谢你了! 谢谢你的无比慷慨。当然,我不奢望资金问题一下子全部解决,两百亿的天文数字啊,可不是两百万的小数。"

他不动声色地说:"我没听错,两百亿,不是两百万。我的家产不太够,但我想,这些资金不必一步到位吧。如果在十年内逐步到位,那么,加上十年的增值,我的家产已经够了。"

我恍然悟到此人的身份:亿万富翁洪其炎!这是个很神秘的人物,早就听说他高度残疾,丑陋过人,所以从不在任何媒体上露面,能够见到他的只有七八个亲信。他的口碑不是太好,听说他极有商业头脑,有胆略,有魄力,把他的商业帝国经营得欣欣向荣,但手段狠辣无情,常常把对手置于死地。又说他由于相貌丑陋,年轻时没有得到女人的爱情,滋生了报复心理。几年前他曾登过征婚启事,应征者必须夜里到他家见面,第二天早上再离开,这种奇特的规定难免会使人产生暧昧的猜想。后来,听说凡是应征过的女子都得到了一笔数目不菲的赠款,这更使那些暧昧的猜想有了根据。不过,那些猜想很可能是冤枉了他。应征女子中有一位年轻漂亮的女律师,大概是姓尹吧,她去应征,是倾慕洪其炎的才华而非他的财产。据说她去了后,主人与她终夜相对,不发一言,也没有身体上的侵犯。天明时交给她一笔赠款,请她回家,尹律师痛痛快快地把钱摔到他脸上。不过,这个举动倒促成了二人的友谊,虽说未成夫妻,但成了一对形迹不拘的密友。

虽说他是亿万富翁,但这种倾家相赠的慷慨也令我心生疑窦,关于他的负面传说增加了疑虑的分量。也许他有什么个人打算?也许他因不公平的命运而迁怒于整个人类,想借水星放生实行他的报复?虽然一笔两百亿的资金是万年难求的机缘,但我仍决定,先问清他有没有什么附加条件。

洪先生的锐利目光看透了我的思虑——在他面前,我常常有赤身裸体的感觉,这使我十分恼火——他平淡地说:"我的赠款有一个条件。"

我想,果然来了。便谨慎地问:"请问是什么条件?"

"我要成为放生飞船的船员。"

原来如此!原来就这么一个简单的要求!我不由得看看他的腿,心中刹那间产生强烈的同情,过去对他的种种不快一扫而光。一个高度残疾者用两百亿去购买飞出地球的自由,这个代价太高昂了!这也从反面说明,这具残躯对他的桎梏是多么残酷。我柔声说:"当然可以,只要你的身体能经受住宇宙旅行。"

"请放心,我这台破机器还是很耐用的。请问,实现水星放生需要多长时间?"

"很快的,我已经咨询过不少专家,他们都说,水星旅行在技术上没有太大的难点,只要资金充裕,十五至二十年就能实现。"

他淡淡地说:"资金到位不成问题,你尽量加快进度吧,争取在十五年之内实现。这艘飞船起个什么名字?"

"请你命名吧。你这样慷慨地资助这件事,你有这个权利。"

洪先生没推辞:"那就叫'姑妈号'吧,很俗气的一个名字,对不?"我略为思索,明白了这个名字的深意:它说明人类只是水星生命的长辈而非父母,同时也暗含着纪念沙姑姑的意思。我说:"好!就用这个名字!"

他从助残车的袋里取出一本支票簿,填上五千万,背书后交给我,"这是第一笔启动资金,尽快成立一个基金会,开始工作吧!对了,请记住一点,飞船上为我预留一辆汽车的位置,就按加长林肯车的尺寸办。我将另外找人,为我研制一辆适合水星路面的汽车。"他微带凄苦地说,"没办法,我不能在水星上步行。"

我柔声说:"好的,我会办到。不过,"我迟疑着,"可以冒昧地问一句吗?我想问,你倾尽家财以放养水星生命,是为了什么?只是为了到水星一游吗?"

他平淡地说:"我认为这是件很有趣味的事,我平生只干自己感兴趣的事。"他欠欠身,表示结束谈话。

从此,洪先生的资金源源不断地送来。激情之火浇上金钱之油,产生了惊人的工作效率。当年年底,已经有一万五千人在为"姑妈号"飞船工作。对"水星放生"这件事,社会在伦理意义方面的反对一直没有停止,但它始终没有对我们形成阻力。

洪先生从不过问我们的工作。不过,每个月我都要抽时间向他汇报工作进度,飞船方案搞好后,我也请他过目。洪先生常常一言不发地听完,简短地问:"很好。资金上有什么要求?"

按洪先生要求,我对他的资助严格保密,只有我妻子和何律师知道资助人的姓名。当然实际上是无法保密的,"姑妈号"飞船需要的是数百亿元资金,能拿得出这笔资金的个人屈指可数,再加上洪先生不断拍卖其名下的产业,所以,这件事不久就成了公开的秘密。

"姑妈号"飞船有条不紊地建造着,到第二年,当我去洪先生家时,总是与一位漂亮的女人相遇。她有一种恬淡的美貌,就像薄雾笼罩着的一枝水仙,眉眼中带着柔情。她就是那位尹律师。她与洪先生的关系显然十分亲近,一言一行都显出两人相知很深。不过,毫无疑问,两人之间是纯洁的友情,这从尹律师坦荡的目光中可以确认。

尹律师已经结婚,有一个三岁的儿子。

在我向洪先生汇报进度时,他没有让尹律师回避,显然,尹律师有资格分享这个秘密。谈话中,尹女士常常嘴角含着微笑,静静地听着,偶尔插问一句,多是关于飞船建造的技术细节。我很快知道了这种安排的目的——是她负责建造洪先生将要乘坐的水星车。

那天尹律师来到我的办公室。这是我第一次单独与她会面,我请她坐下,喊秘书斟上咖啡,一边忖度着她的来意。尹律师细声细语地说:"我想找你商量一下飞船建造的有关技术接口。你当然已经知道,我在领导着一项秘密研究,研制洪先生在水星上使用的生命保障系统。"

我点点头。她把水星车称作"生命保障系统"没有使我意外。要想在没有大气,温度高达四百五十摄氏度,又有强烈高能辐射的水星上活动,那辆车当然可以称作生命保障系统。但尹律师下面的话对我无疑是一声晴天霹雳,她说:"准确地说,其主要组成部分是人体速冻和解冻装置。"

我从沙发上跳起来,震惊地看着她。洪先生要人体速冻装置干什么?在此之前,我一直把洪先生的计划看成一次异想天开的、挑战式的旅行,而且毫无疑问是一次短期旅行。但——人体速冻和解冻装置……

在我震骇的目光中,尹女士点点头,"对,洪先生打算永远留在水星上,看守这种生命。他准备把自己冷冻在水星的极冰中,每一千万年醒一次,每次醒一个月,乘车巡查这种生命的进化情况,一直到几亿年后水星进化出'人类'文明。"

我们久久地用目光交换着悲凉,我喃喃地说:"你为什么不劝他?让他在水星上独居几亿年,不是太残忍吗?"

她轻轻摇头,"劝不动的,如果他能被别人劝动,他就不是洪其炎了。再说,这样的人生设计对他未尝不是好事。"

"为什么?"

尹女士叹息一声,"恐怕没有人比我更了解他了。命运对他太不公平,给了他一个无比丑陋残缺的身体,偏偏又给了他一个聪明过人的大脑。畸形的身体造就了畸形的性格,他心理阴暗,对所有正常人怀着愤懑;但他的本质又是善良的,天生具有仁者之心。他是一个畸形的统一体,仁爱的茧壳箍缚着报复的欲望。他在商战中的砍伐,他在征婚时对应征者的戏弄,都是这种矛盾心态的反映。不过这些报复都是低度的,是被仁爱之心冲淡过的。但是,也许有一天,报复的欲望会冲破仁爱的封锁,那时……他本人深知这一点,也一直怀着对自身的恐惧。"

"对自身的恐惧?"我不解地看着她。她点点头,肯定地说:"没错,他对自身的阴暗一面怀着恐惧,连我都能触摸到。他对水星放生的慷慨资助,多少是这种矛盾心态的反映。一方面,他参与创造了一种新的生命,满足了他的仁者之心;另一方面,对人类也是个小小的报复吧。想想看,当他精心呵护的水星生命进化出文明之后,水星人肯定会把他的模样作为标准形象,而把正常的地球人看成畸形。对不?"

虽然心情沉重,但我还是被这种情景逗得破颜一笑。尹律师也漾出一波笑纹,接着说:"其实,想开了,他对后半生的设计也是蛮不错的嘛——居住在太阳近邻,与天地齐寿,独自漫步在水星荒原上,放牧着奇异的生命。每次从长达一千万年的大梦中醒来,水星上的生命都会有预想不到的变化。彻底摒弃地球上的陈规戒律、庸俗琐碎、浑浑噩噩。有时我真想抛弃一切,抛弃丈夫和孩子,陪伴他到地老天荒——可是我做不到,所以我永远是个庸人。"她自嘲地说,语气中透着凄凉。

这件事让我心头十分沉重,甚至有说不清道不明的愤懑,只是不知道这愤懑该指向谁。但我知道多说无益。我回想到,洪先生是在看过那次电视辩论两小时内,做出了倾尽家产相赠的决定。这种性格果决的人,谁能劝得动呢。我闷声说:"好吧,就成全他的心愿吧。现在,我们谈谈技术接口。"

第二天,我和尹律师一起去见他,我们平静地谈着生命保障系统的细节,就像是我们早已商定的计划。临告辞时,我忍不住说:"洪先生,我很钦佩你。在我决定接受沙姑姑的遗产时,不少人说我是疯子。不过依我看,你比我疯得更彻底。"

洪先生难得地微微一笑,"谢谢,这是最好的夸奖。"

众人走了,圣府大厅中只留下图拉拉。没有了恼人的喧嚣,他可以静下心来同化身沙巫交谈了,心灵上的交谈。他久久地瞻望着化身沙巫奇特的面容,心中充满敬畏。圣府找到了,化身沙巫的圣体找到了。牧师及信徒们喜极欲狂。不过,他们错了。化身沙巫的确存在,他也的确是索拉生命的创造者,但他不是神,而是一个来自异星的科学家。图拉拉思考多年,早就得出了这个结论。在他对化身沙巫的敬畏中,含着深深的亲近感。科学家的思维总是相通的,不管他们生活在宇宙的哪个星系,都使用同样的数学语言,同样的物理定律,同样的逻辑规则。所以,他觉得,在他和化身沙巫之间,有着深深的相契。

他已经捋出化身沙巫的来历及经历:化身沙巫来自父星系第三星(蓝星),是二十个四千一百五十二万年前来到索拉星的。(为什么是有零有整的四千一百五十二万年? 他悟到,四千一百五十二万个索拉星年恰恰等于一千万个蓝星年,沙巫是按母星的纪年方式换算过来。)那时他创造了一种新型的、与蓝星生命完全不同的生命——并不是创造了索拉人,而是一种微生命——将它撒播在索拉星上,然后把进化的权杖交还给大自然。为了呵护自己创造的生命,化身沙巫离开母星和母族,在索拉星的极冰中住了二十个四千一百五十二万年。不可思议的漫长啊。当他独自面对蛮荒时,他孤独吗? 当他看着微生命缓慢地进化时,他焦急吗? 当他终于看到索拉星生命进化出文明生物时,他感到欣喜吗?

从他神车中有三千年前的《圣书》来看,他大约在三千年前醒来过,那时他肯定发现索拉人有了二进制语言,有了文字。但那时的索拉人还很愚昧,被宗教麻木了心灵。他无法以科学来启发他们的灵智,只好把一些有用的信息藏在《圣书》里,以宗教的形式去传播科学。

《圣书》说,只要看懂《圣书》,就能找到圣府,那时,化身沙巫就会醒来,带索拉人去蒙受父星大的恩宠——什么"大的恩宠"? 一定是一个浩瀚璀璨的科学宝库,索拉人将在一夕间跃升几万年、几十万年,与神(化身沙巫)们平起平坐。

这个前景使图拉拉非常激动,开始着手寻找化身沙巫留下的交代。化身沙巫既然在《圣书》中邀请索拉人前来圣府,既然答应届时醒来,那他肯定留下了唤醒他的办法。图拉拉寻找着,揣摩着,忽然发现了一个秘密的冰室。门被冰封闭着,但冰层很薄,他用尾巴打破了冰门,小心地走进去。冰室里堆着数目众多的圆盘,薄薄的,有一面发着金属的光泽。这是什么?他凭直觉猜到,这一定是化身沙亚为索拉人预备的知识,但究竟如何才能取出这些知识,他不知道,绞尽脑汁也想不出来。这不奇怪,高度发展的技术常常比魔术更神秘。

但墙上的一幅画他是懂得的,这是幅相当粗糙的画,估计是化身沙亚用手画成。画的是一个索拉人,用手指着胸前的两个闪孔。画旁有一个按钮,另有一根手指指着它。图拉拉对这幅画的含意猜度了一会儿,下决心按下这个按钮。

他的猜测是正确的,墙上的闪孔立即开始闪烁,明明暗暗。图拉拉认真揣摩着,很快断定,这正是二进制的索拉人语言。闪烁的节奏滞涩生硬,而且,其编码不是索拉人现代的语言,而是三千年前的古语言,但不管怎样,图拉拉还是尽力揣度出它所包含的意义。

"欢迎你,索拉人,既然你能来到无光的北极并找到圣府,相信你已经超越蒙昧,那么,我们可以进行理智的交谈了。"

巨大的喜悦像日冕的爆发,席卷他的全身。他终生探求的宝库终于开启了。那边,闪孔的闪烁越来越顺畅,一个十亿岁的睿智老人在同他娓娓而谈,他激动地读下去。

"我就是《圣书》中所说的化身沙亚,来自父星系的蓝星。二十个四千一百五十二万年前,蓝星的科学家创造了一种全新的生命,我把它们撒到水星上,并留下来照看它们的成长。我看着它们由单胞微生物变成多细胞生物,看着它们离开金属湖泊然后登陆,看着它们从无性生物进化出性活动(爆灭前的交配),看着它们进化出有智慧的索拉人。这时我觉得,十亿年的孤独是值得的。

"我的孩子们啊,索拉人类的进步要靠你们自己。所以,这些年来我基本没干涉你们的进化,只是在必要时稍加点拨。现在,你们已超越蒙昧,我可以教你们一些东西了。你们如果愿意,就请唤醒我吧。"下面他介绍了唤醒自己的方法。他的苏醒必须按照严格的程序,稍有违犯,就会造成不可逆的死亡。图拉拉这才知道,神圣的沙亚种族其实是一种极为脆弱的生命。他们须臾离不开空气,否则会憋死。他们还会热死、冻死、淹死、饿死、渴死、病死、毒死……可是,就是这么脆弱的生命,竟然延续数十亿年,并且创造出如此先进的科技!图拉拉感慨着,认真地读下去。他真想马上唤醒这位十亿岁的老人,对于索拉人来说,他的确可以被称作神灵了。

他忽然感到一阵晕眩,知道是能量盒快耗尽了。他爬过去找自己的背囊,那里应该有四个能量盒。但背囊是空的!图拉拉的感情场一阵战栗,恐慌向他袭来。面前这个背囊是奇卡卡的,肯定是奇卡卡把自己的背囊带走了。他当然不是有意害自己,只是,在刚才的宗教狂热中,奇卡卡失去了应有的谨慎。

该怎么办?大厅中有灯光,但光量太弱,缺少紫外光以上的高能波段,无法维持他的生命。看来,他要在沙巫的圣府里横死了。

《圣书》中有严厉的圣诫:索拉人在死亡前必须找到死亡配偶,用最后的能量进行爆灭,生育出两个以上的新个体。不进行爆灭的,尤其是死后又复苏的,将为万人唾弃。其实,早在《圣书》之前,原始索拉人就建立了这条伦理准则。这当然是对的,索拉人的躯体不能自然降解,如果都不进行爆灭,那索拉星上就没有后来者的立足之地了。

横死的索拉人很容易复生(只需让他接受光照),但图拉拉从没想过自己会干这种乱伦的丑事。不过,今天他不能死!他还有重要的事去办,还要按沙巫的交代去唤醒沙巫,为索拉人赢得"大的恩宠",他怎么能在这时死去呢。头脑的晕眩越来越重,已经不能进行有效的思考了,他必须赶紧想出办法。

他在衰弱脑力许可的范围内,为自己找到一个办法。他拖着身躯,艰难地爬到厅内最亮的灯光之下。低能光不能维持他的生存,但大概能维持一种半生半死的状态。他倒了下去,但他用顽强的毅力支持着,使意识不致沉落,闪孔里喃喃地念诵着:"我不能死,我还有未了之事。"

2046年6月1日,在我接受沙午姑姑遗产的第十四年,"姑妈号"飞船飞临水星上空,它向下喷着火焰,缓缓地落在水星的地面上。

巨大的太阳斜挂天边,向水星倾倒着强烈的光热。这儿能清楚地看到日冕,它们向外延伸至数倍于太阳的外径,在太阳两极处的日冕呈羽状,赤道处呈条状,颜色淡雅,白中透蓝,舞姿轻盈,美丽得惊人。水星的天空没有大气,没有散射光,没有风和云,没有灰尘,显得透明澄澈。触目所及,到处是暗绿色的岩石,扇状悬崖延伸数百千米,就像风干杏子上的褶皱。悬崖上散布着一片片金属湖泊,在阳光下反射着强烈的光芒。回头看,天边挂着的地球清晰可见,它蓝得晶莹,美丽如一个童话。

这个荒芜而美丽的星球将是金属变形虫们世世代代的生息之地。

我捧着沙姑姑的遗像,第一个踏上水星的土地。遗像是用白金蚀刻的,它将留在水星上,陪伴她创造的生命,千秋万代。舱内起重机缓缓放着绳索,把洪先生的水星车放在地面上。强烈的阳光射到暗黑色的光能板上,很快为水星车充足了能量。洪先生掌着方向盘,把车辆停靠在飞船侧面。他的头发已经花白,脸色仍如往常一样冷漠,但我能看出他内心的激动。

洪其炎是飞船上的秘密乘客,起飞前他已经"因心脏病突发,抢救无效而去世,享年六十四岁"。我们发了讣告,举行了隆重的葬礼,社会各界一致表示哀悼。虽然他是个怪人,虽然他支持的"水星放生"行动并没得到全人类的认可,但毕竟他的慷慨令人钦服。现在,他倾力支持的"姑妈号"飞船即将起飞,而他却在这个时刻"不幸去世",这是何等的悲剧!而其时,洪先生连同他的水星车已秘密运到飞船上。洪先生说:"这样很好,让地球社会把我彻底忘却,我可以心无旁骛地在水星上干我的事了。"

飞船船长柳明少将指挥着两名船员抬着一个绿色的冷藏箱走下舷梯。那里面有二十根冷凝金属棒,那是从沙午姑姑的生命熔炉中取出的,其中藏着生命的种子。飞船降落在卡路里盆地,温度计显示,此刻舱外温度是七百二十摄氏度。宇航服里的太阳能空调器嗡嗡地响着,用太阳送来的光能抵抗着太阳送来的酷热。如果没有空调,别说宇航员了,连那二十根金属棒也会在瞬间熔化。

五个船员都下来了,马上开始工作。我们打算在一个水星日完成所有的工作,然后留下洪先生,其余人返回地球。五个船员将在这儿建一些小型太阳能电站,通过两根细细的超导电缆把电能送往北极。电缆是比较廉价的钇钡铜氧化物,只能在零下一百七十摄氏度以下的低温环境里工作,不过这在水星上足以胜任了。白天,太阳能电站转换的电量将就近储存在蓄电瓶内;晚上,当气温降到零下一百七十摄氏度时,电源便经超导电缆送到遥远的极地。在那儿,它为洪先生的速冻和解冻提供能源。至于每个复苏周期中那长达一千万年的冷藏过程,则可以由零下六十摄氏度的极冰自动制冷,不必耗用能源,所以,一个小型的一百千瓦发电站就足够了。不过保险起见,我们用二十个结构不同的发电站并成一个电网。要知道,洪先生的一觉将睡上一千万年。一千万年中的变化谁能预想得到呢?

　　我和柳船长乘上洪先生的跑车,三人共同去寻找合适的放生地。这辆生命之舟设计得十分紧凑,车身覆盖着太阳能极板,十分高效,即使在极夜微弱的阳光中,也能维持行驶。车后是小型食物再生装置和制氧装置,能提供足够一人用的人造食品和空气。下面是强大的蓄电瓶,能提供十万千瓦时的电量,其寿命(在不断充放电的条件下)可以达到无限长。洪先生周围是快速冷凝装置,只要一按电钮,便能在两秒钟内对他进行深度冷冻。一千万年后,该装置会自动启动,使他复苏。他身下的驾驶椅实际是两只灵巧的机械腿,可以带他离开车辆,短时间出去步行,因为,放养生命的金属湖泊常常是车辆开不到的地方。

　　洪先生聚精会神地开着车,在崎岖不平的荒漠上寻找着道路,我和柳船长坐在后排。为了方便工作,我们在车内也穿着宇航服。老柳以军人的姿态端坐着,默默凝视着洪先生的白发,凝望着他高高突起的驼背和鸡胸,以及瘦弱畸形的腿脚,我总觉得他的目光中充满怜悯。我很想同洪先生多谈几句,因为,在此后的亿万年中,他不会再遇上一位可以交谈的故人了。不过在悲壮的气氛中,我难以打开话题,只是就道路情况简短地交谈几句。

　　洪先生扭过头,"小陈,我临'死'前清查了我的财产,还余几百万吧,我把它留给你和小尹了,你们为这件事牺牲太多。"

"不,牺牲最多的是你。洪先生,你是有仁者之爱的伟人。"

"伟人是沙女士。她,还有你,让我的晚年有了全新的生活,谢谢。"

我低声说:"不,是我该向你表示谢意。"

车子经过一个金属湖,金属液发出白热的光芒。用光度测温计量量,这儿有六百二十摄氏度,对于那些小生命来说高了一些。我们继续前行,又找到一处金属湖,它半掩在悬崖之下,太阳光只能斜照它,所以温度较低。我们把车停下,洪先生操纵着机械腿迈下车,我和柳船长揣上两根金属棒跟在后边。金属湖在下方一百米处,地形陡峭,虽然洪先生的机械腿十分灵巧,但行走仍相当艰难。在迈过一道深沟时,他的身子趔趄一下,我下意识地伸手去扶,老柳摇摇手止住我。是的,老柳是对的。洪先生必须能独力生存,在此后的亿万年中,不会有人帮助他。如果他一旦失手摔下,只能以他的残腿努力站起来,否则……我鼻子发酸,赶快抛开这个念头。

我们终于到了湖边,暗红的金属液面十分平静。我们测量出温度是四百二十三摄氏度,熔液中含有锡、铅、钠、汞,也有部分固相的锰、钼、铬微粒,这是变形虫理想的繁殖之地。我们从怀中掏出金属棒交给洪先生,他把它们托在宇航服的手套里,等待着。斜照的阳光很快使它们熔化,变成小圆球,滚落在湖中,与湖面融合在一起。少顷,洪先生把一枚探头插进金属液中,打开袖珍屏幕,上面显示着放大的图像。终于,探头寻找到一个变形虫,它已经醒了,慵懒地扭曲着,变形着,移动着,动作十分舒徐,十分惬意,就像这是它久已住惯的老家。

三个人欣慰地相视而笑。

我们总共找到十处合适的金属湖,把二十块"菌种"放进去。在这十个不相连的生命绿洲里,谁知道会发生什么事?也许它们会迅速夭折,当洪其炎从冷冻中复苏过来后,只能看到一片生命的荒漠;也许它们会活下来,并在水星的高温中迅速进化,脱离湖泊,登上陆地,最终进化出智慧生命。那时,洪先生也许会融入其中,不再孤独。

太阳缓缓地移动着,我们赶往天光暗淡的北极。那儿的工作已经做完。暗绿色的极冰被凿出一个大洞,布置了照明灯光,四十根超导电缆扯进洞内,会聚在一个接头板上,再与水星车的接口相连。冰洞内堆放着足够洪先生食用三十年的罐头食品,这是为预防食物再生装置失效时备用的。只是我们拿不准,放置数千万年后的食物(虽然是在零下六十摄氏度的低温下)还能否食用。

我们把洪先生扶出来,在冰洞中开了一次聚餐会。这是"最后的晚餐",以后洪先生就得独自忍受亿万年的孤独了。吃饭时洪先生仍然沉默寡言,面色很平静。几个年轻的船员用敬畏的目光看他,就像在仰望上帝。这种目光拉远了他同大伙儿的距离,所以,尽管我和老柳做了最大的努力,也没能使气氛活跃起来。

我们在悲壮的氛围中吃完饭,洪先生脱下宇航服,赤身返回车内,沙女士的金像置放在前窗玻璃处。我俯下身问:"洪先生,你还有什么话吗?"

"请接通地球,我和尹律师说话。"

接通了。他对着车内话筒简短地说:"小尹,谢谢你,我永远记得你陪我度过的日子。"

他的话语化作电波,离开水星,向一亿千米外的地球飞去。他不再说话,静静地等待着。十分钟后才传来回音,我们都在耳机中听到了,尹女士带着哭声喊道:

"其炎! 永别了! 我爱你!"

洪先生恬淡地一笑,向我们挥手告别,刹那间,他的笑容使丑陋的面孔变得光彩照人。他按下一个电钮,冷雾立时包围了他的裸体,他的笑容慢慢凝固,两秒钟后,他已进入深度冷冻。我们对生命保障系统做了最后一次检查,依次向他鞠躬,然后默默退出冰洞,返回飞船。

五个地球日后,"姑妈号"号飞船离开水星,开始长达一年的返程。不过,大家都觉得我们已经把生命的一部分留在这颗星球上了。

不知过了多长时间,图拉拉隐约感到人群回来了,圣府大厅里一片闹腾。他努力喊奇卡卡，喊胡巴巴，没人理他，也许他并没喊出声，他只是在心中呼喊罢了。闹腾的人群逐渐离开，大厅里的震动平息了。他悲怆地模模糊糊地想，我真的要在圣府中横死吗？

能量渐渐流入体内，思维清晰了，有人给他换了能量盒。他睁开眼，看见奇卡卡正怜悯地看着自己。他虚弱地闪道："谢谢。"

奇卡卡转过目光，不愿与他对视，微弱地闪道："你一直在低声唤我的名字，你说你有未了之事。我不忍心让你横死，偷偷给你换了能量盒。现在——你好自为之吧。"

奇卡卡像躲避魔鬼一样急急跑了，不愿意和一个丑恶的"横死复生者"待在一起。图拉拉感叹着，立起身子，看见奇卡卡为他留下四个能量盒，足够他返回到有光地带了。化身沙巫呢？他急迫地四处察看。没有了，连同他的神车都没有了。他想起胡巴巴临走时说，要禀报教皇，迎回化身沙巫的圣体，在父星的光辉下唤他醒来。一阵焦灼的电波把图拉拉淹没，他已知道沙巫的身体实际上是很脆弱的，那些愚昧的信徒很可能把他害死。他可是索拉人的恩人啊。

他要赶快去制止！但这时他悲伤地发现，在经历了长期的半死状态后，他身上的金属光泽已经暗淡了。这是横死者的标志，是不可豁免的天罚。如果他不赶紧爆灭，他就会在人们的鄙夷和仇恨中生活。

但此刻顾不了这些，他带上能量盒，立即赶回夏杜里盆地。那是索拉星上最热的地方,所有隆重的圣礼都在那儿举行。

他爬出了无光地带,无数横死者还横亘在沿途,他歉然地想,恐怕自己已没有能力实现承诺,收殓他们了。进入有光地带后,他看到索拉人成群结队向前赶,他们的闪孔兴奋地闪烁着:马上要举行化身沙巫的复生大典了!图拉拉想去问个详细,但人群立即发现了他的耻辱印,怒冲冲地诅咒他,用尾巴打他。图拉拉只好悲哀地远远避开。

一个索拉星日过去了,中午时分,他终于赶到夏杜里盆地的中央。眼前的景象令他瞠目,成千上万的索拉人密密麻麻地聚在圣坛旁,群聚的感情场互相激励,形成正反馈,其强度使每个人都陷于癫狂。连图拉拉也几乎被同化了,他用顽强的毅力压下自己的宗教冲动。

好在癫狂的人群不大注意他的耻辱印,他混杂在人群中向圣坛近处挤去。那辆神车停在那里,车门关闭着,化身沙巫的圣体就在其中,仍紧闭着双眼。人群向他跪拜,脑袋和尾巴猛烈地撞击地面。这种撞击原先是杂乱的,逐渐变成统一的节奏,竟使地面在一波波撞击中微微起伏。

教皇出来了,在圣坛边跪下,信徒的跪拜和祈祷又掀起一个高潮。这时,一个高级执事走上前,让大家肃静,这是奇卡卡!看来教皇对这个背叛科学投身宗教的人宠爱有加,他的地位如今已在胡巴巴之上了。奇卡卡待大家静下来，朗朗地宣布："我奉教皇敕令，去北极找到极冰中的圣府，迎来化身沙巫的圣体。此刻，沙巫神将在父星的光辉下醒来，赐给我们大的恩宠！教皇陛下今天亲临圣坛，跪迎沙巫大神复生！"

教皇再次叩拜后，奇卡卡拉开车门，僧侣上前，想要抬出化身沙巫的圣体。图拉拉此刻顾不得个人安危，闪孔里射出两道强光，烙在一名僧侣的背上，暂时制止住他。图拉拉发出强烈的信息："不能把他抬出来，那会害死他的！"他急中生智，又加了一句有威慑力的话，"是沙巫神亲口告诉我的，你们不能做渎神的事！"

人们愣住了，连教皇也一时无语。奇卡卡愤怒地转过身，大声说："不要听他的，他是一个横死者，不许他亵渎神灵！"

人们这才发现他的耻辱印，立刻有一条尾巴甩过来，重重地击在他的背上。他眼前发黑，但仍坚持着发出下面的信息："不能让化身沙巫受父星的照射，你们会害死他的！"

又是狂怒的几击，他身体不支，瘫倒在地。仍有人狠狠地抽击他。奇卡卡恶狠狠地瞪图拉拉一眼，举手让众人静下来。迎圣体的仪式开始了。四个僧侣小心地把化身沙巫抬出车，众人的感情场猛烈地迸射、激励、加强，千万对闪孔同时歌颂着沙巫神的大德和大能。

这种感情场是极端排外的，现场中只有图拉拉的感情是异端，他头疼欲裂，像是被千万根针刺着神经。他挣扎着立起上身，从人缝中向里看。化身沙亚的圣体已被摆放在一个高高的圣台上，教皇领着奇卡卡、胡巴巴在伏地跪拜。图拉拉的神经抽紧了，他想可怕的事马上就要发生了。化身沙亚坐在圣台上，眼睛仍然紧闭着。在父星强烈的照射下，在七百二十摄氏度的高温中，他的身躯很快开始发黑，水分从体内猛烈蒸发，向上方升腾，在他附近造成了一个畸变的透明区域。接着他的身体开始冒烟，淡淡的灰烟。然后，焦透的身体一块块脱落，剩下一具焦黑的骨架。

教皇和信徒们都目瞪口呆，这是怎么回事？索拉人的金属身体从不怕父星的曝晒，那些未经爆灭的遗体能保存下来千万年。但化身沙亚的圣体为什么会被父星毁坏？人们想到刚才图拉拉的话："不能让他受父星的照射，你会害死他的。"他们开始感到恐惧。千万人的恐惧场会聚在一起，缓缓加强，缓缓蓄势，寻找着泄洪的口子。

教皇和奇卡卡的恐惧也不在众人之下——谁敢承担毁坏圣体的罪名？如果有人振臂一呼，信徒们会把罪人撕碎，即使贵为教皇也不能逃脱。时间在恐惧中静止了。恐惧和郁愤的感情场在继续加强……忽然奇卡卡如奉神谕，立起身来指着那具骨架宣布："是父星惩罚了他！他曾逃到极冰中躲避父星，但父星并没有饶恕他！"

恐惧场瞬时间无影无踪，信徒们的神经一下子放松了。是啊，《圣书》说过，化身沙亚失去了父星的宠爱，藏到极冰中逃避父星的惩罚,现在大家也亲眼看见,是父星的光芒把他毁坏了。奇卡卡抓住了这个时机,恶狠狠地宣布:"杀死他!"

他的闪孔中闪出两道强光,射向沙巫的骨架。信徒们立即仿效,无数强光聚焦在骨架上,使骨架轰然坍塌。教皇显然仍处在慌乱中,他没有在这儿多停,起身摩挲着奇卡卡的头顶表示赞赏,随后匆匆离去。

信徒们也很快散去。虽然他们用暴烈的行动驱走了恐惧,但把暴力加在化身沙巫的圣体上,这事总让他们忐忑不安。片刻之后,万头攒动的场景不见了,只留下圣坛上一具破碎的骨架、一辆砸扁了的神车、一尊白金雕像,还有地上一个虚弱的图拉拉。

图拉拉忍着头部的剧痛,挣扎着走到骨架边。灰黑色的骨架散落一地,头颅孤零零地滚在一旁,两只眼睛变成两个黑洞,悲愤地瞪着天边。片刻之前,他还是人人敬仰的化身沙巫,是一个丰满坚硬的圣体,转瞬之间被毁坏了,永远不可挽救了。图拉拉感到深深的自责。如果他事先能见到教皇,相信凭自己的声望,能说服他采用正确的方法唤醒沙巫——毕竟教皇也不愿圣体遭到毁坏呀。可惜晚了,来不及了,这一切都是由于缺少一个备用能量盒,是由于自己该死的疏忽。

他深深地俯伏在地,悲伤地向化身沙巫认罪。

他立起身,小心地收集沙巫的骨架。为什么这样做?不知道,他没有什么目的,只是想以这种下意识的动作来驱散心中的悲伤和悔恨。

此后一千年是索拉星的黑暗时期，狂热的教徒砸碎了和科学有关的一切东西，连索拉人曾广泛使用的能量盒，也被当作渎神的奇技淫巧被全部砸坏。羽翼未丰的科学遭到迎头痛击，一蹶不振，直到一千年后才慢慢恢复元气。

沙巫教则达到极盛。他们仍信奉沙巫，但化身沙巫不再被视为沙巫大神的使者，他成了一尊伪神，一个罪神。信徒的祈祷词中加了一句：

我奉沙巫大神为天地间唯一的至尊，

我唾弃伪神，他不是大神的化身。

不过，沙巫教中悄悄地兴起一个小派别，叫赎罪派。据说传教者是一个横死后复生的贱民。他们仍信奉化身沙巫是大神的使臣和索拉人的创造者，他们精心保存着两件圣物，一件是焦黑的头骨，一件是白金制的塑像。赎罪派的教义中，关于沙巫之死是这样说的：化身沙巫确实是沙巫的化身，原打算给索拉星带来无上的幸福。但他被索拉人错杀了，幸福也与索拉人交臂而过。

尽管新教皇奇卡卡颁布了严厉的镇压法令，但赎罪派的信徒仍日渐增多。因为赎罪派的教义唤醒了人们的良知，唤醒了他们潜藏内心深处的负罪感。对教廷的镇压，赎罪派从不做公开的反抗，他们默默地发展壮大着，到处搜集与科学有关的一切东西：被砸碎的能量盒、神车的碎片、残缺不全的图纸和文字，等等。在那位赎罪派传教者于一百八十岁高龄去世后，再没人能懂得这些东西，但他们仍执着地收藏着，因为——传教者说，等化身沙巫在下一个千禧年复活时，它们就有用了。

赎罪派只尊奉《圣书》的《旧约》篇而扬弃《新约》篇。他们在《旧约》篇上加了一段祷文：

化身沙巫越权创造了索拉人，父星惩罚了他。

索拉人杀死了化身沙巫，你们得到父星的授权了吗？

索拉人啊，

你们杀死了自己的生父，你们有罪了；

你们要世世代代背负着原罪，直到化身沙巫复生。

人生不相见

何 夕

1. 领路人

入夜后的营地安静了许多,白昼里训练的喧嚣已经散去,这里是美国凯斯国家海洋保护区的基拉戈海岸。范哲警惕地扫视着四周,因为叶列娜现在正在"工作"。怎么说呢,反正范哲现在算是叶列娜的同谋,门禁系统是他突破的,现在也是他在给叶列娜望风。按章程有关规定,档案馆网络与外界物理隔离自成一体,只有在内部才能调阅。严格说来,叶列娜就算进到里面也没法"调阅",因为她根本没有获得相应的权限。叶列娜已经进入档案馆快一个小时了,也不知道情况如何。范哲可不想成为被好奇心害死的猫,再说他对那些档案也没什么好奇心,最多只是对叶列娜有那么一点好奇心罢了。不过虽然是在犯规,但范哲心里并无多少愧疚之感,其他学员都如期离开了,偏偏留下他们两个人,而且找谁询问都是一句无可奉告。范哲还好点儿,只是一名工程师。叶列娜以前是特警,天生就是个惹事丫头,反正闲着也是闲着,正好练练个人的手艺。

范哲心虚地刚想四下张望，就在这时，他见到了那个人。范哲敢肯定就在一分钟之前周围都是没人的，估计刚才那家伙是隐身于某个角落。对方显然发现了自己，因为他正点头示意。问题是范哲心里有鬼，他努力强迫自己不要朝档案馆的方向张望。

"这里真美啊。"来人应该是个亚洲人，大概有四十多岁，脸上的皱纹宛如刀削。但他的语气让范哲觉得有些奇怪，因为这样的抒情语气显得他像是一个青涩少年。

"当然。"范哲强自镇定地接过话头，"你刚才一直待在这里……看风景？"

"我来了一阵儿了，大海落日很壮观，不是吗？"

"当然，你慢慢看。"虽然来人透着古怪，但范哲没有心思深究，只盼着这家伙早点离开。

来人望着黄昏的海洋，"宝瓶宫还在原来的地方吧？"

范哲悚然一惊，宝瓶宫就在离海岸八公里外的海面之下。宝瓶宫始建于20世纪80年代，是元老级的宇航员训练设施，其生活舱和实验室就建在一个深海珊瑚礁旁边。宝瓶宫长十四米，宽三米，重约八十一吨，建在二十七米深的水下，模拟了空间站的各种生活条件。许多年来，它的面积一直保持在四十二平方米，这并不是因为在技术上无法扩建，而是刻意保持与太空居住环境的相似性。虽说它的生活设施很齐全，但想象一下，人在这里待上几百个小时（所谓的饱和潜水技术）会是什么滋味吧。宝瓶宫主要是为了训练宇航员的太空运动能力,但显然对宇航员的心理素质也是一个考验。据说,在未公布的档案里就有宇航员长期幽闭后出现精神疾病被淘汰的记录,当然,这样的资料不是一般人能看到的。不过范哲知道,也许再过一会儿,自己就能目睹那些神秘的资料了,希望叶列娜一切顺利。

"您是新来的教官?"范哲试探地问。

"不。"来人意味深长地摇摇头,"很多年前我是这里的学员。"

"啊?"这回轮到范哲吃惊了,刚来时就有人向教官问及以往学员的现状,但被告知这属于机密,而现在居然来了一个活的。

"不用怀疑。"来人淡淡开口道,"不过我出现在你面前属于特例。"

"为什么告诉我这个?"范哲不禁有些紧张,出于本能,他明白某些事情知道了不见得是好事。

"因为我们将一起合作。"来人眼里闪出洞悉一切的光芒,"你,我,还有叶列娜。自我介绍一下,我是何夕。你们之所以一直待在基地,就是在等我,因为我是你们的领路人。"

范哲的嘴微微张开,样子有些傻。这时,他手里的电话响了,上面显示出一条正在传输资料的进度条。看来叶列娜已经有了收获。

"跟我来吧。"来人说完大步朝前。

"去哪儿?"范哲不知所措地问。

"当然是去档案馆。你通知叶列娜终止行动吧,我会解开你们心中的谜团。"

2. 参 宿

档案已经发黄。

在恒星际时代,突然出现"纸"这种东西的机会是极少的,这只是因为在个别场合必须按照规定使用所谓的"硬"拷贝材料。何夕早已从电脑中知晓了档案袋里的内容,但现在,他仍然必须在办理完烦琐的手续后从机要员手里接过它。蓝色的菱形印章覆盖在档案的封口处,代表着某种至高无上的权威。印章已经有些斑驳,五十多年的时光顽强地在上面留下了自己的痕迹。其实所有人都知道,真实可靠的文件内容只能通过电子副本获得,因为在这个时代,只需入门级的原子组装技术便能以假乱真地复制出连同这个印章在内的全部纸质档案,谁也不敢确定手上这套东西就是以前封存的原件。只有基于数论的电子加密技术,才能确保文件的安全。但这并不妨碍何夕一脸郑重地抽出文件从头阅览,因为这是规定。

看着那些文字,何夕心里涌出一丝难以言说的情绪,他知道二十年前的那个人也曾翻阅过这套编号为"145"的档案。范哲和叶列娜紧紧地跟在何夕身旁,脸上的激动无法掩饰。何夕瞄了眼范哲,不禁想起当年的自己何尝不是一样。何夕知道,他们俩能跟随自己进入这里看到"乐土计划"的档案,的确是一件不容易的事情,这意味着他们至少要淘汰掉两千名的竞争者。但何夕不知道,当这两个年轻人下一步完全明了自己的使命后,是否还能像现在这样志得意满。从道理上讲应该影响不大,至少何夕知道,在测试题目中已经暗藏了某些线索。

"好了,该进入正题了。"何夕示意两位年轻人坐下,"从拆开这份文件开始,我们三个人就算正式加入到'乐土计划'中了。或许你们也知道一些内情,但我还是按规定从头说起,因为我是你们的领路人。在未来这段时间里,我将陪伴你们,直到任务完成。"

"还是不用了吧。"叶列娜突然打断何夕,"基础的背景知识我刚刚在电脑里看过了。"她转头看着范哲,"我还传给你看了的。"

范哲有些错愕,他没想到叶列娜竟这样坦诚。本来他只是抱着试一试的心理,没想到叶列娜真能有所进展。

这回轮到何夕吃惊了。"乐土计划"属于联邦绝密级,他有些狐疑地看着这个头发微卷的斯拉夫女孩。他知道叶列娜有过特警的经历,但没想到她居然还是一名技术超群的计算机黑客。

"你不用怀疑。"叶列娜落落大方地开口道,"我潜入档案馆,用自己编写的一个工具软件搜索到了系统的小漏洞,从而看到了少量密级不高的资料,但也到此为止。总体来说,那个什么乐土系统还是非常强大的。不过,所有事情都是我一个人干的,与范哲无关。"

何夕不动声色地问:"那你知道了些什么?"

叶列娜似笑非笑地答道:"至少我知道了我们这趟旅程并非一般的考察,和其他人所知的不一样,这条航路曾经发生过重大事故,充满未知的危险。"

"你……"何夕顿时语塞。眼前这个文弱的女孩显然具有与她外表不太相符的内在力量,她无所畏惧地与何夕的双眼对视,竟然使得后者生出一丝躲闪的念头。一旁的范哲保持着沉默,但看得出来,他是站在叶列娜一边的,他看叶列娜的眼神中混合了欣赏与关心,甚至还有隐隐的依恋。这也难怪,他们一起接受训练,特别是这最后一个月他们一直单独相处。何夕心中一凛,这是一个让人感觉不好的苗头。

"恐怕基地的头儿也是有所顾虑吧。"叶列娜幽幽地开口,眼里有洞察的光芒闪现,"我们这次考察本该在一个月前开始,但却一直拖到现在。其实基地并不缺领路人,却专门将你从四十六光年之外召回来,是因为你比他们有经验。"

何夕颓然跌坐。叶列娜说得没错,这次行动的确非同寻常。接到基地的命令时,何夕也相当意外:从来没有人会第二次执行"乐土计划",这是没有先例的。二十年来,何夕一直生活在天蝎座渤海星。天蝎座18号星距离太阳系四十六光年,地球天文学家很早就开始关注这颗恒星,因为它和太阳实在太相像了,几乎具有相同的年龄、质量、直径以及表面温度,就连自转周期也非常接近,都为二十五天左右。这颗位于天蝎座左螯上的恒星理所当然成为人类优先纳入考察计划的星球。所以,"虫洞通道"技术刚刚进入成熟阶段,人类就向天蝎座18号星发射了探测飞船。正如英谚里常说的"坏运气连着坏运气,好运气连着好运气"一样,人们惊喜地发现,这颗恒星的第二颗行星竟然具有良好的生态环境,最可贵的是,经过后续的仔细探查,发现这颗行星上还没有进化出具有智能的生命体。一句话,人类中大奖了,奖品就是一颗直径一万一千公里、后来被命名为"渤海"的生命星球。

但是叫他怎么对叶列娜说呢?这两个年轻人可能知道一些事件的轮廓,但以他们现在的心境,怎么可能体会到那些事件背后的鲜血与生命的分量?是的,他们太年轻了,他们只是好奇,只是对世界上的未知充满向往,却不明白人生一直行进在雷区之中,无法察觉的灾难随时可能吞噬一切,经历过危险的人才能加倍珍视生命。其实为了执行这次任务,基地总共向十二位"老人"发出了非强迫性的召集令,但最终只有何夕一个人接受了命令。

"先生,你怎么了?"范哲关切地问,作为一名工程师,他不像叶列娜那样咄咄逼人。

"没什么。只是渤海星的氧气含量略高于地球，我这次回来时间不长，还没完全适应。"何夕抚了抚有些气闷的胸口，"其实就算你们没有突破系统，有些事情我也会告诉你们的，所以我不打算将这件事情上报。当然，我会提醒他们系统出了漏洞。不过，也请你们不要再对其他人提起这件事，好吗？"

叶列娜的目光在何夕脸上停留了一秒钟，声音突然变得低缓："谢谢。"

"还是让我们说说里海星的事情吧。"何夕戴上数字手套，房间里顿时暗了下来，一幅全拟真的星图浮现在半空中。淡淡银河垂地，仿佛某个超级巨人的信手涂鸦。"看那里，猎户座，也就是中国古人所说的参宿。"

何夕手指微动，星图急速地拉近，"这颗编号为HP26762的红色恒星距离地球一百六十八光年，光谱类型F，太阳为G，所以它的表面温度略高于太阳。"

镜头拉近，红色的灰尘被放大，显出模拟的细部结构，可以看见丝丝缕缕的日珥偶尔喷吐出星球的表面，宛如条条纱巾。那是另一颗光明星球，是太阳远在亿兆公里之外的兄弟。何夕注视着这颗美丽的空中宝石，眼里有种难以描述的神情，即使以范哲的粗疏，也能看出这个中年男人分明对这颗远在一百六十八光年之外的星球有一种奇特的情感。叶列娜记下了这一幕，她隐隐觉得此次任务透着一些诡异。

"恒星HP26762的第二颗行星就是里海星，它是在五十多年前被发现的,在例行的二十年观测实验期后正式纳入'乐土计划'。里海星形成于三十亿年前,比地球年轻。它和地球的主要差别在于,它的铁镍质核心偏小,这导致地核冷却速度更快,虽然只过去了三十亿年,但它现在的地磁强度只有地球的二分之一,而且目前还在继续以每年亿分之一的速度减少。将来,里海星也会像火星一样彻底失去磁场保护,到时候在恒星粒子流作用下,它最终将失去绝大部分液态水。不过那是二十亿年后的情形,在未来几亿年内,它依然算得上人间的'乐土'。"何夕按照例行规定做着介绍。

"等等。"叶列娜插话道,"HP26762恒星表面温度高于太阳,里海星的磁场又弱于地球,那上面的恒星辐射一定比地球更强。"

何夕赞同地点点头,"准确地讲,里海星表面的平均恒星辐射强度是地球的两倍,两极地区还要更高。我看过当年从里海星传回的极地照片,某些时候在极光辉映下,夜晚就像白天一样。实际上,在里海星三十度左右的低纬度地区,偶尔能看到极光,这就好比在上海市看到北极光。"

"那肯定很美。"范哲露出悠然神往的表情。

"当然,可以毫不夸张地说,美得令人呼吸不畅。"何夕淡淡一笑,"但可惜我们欣赏不了多久。高能粒子会让我们的眼睛很快就患上白内障,我们的骨髓细胞会被迅速摧毁,接下来便是顺理成章的结果——死亡。"

"所以才需要先行者,对吧?"叶列娜插话道。

何夕这次没有表现出诧异,他料到叶列娜已经查到了先行者的资料,"是的,先行者率先登陆并征服这些星球,如果有可能,他们还将承担改造星球环境的任务。总之,先行者是值得我们永远尊敬的一群人。他们为我们人类的美好前途付出了一切……"何夕陡然止住,脸上浮现出萧索之意。

叶列娜与范哲面面相觑,何夕凝视着虚空中的猎户座群星,心里不禁划过一声悠长的感叹。在一百六十八光年的时空阻隔之下,彼端已然是另一个世界。

"资料里提到了通道事故……"范哲小心地提起话头。

何夕从短暂的失神中回过神来,"是的,通道,那是一次事故。在发现里海星的时候,虫洞技术已经非常成熟,人类在坐标点之间的跃迁有过无数成功的经验。虫洞技术的基石是引力,正是靠着对强大引力的精确操控才能将空间'穿孔',从而实现超距跃迁。虽然虫洞跃迁的理论耗时为零,但在实际中至少要维持十五秒稳定态,才有足够时间完成一次操作。不过,虫洞的理论基石已经隐含着虫洞跃迁的一个危险:虫洞总是成对儿出现的,而如果在虫洞对之间的直线空间上存在着强引力物体,那么在跃迁之前就必须考虑这种引力的影响,将其代入到计算中,否则,建立的虫洞对将陷入紊乱状态,跃迁目的地将变得无法预料。"

叶列娜插话道:"的确,在这种情况下,一旦误入巨星系的核心区域,肯定会导致灾难性的后果。"

何夕摇摇头,"你说的情况并不常见,总体而言,宇宙中物质的分布非常稀薄。现在发生的几起事故是另外一种更复杂的情况。"

"什么情况?"范哲问。

"偏移并不只发生在空间上。"何夕神色凝重地说,"第一艘事故飞船发现自己偏离预定地点约二十光年,当他们和地球建立量子通信之后,才发现虽然他们感觉只过去了一瞬间,但在地球上,时间已经过去了四个月,人们当时都以为他们遇难了。所以,他们是同时在空间和时间上都出现了飘移。"

"他们穿梭了时空?"叶列娜倒吸了口气。

"'穿梭'这个词容易导致误解,没有人能够回到过去,只可能往后飘移。"何夕接着说,"根据事后分析,这种效应与物质以光速运动时的情形相似,对他们而言,时间停止了。迄今为止,相同的事故已经发生了六起,有的是几个月,有的是几年。最长的一起失踪事件已经过去六十年了,至今没有消息,而且可能永远都不会有消息了,他们很可能已经被巨恒星吞噬了。"

"里海星任务也是事故之一,对吗?"叶列娜幽幽地问道。

"是的,就是猎户座里海星。"何夕点点头,"也是我们这次的目的地。"

"这种威胁来自黑洞吗?"范哲插话道。

"并不是那么简单。"何夕缓缓摇头,"在现有技术条件下,虫洞对之间的距离不能超过十光年，所以，去某个外太阳系的行程实际上由一系列跳飞组成。而对强引力物质的探察，就是建立航道最重要的工作。十光年虽然是一个非常广的区域，但现有技术对于包括普通黑洞在内的强引力源的探察是很准确的，唯独对那些形成于宇宙大爆炸初期的微黑洞束手无策。这些太初黑洞非常小，有的视界还不到一微米，具有的引力却很强大，要完全排查极其困难。好在这种特殊结构并不常见，而且根据计算，单个微黑洞并不足以扰乱虫洞对的运行，除非遇到散布的微黑洞群落，否则虫洞跃迁依然是安全的。实际上在事故之前，已经往里海星成功发射过多艘飞船，一切运行正常。"

"资料上讲，飞船成员发回了遇险信息，"叶列娜开口道，"是在出发后三个多月的时候。当时，他们不仅在时间上飘移了九十多天，而且还在空间上误入了一颗超强辐射脉冲星的势力范围。当时两名男性成员已经死亡，最后那名女性成员发出航线上存在高危险微黑洞群警报信息之后也死了。"叶列娜注意到何夕脸上显出了难以掩饰的痛苦，"这直接导致前往里海星的航道自二十年前中断至今。"

"是的。"何夕调整了一下情绪，"航道的重新探察是一个漫长的过程，尤其是在已经发生了悲剧的情况下。现在的新航道在距离上远了一些，但应该能够绕过那个可怕的微黑洞群落区域。"

"能确定是微黑洞造成的事故吗?"叶列娜探究地问。

"这个,当然了。"何夕有些诧异地看了眼叶列娜。

"可是后来并没有确切发现微黑洞群落的消息,现在新航线只是绕道而已。为此居然白白耗费二十多年时间……"叶列娜突然止住,因为她发现眼前的何夕陡然间已经变成了另一个人。

"你说什么?"何夕瞪大双眼须发竖立,"你有什么资格怀疑于岚的判断? 这是她付出生命代价才得到的结论! 你……"

叶列娜忙不迭地道歉,她也觉得自己的怀疑有些过分,"对不起,我只是有些好奇。"

何夕撑住额头,二十年了,一切仿佛昨天才发生,包括于岚最后那凄美的微笑。

3. 商　宿

休斯敦宇航中心一派繁忙,里海星飞船将在这里升空,进入外层空间后再转入虫洞飞行。虫洞飞船的主体就像是一枚巨大的枣核,周围悬浮缠绕着三个交叉的线圈。领路人马维康带着他的组员加滕峻和于岚一字排开站在飞船前面,接受人们的祝福。

何夕面无表情地注视着站在飞船前面的三个人,准确地说，他的目光只是落在那个娇小的身影上，心里麻木得没有一丝感觉。就在昨天之前，他的心还被幸福的憧憬填得满满的，而现在一切都已无法挽回。

是的，就在昨天，何夕当时刚刚从减压舱出来。在宝瓶宫受训的宇航员由于长时间生活在水下，他们的身体体液被高压氮气充斥，在返回海面前要进行十七个小时的减压，这是最让人难受的环节。何夕一出减压舱就禁不住仰头深吸一口气，感觉自己这才算活过来了。等他再次平视前方时，一眼便看到了于岚那俏生生的身影。

绿树，草地，衣袂飘飘，这是一道风景。

于岚扬起脸，有些调皮地看着何夕，"谢谢你这段时间对我的照顾。"

"咱们的生物学博士什么时候变得这么客气了？"何夕略显木讷地笑笑，他们前后相差十天进到宝瓶宫，在那里共同训练了二十天。其实何夕觉得应该说感谢的是自己，因为自己晚到十天，是于岚告诉了他许多有益的经验。不过，在一起突发事故中，也的确是何夕帮助于岚脱离了险境。

"我是来同你道别的。"于岚轻声道，她低头看着地面。

何夕有些意外，"道别是什么意思啊？我们可是分在同一个组的，应该是半个月后一起出发吧？"

"基地作了调整，我改派了别的任务。"于岚黑白分明的眸子里闪过难以言说的神色，一种痛楚的感觉在这一瞬间从她心头滑过。二十天前的一次训练中,于岚的潜水设备发生了紧急故障,何夕没有任何犹豫地把自己的呼吸器拉开接驳到她的面罩上。那一刻,于岚心里某个最柔软的地方被深深触动了,她没想到,这个世界上真的会有一个人视她胜过自己的性命,她本以为这样的情节只存在于赚人眼泪的小说里。那是怎样一种天雷地火般的触动啊。

"哦,怎么会这样?"何夕语气里有难以掩饰的失望,他觉得自己的心正在往下沉。

于岚咬住下唇,叫她怎么跟眼前这个比自己小一岁的大男孩说呢?其实正是她自己要求改派的。十天前,当她回到基地知晓了任务的全部内容后,她只能作这样的选择——等何夕知道真相后,应该也会同意这是最好的选择吧。这个世界上有许多很伟大很崇高的东西,跟它们比起来,爱情虽然美丽,但却只是一件渺小的装饰品。于岚想到这一点的时候,突然觉得有一丝什么东西从身体里被抽了出去,渐行渐远,仿佛多年前的某一天,她眼睁睁地望着心爱的布娃娃飞出了列车车窗。

"再过二十四个小时,我就出发了。"于岚脸上挂着空洞的笑容。

"我们以后还能见面吗?"话一出口,何夕就发现自己问得太蠢了。刚受训时他们就被告知,不同小组成员的后况将列为机密,彼此是无缘再见的。

"知道我要去哪里吗?"于岚的声音像风铃一样动听,"是位于猎户座的里海星，中国古人所称的参宿。而你要去的渤海星位于天琴座，中国古人称之为商宿。"

何夕陡然间明白了什么。人生不相见，动如参与商。参星在西，商星在东，当一个上升，另一个便下沉，永世不能相见。千百年来，地球上的人们从未同时看到过参宿和商宿。

于岚的心里也滚过宿命般的浩叹，十天前她只是请求改派任务，到里海星是上面的人定的，但却那么不可思议地映照到千年前的诗句里，仿佛冥冥之中真存在着天意。

…………

送别的人一一上前告别，祝福三位人类的勇士。这时，领路人马维康注意到了于岚的沉默，"我们基地最美丽的女士不想对大家说点什么吗？"

于岚被突如其来的提问从失神中拉回，她静静地巡视全场，"谢谢大家来送我们。其实，我要说的话昨天已经说完了。"于岚望着人群中的何夕，脸上是一抹带泪的笑容。

何夕嘴唇翕动，那是只有他们两个人才能听到的诗句："人生不相见，动如参与商。今夕复何夕，共此灯烛光。"

是的，这就是人生的宿命。当昨天何夕第一次打开属于他自己的渤海星任务档案时，立刻就明白了于岚做出的是怎样的决定，他现在赶到发射场只为最后与于岚告别。这并不是什么一般性的考察任务，在那个无比崇高的目标之下，需要他们付出很多，这其中就包括——爱情。

4. 水星球

预定目的地设定为距渤海星六十万公里的外层空间,这是为了尽量避开渤海星两颗卫星的干扰。作为领路人,何夕完成了百分之九十以上的操作。每一次十光年跳飞后的方位确认、航道修正以及能源补给,需时约两天。其实一切都在计算机程序的控制下进行,领路人所能做的不过是摁下确认按钮,这虽然只是一个表象,但却让人觉得仿佛是自己在掌握着命运。何夕摆摆头将这个念头甩开,拇指毅然摁下,启动最后一次跳飞。

三十五个地球日之后,虫洞飞船突兀地出现在渤海星的外层空间,就像一个从遥远虚空中钻出的幽灵。防护罩缓缓打开,母星明亮的光线经过过滤之后照射进来。叶列娜和范哲迫不及待地解开束缚,飘移到舷窗旁,里海星巨大的身影悬浮在远处漆黑的深空中,像是一只绘满蓝色花纹的瓷盘。

是的,蓝色覆盖了里海星的全部表面,这是一颗没有陆地的水星球。虽然这是从资料里已经知道的事实,但同地球的巨大反差,还是让人一见之下难以相信自己的眼睛。

"真美啊!"叶列娜如痴如醉地赞叹道,"哎,范哲,你看它像不像一颗矢车菊蓝宝石?"

"真想把它镶嵌在一颗戒指上送给我的新娘。"范哲幽幽开口，"不过它真的太奇特了，竟然没有陆地。"

何夕的动作比年轻人慢了半拍，他凝望着里海星，一时间心潮起伏，"里海星并不奇特，恰恰相反，是地球更奇特。"

"你说什么?"范哲不解地问。

"宇宙中的行星无非两种，要么有液态水，要么没有。相比之下，存在液态水的行星是小概率事件，根据现有资料来看，几率小于一亿分之一。因为这要求行星具备一系列极难满足的条件，比如行星与恒星的距离、恒星所处的年龄阶段、行星自转的速率、行星的质量与引力大小，以及大气层厚度，等等。这些条件的苛刻程度，足以与宇宙常数所具有的奇异精确程度相提并论。你们想想看，在太阳系里存在那么多行星、小行星以及卫星，但拥有液态水的却只有地球。"何夕耐心地讲解，"但另一方面，由于宇宙无比巨大的物质数量，存在液态水的行星数量在实际上却又是一个天文数字。而在数以十亿年计的时间条件下，如果我们认可生命的自发论是正确的，那么，液态水和生命存在几乎就是一个等同的概念。所以一般性的看法是，宇宙中的生命绝非地球所独有。"

"这个我大概是知道的。"叶列娜插话道，"可刚才你说地球才是奇特的是什么意思?"

"你们应该知道，地球表面百分之七十一是海洋，百分之二十九是陆地。我的意思是，在拥有液态水的星球里，这是一种非常奇特的小概率现象。"

叶列娜和范哲面面相觑,表情都有些发呆。

"实际上,水这种物质在地球总的物质中占有比例相当低。这些水大致有几个来源:地球形成时的太初尘埃、数十亿年来引力俘获的星际水分子、撞击地球的小行星或彗星带来的水分。正是这些极其复杂的来源共同构成了地球上现在的水分。地表水的重量不到地球重量的万分之六,地核中则基本可以肯定没有水的存在。而为了测出地幔的情况,公元2002年,日本的研究者在高温高压环境下创造出了四种和地幔矿物相似的化合物,然后向这些化合物灌水,测试它们吸水后重量的变化。结果表明,在地幔处溶解的水是地表水量的五倍多。所以,地表水的重量加上地幔水的重量,水占地球重量的比例约为千分之一。这是一个非常低的比例,我们完全可以想象水占比高得多的行星,理论上甚至不能排除百分之百由水构成的星球,有些小行星和彗星的构成比例差不多就是那样的。那么按道理,在所有存在液态水的行星上,水重量占比小于千分之一也是稀有情况。也许在一百个这样的行星中,九十九个都比地球的含水量大。"

范哲听得有些发呆,而叶列娜也罕见地保持沉默。

何夕笑了笑,"别这样看着我,要知道我的专业就是天文学,我当年的毕业论文就是研究地外含水行星的,题目就叫《水星球》。让我们回到正题吧,即使以千分之一这样低的占比来看,海洋也占据了地球的大部分表面。我们假设某个行星的水重量为星球总重的千分之二,那么按照一般化的原理来看,大陆其实已经不大可能存在了,个别岛屿或许有可能存在,但如果行星含水比例再上升一点儿,它们也将完全消失。也就是说,我们有理由认为,对于所有存在液态水的星球来说,大片陆地的存在只是一个小概率事件,而表面基本被海洋覆盖才是常态。实际上迄今为止,在现在人类发现的两百多颗地外生命星球中,只有一颗星球具有大片陆地。"

"在哪里?"叶列娜按捺不住地问。

"就是我生活了二十年的渤海星。它的表面百分之九十被海洋覆盖,具有一片面积接近亚洲的大陆。当初发现它时,引起的重视是空前的,地球委员会启动了最紧急预案。"

"为什么? 就因为它有陆地?"范哲插话道。

"还能有别的原因吗? 就是因为陆地。"何夕肯定地点头。

5. 乐观派

飞船已进入近地轨道。从这里看过去,里海星已经覆盖了大半视野,它静静地转动着,丝丝缕缕的云带间断连环,勾勒出大致的大气运动图案。叶列娜扫了一眼控制台,信号已经发出,但还没有收到任何回应,这显得有些不正常。虫洞跃迁结束后是一段常规航程,大约四天后才能抵达里海星,宇航员接受的培训就是为这种常规航程准备的。叶列娜转头欣赏着舷窗外的风景,她已经知道,由于没有大陆,里海星的气候是比较温和的,除了在赤道附近偶尔形成风暴外,基本上没有极端的气候状况;由于没有大陆的阻拦和消减效应,风暴在里海星的存续时间比地球长很多。就算是风暴也不会对绝大多数生灵构成威胁,巨量的液态水保护了所有的生灵,但是,这真的是一种保护吗?

"我还是怀疑水星球并不能永远封锁智能生命的产生。"叶列娜看着何夕,"如果时间足够,也许生命会找到一条我们未知的进化道路。"

"我以前也这样想过。但你能告诉我在水星球上怎样得到火吗,不是稍纵即逝像闪电的那种,而是持续不断能被使用的火?"何夕的声音低沉下去,"燃烧的三个条件是有可燃物、与氧气接触、温度达到可燃物着火点。在水中没有游离氧,而且水温也低于多数可燃物的着火点,自然条件下无法获得火。至于现在人们实现的水下燃烧实际上是基于精巧设计的机器,这种火其实是智慧的产物。"

叶列娜泄气地摇头。她当然知道火对于智能生命进化的意义。那可不仅仅是提供保护和熟食,包括煅烧器具、冶炼金属,以及后来人类的化学物理等一切科技,没有一样不是发端于火的应用。

"以前有种观点,认为人类作为智能生命的标志是人的大脑与体重的占比是最高的,现在知道宽吻海豚的这个比例是大于人的,可是几百万年来,宽吻海豚也没能产生自己的文明,最多算是有些社会的雏形罢了。"何夕接着说道,"所以你们现在应该明白,当年发现渤海星时地球联邦为何如临大敌了,因为大陆的存在有利于智能生命的产生。不过那只是虚惊一场,渤海星没有高智能生命存在,那里最高级的物种是一种生有脊椎、长着八条腕足的陆地章鱼,智力接近于地球上的长臂猿。如果人类更晚发现渤海星,这种生物可能会成为星球的统治者,但现在它们的腕足是渤海星的一道名菜。"

叶列娜心中不禁涌起无比的骄傲与庆幸。如果认可何夕的观点,水星球对生命的保护实际上是一种对生命永恒的禁锢。处于这颗蓝色星球的上空,叶列娜知道这几天与领路人的交谈已经彻底改变了自己。她有生以来几乎第一次意识到,生而为人是一件多么奇异的事情;或者按何夕的说法,是一个概率多么小的事件。

"但为什么人类会如此害怕另一种智能生命? 难道不能成为朋友吗?"叶列娜吐露心中的疑虑。

何夕古怪地笑了笑,"其实在这个问题上,一直存在悲观与乐观两派。悲观派认为宇宙间的智能生命一旦相遇,将立即导致落后的一方被掠夺、杀戮乃至灭绝。现在这种观点获得了不少人的认可,是主流。"

"那乐观派呢?"叶列娜急切地问。

"我就是乐观派。"何夕注视着叶列娜的眼睛，"这也许和我自己的天文学专业有关。但是现在，我的这种观点出了点儿问题。"

"我不太明白你的话。"叶列娜蓝盈盈的眼睛里写满了好奇。

"我们乐观的原因只是因为宇宙本身的宏大。离地球最近的恒星系是四点三光年之外的比邻星，但它是一个引力系统非常复杂的三星系统，行星根本无法稳定存在。而已知的拥有行星的恒星都离地球十光年以上，基于生命产生和进化的苛刻条件，这些行星上面恰好拥有智能生命的可能性几乎为零。上百年来，地球上最强大的射电望远镜还没有从这些星球上接收到一丝有意义的信号，这实际上已经基本否定了地球周围数十光年内存在智能生命的可能性。"

"那再远一些呢?"范哲插话道，"可观测宇宙的范围可是超过一百三十亿光年。"

"再远一些当然会有可能。"何夕肯定地说，"虽然智能生命产生的概率极低，但由于宇宙物质的无比巨大，所以拥有智能生命的星球是一定存在的，而且其中很多的科技水平肯定超过了地球人。那么问题来了，如果那些科技水平更高的外星种族来到地球，它们会干什么?"

叶列娜和范哲对望一眼，都老实地摇了摇头。

"乐观派的结论是它们什么都不会做。因为对于能够跨越成千上万光年距离的高级文明来说,地球以及现阶段的所谓人类文明除了有一点观察意义之外,根本就没有任何用处。这样的超级文明早就洞悉了物质的全部秘密,也许它们为了来到地球看一眼,随手便熄灭了上百颗太阳大小的恒星,这样的种族又怎么会在意地球这颗沙粒上的那丁点儿所谓的资源呢?"何夕露出一丝戏谑的笑容,"我常想,这就好比人类建造了能抵抗深海高压的高科技潜艇,来到大西洋海底烟囱观察那些靠硫化物生存的管虫,如果管虫中也有悲观派的话,它们一定会惊呼:糟糕!人类来抢我们的硫化氢和美味酸水了!"

叶列娜扑哧一下笑出声来,何夕的比喻让她忍俊不禁,她当然知道人类的屁里就充斥着硫化氢。不过她想起一点,"那你为什么说自己的观点出了点儿问题呢?"

"是虫洞。"何夕的表情转为严肃,"都是因为虫洞这种超越了时代的技术,至少我认为这种技术让人类提前进入了本来还不到时候进入的领域。"

"我有些明白了。"叶列娜点头,"这种技术可能让在文明上还不够成熟的种族发生碰撞,也许会导致悲观派们预见的结果。"

"还没有回信吗?"何夕转头问范哲。

"没有。"范哲很肯定地报告,他已经全面检查了设备。作为一名合格的工程师,他很相信自己的能力,"哎,等等,有信号答复。"

何夕和叶列娜急速地飘过来,他们的目光都锁定在了屏幕上。

"里海星纪元52年6月13日,这里是里海星接引驻地,先行者欢迎来自地球的客人。驻地坐标东经115度,北纬30度。重复一遍:东经115度,北纬30度。"

"登陆飞船准备就绪,请领路人指示。"范哲掩饰不住内心的激动:有生以来将第一次登上另一颗星球,这是多么奇妙的境遇。

但是何夕却微微蹙眉,仿佛正面对一件奇怪的事情,脸上阴晴不定。

"范哲留在主船,我和叶列娜登陆。"

"为什么?"范哲失望地问,"按章程我也应该下去的。"

"你的任务是立刻对整个里海星建立毫米级扫描观测。"

"计划书里没有这一条啊。"范哲大惑不解。

"这是命令。"何夕面色阴晦,口气不容置疑。

6. 驻　地

驻地像一片漂浮在无边池塘里的巨型树叶,登陆舱渐行渐近,在"巨型树叶"的映衬下极像一只小小的瓢虫。这时,驻地的表面隙开一道窄缝,吞下登陆舱。

面前居然是一片浅丘草地,不知名的野花绚丽绽放,小溪涤涤流淌,一只草原黄鼠"嗖"地从旁蹿出,惊起几只蚱蜢,在里海星相当于地球三分之二的引力条件下自在飞行。一幢四面透明的房子很突兀地矗立在平地上。

一个满头银发、皮肤黝黑的高个男子从房子里慢吞吞地走出来,"欢迎你们,我是李高。"

"你好。"何夕微微点头,"可以告诉我你的先行者编号吗?"

来人沉默了一下,"当然,我是里海星先行者42号。"

"那好,42号,我们能够到大船上去吗?"

"现在还不行,大船在圣地。"

"圣地?"何夕疑惑地问,"那是什么地方?"

来人的语气顿时变得庄重:"圣地是世界上最美丽的地方。"

何夕用眼角的余光扫视了一下自己手臂上的扣子,那是一台发射机,此处的一切情况都已经传送到了虫洞飞船,"我想看看这个圣地,请带我们过去。"

来人再次沉默了一秒钟,"好的,我去安排。请你们先在此等待。驻地的环境和地球相似,领路人应该知道的。"

看着来人进屋的背影,叶列娜刚想开口却被何夕制止住了,他取出仪器四下扫描确定没有监视之后开口道:"你马上联系范哲,让他准备建立和地球的量子通信。"

"现在就准备吗?"叶列娜吃惊地问。虫洞飞船携带有一组用于量子通信的电子,保存在接近绝对零度的超低温环境中。它们都是一对双生电子中的一个,对应的另一组电子留在了地球上。双生电子诞生于纯粹能量的碰撞,呈现出量子纠缠态,由于泡利不相容原理,它们的物理状态永远是相反的,这便是超空间量子通信的理论基础。量子通信要求的能源巨大,实际上,虫洞飞船只能支持最多两次量子通信。按照规定,第一次量子通信应该在登陆第七天初步掌握目标星球总体情况后进行,因此,何夕现在就要求做好启动准备,的确让叶列娜感到不解。

"我觉得有必要。"何夕的语气十分坚定,"里海星让我有种不安的感觉。"

叶列娜环视风景怡人的四周,不明白何夕指的是什么。但她知道何夕曾经执行过渤海星任务,这样说一定有其道理,她需要做的就是执行命令。

"我也觉得那个先行者有些傲慢。"叶列娜四下张望,"不过这里真的布置得和地球没什么区别,他们为迎接我们是用了心的。"

"这只是章程的规定。"何夕冷冷说道,"按照《乐土宪章》,先行者必须在本星设置一处面积不小于一平方公里的类地球环境,作为星球政府的永久驻地。里海星还没有到设立政府的时候,这里应该是驻地的前期雏形。"

"我知道这部宪章,上面的规定都很死板。"叶列娜有些不以为然地撇撇嘴,"比如政府驻地这条,里海星明明是一颗水星球,像这样永久性地维持一块地球环境肯定不容易,如果换成我,我也有意见。"

何夕心头涌起面对淘气晚辈时的那种宽容,但他的语气却依然不容辩驳:"《乐土宪章》是整个计划的核心,第一条就明确规定宪章不容违背,否则视为人类公敌。"

"这么严重?"叶列娜吐吐舌头,"我看宪章细则里面有些很细的规定,那些也不能违反吗?"

"我知道你指的什么,那些规定的确很烦琐,但却是'乐土计划'顺利施行的保证。"何夕了解地点头,"比如刚才的先行者42号,你看出他与我们有什么不同了吗?"

叶列娜摇了摇头,"只是觉得他的皮肤颜色较黑,但比地球上的中非班图人要浅得多,这应该是因为适应恒星辐射的缘故吧? 别的好像没什么了。"

"难道你忘了里海星是一颗水星球吗?"何夕说,"这些先行者大部分时间生活在水下,他们都有鳃,那才是他们的主呼吸器,肺只是辅助器官。"

"对啊。"叶列娜恍然大悟般叫道,"可是怎么没看到呢?"

"这便是缘于《乐土宪章》的相关原则。"何夕说,"比如大熊座黄海星的引力是地球的两倍,很明显人类必须经过改造才能在上面生存。黄海星的原生生物都普遍矮小,身体多呈扁平。先行者是经过设计的人类,很显然将身躯设计低矮是最方便的办法。但是人类采取了另一种方法,就是加固先行者的骨骼等支撑系统,当然还包括提高血管壁强度等相关措施,虽然这样做的代价高了很多,但可以保证现在黄海星人的平均身高只比我们低一点点而已,也就是说,从形态上能一眼看出他们是我们的同类。"

"里海星人的鳃在哪里呢?"叶列娜问道。

"据我掌握的资料,他们的腋下便是鳃所在的地方。"何夕肯定地说,"虽然这样做造成了呼吸道的部分冗余,但显然在外观上更能让人接受。"

"其实也可以不采用基因改造的方法啊。"叶列娜想起了什么,"采用水下呼吸器不也可以在里海星生存吗?"

"如果那样做的话,人类根本不能算是移民成功,充其量只是一个过客罢了。"何夕说,"只有凭借本能的力量自由生存,才是真正征服并融入了这颗星球,这也是乐土计划的根本宗旨所在。"

"那万一有些星球环境过于古怪怎么办?"

"已经有过一些放弃的先例。"何夕显然很满意叶列娜能提出这个问题,"比如离地球五十九光年的死海星,由于存在大量硫化物,死海星的海洋呈较强的酸性,里面生活着一些奇怪的低等生物。基因工程师从一种水生螨虫得到启发,从而设计出可行的先行者方案,但最终被听证会否决了。现在死海星已经被废弃七十年了。"

"为什么？既然都有了可行方案为什么不实施？"

何夕的嘴角抽搐了一下，"在方案里，为了适应那里的环境，先行者将会是一种全身布满黏液的有鳞物种。我的朋友威廉教授就是听证会成员，他是一位人类学家，据他说，当时一百多名听证员全票否决了该方案。"

这时李高从屋子里出来了，叶列娜注意到他的笑容有些谦卑，"大船正在赶过来，根据速度计算，二十分钟之后对接。"

何夕蹙了蹙眉，"据我所知，大船都是作为永久驻地的一部分，怎么在里海星会分隔这么远？还有，这里既然是政府驻地，怎么只有你一个人？"

"大船只是例行巡视。另外，我不知道什么叫作政府。"李高的语气不卑不亢，说完便低下头去。

这个回答让何夕略微放心，他也知道政府在验收之后才会成立。但何夕没有注意到，李高低头的瞬间，一丝阴鸷的神色从他脸上滑过。

7. 中央电脑

"我们现在上船，你请自便。"何夕扭头对李高说道，"驻地这里平时是你在管理吗？"何夕又淡淡地问了一句。

"没有，中央电脑说我还需要学习更多的知识，我现在只是配合机器人管家做些外围的事情。"

大船位于甲板之上的主控室,是一处透明的半球形穹顶式建筑,四面的海景一览无余。正前方控制台屏幕上显示着一个胖乎乎的虚拟头像。

"你好,中央电脑已经准备就绪。"头像的语气很平静。

"有一个问题,为什么那个42号先行者具备了某些不该具备的知识?"何夕的语气变得咄咄逼人,"难道你解开了伽利略封印?"

头像回答得很快:"四十五年前,我同四千枚先行者胚胎一起来到里海星,我的使命本该在二十年前完成。但你们迟到了二十年,那些帮助我管理的机器人相继发生了故障,我只好向先行者传授了少量封存的知识,否则不可能在这颗星球上坚持到现在。"

何夕喟然长叹,担心的事情还是发生了。从上次冰河期结束算起,人类文明已经发展了一万三千年,但是现在,人们认为严格意义上的科技文明以伽利略为鼻祖。在伽利略和波义耳之前,人们一直禁锢在古希腊的短暂辉煌中难以前进,而之后的牛顿等人则是站在他们的肩膀之上才得以进入科学的殿堂。所谓的伽利略封印是一个比喻,按照宪章章程,在验收之前,任何移民星球所掌握的知识以农耕文明为上限,这也正好对应着伽利略之前的时代。也就是说,验收之前先行者会掌握完备的经典几何知识,会有朴素的物质元素观念,能够有浅显的农业和医学知识，但是不知晓牛顿定律，也不明白天上的星星是些什么东西。因为里海星的特殊情况，之前地球委员会已经预料到可能会发生意外，但没想到出现问题的居然会是伽利略封印。

"他们知道运动三定律了吧?"何夕尽量保持语速平缓。

"是的。"中央电脑说，"十六年前大船在海啸中受损，为了尽快修复，我解开了牛顿定律的封印。"

"那热力学三定律呢?"

"很抱歉先生，这是能源应用中必须用到的。"

何夕沉默了几秒钟，小心翼翼地问："那麦克斯韦方程呢?"

"电磁学、相对论、量子论以及虫洞理论没有解禁。"中央电脑说。

何夕吁口气，看来情况还不算无可挽回。其实等到验收完毕，这一切都不是问题，从现在掌握的情况来看，验收应该不会有大的意外。何夕心里打定主意，等验收完毕就把这段插曲删掉，毕竟这只是中央电脑在与地球失去一切联系的情况下采取的应急措施。按照章程，这台违规的中央电脑应该格式化后重新编程，但何夕不打算那样做，虽然没什么道理，但在内心里，他甚至有点喜欢上了这个自作聪明的胖家伙，尽管它实质上只是一台由"0"和"1"驱动的智能机器。

"先行者说的圣地是怎么回事?"叶列娜突然问道。

"十六年前那次大海啸中，大船受损，为了避免类似情况再度发生,我指挥先行者建造了一处海底停靠点。至于他们为何称之为'圣地',可能是基于对大船的敬仰。"

"那好吧。我的问题完了。"何夕觉得轻松不少,脸上露出了笑容。

"但是我有一个问题。"中央电脑突然说。

"哦?"何夕的眉头一挑,"你问吧。如果我们解答不了,还可以跟地球委员会联系,求得他们的帮助。"

"不必。"中央电脑说,"如果你不能回答就算了。我想知道现在的里海星先行者还能不能得到改进? 因为经过这么多年后,我发现在设计上有个别不太完善的地方。"

"基因设计是系统工程,对每个移民星系的基因设计至少都要花费五年的时间来施行,要想改变设计,除非通盘重新调试。"何夕有些不耐烦地回答,他没想到会是这种幼稚的问题,"个别地方不完善没有多大影响,世界上从来都没有尽善尽美的设计。"

大船行进了十分钟后,海面上开始出现一些绿色的伞状漂浮物,先是三三两两,但很快就变得密集起来。大的直径超过五米,小的也有几十厘米。

"这是海浮萍。"不等何夕询问,中央电脑便给出了解释,"这片海域是里海星的无风区,所以会聚集这么多。"

"里海星的植物有根吗?"叶列娜突然问道。

中央电脑迟疑了一秒钟,"从我现有的资料来看,应该没有。这颗星球上的所有生物都处于飘浮状态。里海星海域最浅处的深度是八十三米,最深处超过十万米。"

"我好像看到天空中有鸟在飞。"何夕插话道。

"里海星没有同地球类似的鸟类,但是有类似昆虫的飞行生物。它们也可以在水面上停留,应该是从水生生物进化而来。这些昆虫也是先行者的食物来源之一,据他们说,有一种大飞蝗的后腿烤制后很美味。"

叶列娜皱了下眉,似乎有些担心先行者会拿虫子款待自己。何夕指着远处一块不断起伏的巨大黑影问:"那是什么?"

"那是土鲨。"中央电脑答道,"根据研究,这个物种类似于地球上的鲨鱼,已经有差不多十亿年的历史了。"

"十亿年。"何夕倒吸口气。他知道地球上某些种类的鲨鱼已经存在超过三亿年,属于地球最古老的物种之一,相比之下,人类两百多万年的进化史简直不值一提;实际上,地球的陆生物种存在时间都比海洋生物短得多。

"经过这么长时间还没有灭绝,真是奇迹。"

"的确是奇迹。化石资料表明,这么久以来这个物种几乎没有什么变化。"中央电脑补充道,"也许是里海星的环境太平静了,进化的动力太小。"

"应该是这样。"何夕点点头,"地球上至今仍有些人因为某些生物几千万年来变化甚少而否定达尔文的进化论,其实这不过是因为这些生物几千万年来依然很适应环境罢了。生物进化是因为生存环境带来的选择压力,看来水星球的确是生命的舒适摇篮。"

"我们已经到达坐标位置附近。现在开始下潜。"随着中央电脑的提醒,穹顶外陡然一暗,片刻之后,四周已是一派海底风光。阳光透过海浮萍的缝隙照射下来,形成道道明亮的光柱。光柱中大片悬浮的巨型海藻飘来飘去,宛如无根的森林。

"它们虽然没有根,但在下部却普遍长有一团沉重的组织体。"何夕对叶列娜说,"这是许多水星球植物的共同特点,它们以此来调节自身在水中的高度。"

"我们已经发现至少有上百种植物具备初级运动能力,它们可以通过蠕动部分枝干缓慢前进,以便选择适合生存的环境。"中央电脑补充道。

"那是什么?"叶列娜突然指着一个方向问道。何夕望过去,立刻看到了奇怪的一幕:在一丛巨型海藻的中部呈现出膨大的一团,就像生出了一个直径十来米的卵。在轻浪起伏中,这个巨大的物体缓缓漂荡,阳光照射在上面,波光流动熠熠生辉,就像一块用翡翠雕琢的艺术品,散发出一种梦幻般的不真实感。一时间,何夕不禁看得有些痴了。

"那是花房。"中央电脑的语气保持着固有的平静,"是孩子们用巨海藻建造的,他们喜欢待在里面。"

话音未落,便看到两个小巧的身影像游鱼般从花房里冲出来,他们有些惊慌地望着大船,脸上混合了羞涩和不安。何夕一眼看出他们的年龄都只有十五六岁,看来,大船的到来打搅了一对小恋人的幽会。

"是秋生和星兰。"中央电脑说道。

两个大孩子镇定了些,他们向着这边嘴唇翕动。

"他们在说什么?"叶列娜问道。

"我们听不到的,在水底他们发出的是一种次声波语言。"何夕解释道。

"他们说刚才有一批银贼鱼袭击牧场,大人们都赶过去了。"中央电脑说。

何夕犹豫了一下,"这些人都有名字吗? 难道用编号不好吗?"

"从二十年前开始,第一代先行者给自己起了名字。"中央电脑回答道,"当时起名一般是根据各自的特点自行选择,其实更像是将原来的绰号确定为了名字,比如李高原来的绰号就叫高个子。不过,现在孩子们的名字就正规多了。"

"孩子。"何夕念叨了一声。在验收之前,这本来是不应该存在的事物,但二十年联系的中断改变了许多事情。不过,这只算小小的意外吧,从另一个角度看,这些孩子也是先行者的一员。

窗外开始掠过一些悬浮在水中的结构精巧的建筑。这些建筑都呈六棱柱形,有些是单独的,而更多的则相互拼接成更大的建筑。这片建筑连绵开去,占据了很大一片空间,俨然一座海底城镇。可以想见,平日里这儿应该是一派熙熙攘攘的景象,不过现在大多数人都赶到牧场去了,只有稀疏的十多个人好奇地望向大船。

"这里就是里海星的城市吗?"叶列娜问道。

"现在还只能称作聚居点,在里海星现在有几个这样的聚居点。"中央电脑说,"我们的人口还很少。"

"那现在先行者总共有多少人?"何夕仿佛不经意地问,"加上那些孩子。"

"原有先行者4000人,现在加上孩子,总共是8754人,这其中不包括几十年来因为意外事故丧生的人口。"

"从二十年前算起,人口年增长率大约是4%。"何夕在电脑上做了个简单的演算,"人类向新世界移民时,人口增长率一般都很高,当年英国皇家海军'邦蒂号'上的反叛者在皮特凯恩岛上的人口增长率甚至高达4.3%。"

"需要建设的东西很多,劳动力明显不足。"中央电脑继续作着汇报,"机器人大多出现故障,备用零件已经告罄。"

"这都是意外造成的。正常情况下,里海星二十年前就已经解除了伽利略封印,现在早该有自己的制造业体系了。"何夕理解地点点头,"不过这一切很快就要改变了。"何夕转头望着叶列娜,"让这颗蛮荒星球沐浴到文明的光辉,这就是我们的使命。"

叶列娜身躯微震,她从何夕的语气里听到了一种坚定不移的决心。在拿到"乐土计划"资料的时候,她已经知道了自己此行的目的,但在此之前,她更多地将这看成自己必须完成的一项任务,和此前自己曾经执行过的那些任务虽有区别,但本质并无不同。然而,这段时间的经历让叶列娜有了不一样的感觉,她意识到自己的人生已经和这次任务密不可分,她甚至没来由地隐隐觉得自己的命运也会因之而改变。叶列娜其实并不喜欢这种似乎带有某种神秘意味的感觉,但她无法摆脱。

8. 圣地和死亡

一个明显的减速过程之后,大船停了下来,窗外昏暗的光线表明这里至少已在海平面下几十米的深处。

前方的地板缓缓打开,显出一列向下的台阶。"请你们跟着李高前进。前方也有我的终端,你们可以随时同我交流。"中央电脑保持着例行公事的腔调。

甬道里的照明条件很好,何夕注意到墙壁的材质类似于地球上的花岗岩,每隔一段距离,就矗立着一根显然是由人工材料制成的粗壮支柱作为加固。何夕估算了一下,从离开大船算起,已经又向地底深入了几十米,在这样的深度,任何海啸都不再是威胁。

眼前豁然开朗。这是一个圆形大厅,在正中的平台上悬浮着一个直径约一米的淡蓝色球体,何夕觉得那应该是代表里海星的雕塑。

中央电脑胖胖的头像再次出现在前方的一块屏幕上,旁边站着三个身着黑衣的人。

叶列娜突然满脸惊奇地望着何夕,仿佛不知所措。何夕完全明白叶列娜何以如此,因为他自己也感到几分震惊——面前居中的那人长得同他颇有几分相像,年龄也差不多,就像是他的一个失散的兄弟。那人脸上也同样浮现出吃惊的表情,显然他也颇感意外。

"我叫秦忘。"那人恢复了平静,"先行者编号17。在这里大家也叫我酋长,欢迎来自地球的尊贵客人。"

何夕立时明白,经过这么多年,先行者中间已经产生了自己的领袖,看来这个秦忘就是这样的人物,"那好,中央电脑应该告诉过你我们的来意。另外纠正一下,我们似乎不应该算是客人吧。"

叶列娜悚然一惊,她这才想起,最初收到的信息里称他们为"客人"时,何夕好像也是满脸不悦。

秦忘脸上掠过一丝不易觉察的尴尬,"我这么说只是出于尊敬,我们已经盼望太久了。我们现有的力量在里海星生存显得太弱,迫切需要来自联邦的帮助。"

何夕的脸色缓和过来,一路过来,他的心情早已轻松了许多,到现在为止还没有什么不满意之处,看来此行的任务会很顺利。"这里是什么地方?你们称这里为'圣地'有什么含义吗?"

"这里是我们的议事厅。"秦忘解释道,"'圣地'是大家的习惯称呼,并没有什么特别含义。"

何夕环顾四周,"这里有监控设备吗? 就是那种可以从远处看到这里的东西。"

"没有。"秦忘给出了肯定的答复。这个回答让何夕比较满意,其实叶列娜身上就带有检测设备,刚进来时就已经向他发出了安全信号,他向秦忘提问只是一次小小的试探罢了。

秦忘迟疑了一下开口道:"按章程似乎你们还应该有一个人的。"

对方主动提到章程规定,让何夕感到很踏实,他也觉得是时候让范哲登陆了,毕竟范哲在"里海星计划"里也是不可替代的一分子。"我现在就下令范哲登陆,让大船接他过来。"何夕兴奋地转头看着叶列娜,"'里海星计划'正式开始了。"

秦忘谦和地点头,"我现在就去安排。"

范哲一进门就高声大嚷:"你们肯定不相信我看到了什么,那些用巨型海藻编制的房子是我这辈子见过的最漂亮的别墅! 还有……"

"好啦好啦。"叶列娜打断他,"还有巨大的海浮萍是吧? 少见多怪。"

"原来你们也看到了?!"范哲挠挠头,"不过有个东西你们肯定没见过,我在飞船上观测到了几十米长的潜艇……"

"那是土鲨吧?"叶列娜哈哈大笑,"里海星可是农耕时代,哪儿来的什么潜艇?"

"先别说这些了。"何夕忍不住打断了两个年轻人的斗嘴,"我们还有正事要办。你们不会忘了自己此行的任务吧?"

叶列娜的脸色变得有些奇怪,"当然没忘,不就是让我和范哲来此地和亲吗? 而你这所谓的领路人,其实就是个星际媒婆。"

何夕陡然一滞,在叶列娜嘴里,至高无上的"乐土计划"竟然成了老古董式的"和亲",自己也成了媒婆,可仔细一想,这话却又让人无从辩驳,一时间他竟然有些哭笑不得,"这个,'乐土计划'事关全人类未来的福祉。"

"我知道,宪章上讲了的。"叶列娜接过话头,"如果人类永远困守地球,则必定走向灭亡,因为像超新星爆发、小行星撞击、高能试验事故、生化事件、太阳灾变等无法预料的偶然事件,随时可能在未来某一天毁灭全人类。只有实施'乐土计划',才能让人类散布宇宙,永世长存。"

"对啊。"何夕语气变得郑重,"能够在这样伟大的事业里承担一份责任,是我们的荣幸。"

范哲幽幽地看了眼叶列娜,"我们知道这是自己的使命,其实从看到计划内容的时候起,我就觉得自己变得和以往不同了。我们注定将承担很多以前不明白的东西。"

"二十年前,我曾经有过同你们一样的感受。"一层薄雾浮现在何夕的眼里,"而且由于另外的某个原因,我的感受比你们更加刻骨铭心。"何夕停顿了一下,似乎有些犹豫该不该吐露这个尘封已久的秘密。

"发生了什么事情?"叶列娜突兀地问,她的脸上若有所悟。

"事情很简单,当年我爱上了一位姑娘。但不幸的是,她也是'乐土计划'的成员之一,所以注定了这是一个不会有结局的故事。"

范哲忽然轻轻问道:"那她也爱你吗?"他的目光有些飘忽地瞟着叶列娜。

何夕一怔,"我想是吧。其实我们认识的时间并不长,但怎么说呢? 也许感情的确是世界上最盲目的事情吧。当时我看着她乘坐的飞船在视线里渐渐模糊消失,觉得自己心里的一部分也在那一刻永远地随她而去了……"

何夕突然停住话头四下张望,"你们听到什么了吗?"他的脸上浮现出极度困惑的神色。

"我听到了,好像是一声女人的叹息。"叶列娜回应道。

范哲有些茫然地怔怔立着,他没有听到什么,但是四周的情况却让他陡然紧张起来。不知何时,四壁的门已经全部紧闭,范哲上前试图打开那些门,但全都失败了。

叶列娜惊呼道:"快看,那些烟雾!"

何夕这才发现房间里充斥着一层淡淡的雾气,与此同时,范哲身上的便携式仪器也亮起了红灯。"天哪,是神经毒气梭曼！这样的浓度三分钟内就能置人于死地。"范哲大叫起来。

何夕这才发现自己铸成了大错。当初在飞船上收到的信息里，先行者称他们为"客人"，按照《乐土宪章》，所有移民星球在验收之前是不能视作人类家园的。但先行者的这种称谓的确有以"主人"自居的意思，也就是说，他们已经视里海星为家园了。这个细节本来让何夕有所警觉，所以他安排范哲留守飞船，但后来的接触让他感到放心，因而放松了警惕。现在看来，里海星上的确是发生了奇怪的事情，说不定范哲看到的真是潜艇之类的东西。中央电脑的程序肯定被人动过手脚，对方是做了刻意的安排，等到他们聚齐之后才采取了行动。但何夕不清楚先行者这样做究竟是为什么，现在看来，这将是一个永远的谜了。屋子里的三个人脸色惨白地面面相觑，眼睛里都是难以置信的绝望。死亡，就这么来临了，在这遥远的异星之上，不仅突然到诡异的程度，而且不明不白。

在意识离开何夕之前的最后一瞬，划过他脑海的是一个奇怪的念头：那声叹息怎么那么熟悉？之后，纯粹的黑暗袭来，将一切吞噬。

9. 当年情

这就是死亡吗？像飘浮在云团里，又像是浸泡在温暖的海水中。斑驳的光影在眼前四处跳荡,宛如一幅让人不明就里的抽象画。

"不——"何夕突然大叫一声醒来,这才发现自己躺在一张柔软的椅子上,而且,第六感清晰地告诉他旁边有一个女人。这个判断很快有了依据,因为何夕立刻发现一个纤弱的身影就伫立在他的面前。

即使是最善于想象的人,在面对命运的安排时也常常感到意外,谁都不知道会在什么时间以及什么地点遭遇哪些无法预料的人和事。当于岚的身影突然间映入何夕眼帘时,他真切地感到了这句话的正确。二十年的隔膜在那个瞬间被穿透了,何夕突然觉得天地间恍若无物,只剩下了他们两个人。无论用什么样的语言也无法述说何夕在那个瞬间的感受,因为他见到的是一个自己以为已经与之永诀的人。多年前的伤口还一直隐隐作痛,但是那个人居然回来了,她穿透的不仅是时间,还包括死亡。

何夕此时还不知道,与于岚的重逢最终成了他内心第二道痛入骨髓的伤口,而且永世难愈。

"是你吗?"何夕喃喃地问,"如果不是从小被培养的无神论信仰,我一定会认为这是在天堂里的重逢。"

"是我。"于岚温柔地回答,眼里充满欣喜。

何夕四下张望,发现这里是大船的主控室,现在已近黄昏,太阳的光线变得柔和,绚丽的云彩挂在天边。但他没有看到范哲和叶列娜。

"他们现在很安全。"于岚仿佛看透了何夕的心思，"如果再晚一点可能就……"她止住话，似乎仍然心有余悸。

"我不明白发生了什么事。"何夕犹疑地开口，"好像我们差点死了。但这怎么可能呢？一切都很正常啊。是不是发生了什么故障？"

于岚没有开口，像是没有听见何夕的话，但谁都能看出她眼里的喜悦发自内心。

"当年的事故里你不是已经死了吗？"何夕急促地问，几乎与此同时，一道灵光自他脑海里闪过，他猛然想清楚了一些事情，"我知道了，并没有什么事故，一切都是假象。"

于岚迟疑了一下，终于点头承认了何夕的猜测。

但是何夕心中的疑惑更甚，"可为什么会这样？是先行者扣留了你们吗？"

"怎么可能呢？"于岚摇头，"他们都是善良而无害的，老实说，地球人在他们面前，至少在道德层面上会感到自卑。"

"但那个警报信息又是怎么回事呢？那可是你亲自发出的。"

"马维康和加滕峻并不是死于脉冲星辐射。"于岚幽幽地说，"而是死于一次突发事件。当时我同他们发生了激烈的争执，先行者站在我这一边。他们两人先动手杀死了几十位先行者，但是最终寡不敌众。我是后来才发出的那条信息。"

何夕彻底震惊了,他没想到二十年前竟然发生过这样惨烈的一幕,"是什么事情最后发展到这种地步,难道不能协商解决吗?"

"不能。"于岚冷酷地说,"事关生死存亡,没有调和的余地。当时,马维康和加藤峻正准备向地球报告里海星任务彻底失败的消息。"

何夕倒吸一口气,他当然知道这个消息意味着什么。"乐土计划"自实施以来还从未发生过这种情况,一旦消息发出,其后果不堪设想。

"是那种情况发生了吗?"何夕平静了些。

"就是那种情况。"于岚的神色变得古怪,就像一个来自黑森林的女巫,她一字一顿地吐出剩下的四个字,仿佛那是一句可怖的咒语,"生殖隔离。"

虽然有所预感,但这几个字还是像重锤一样打在了何夕的心上,"这怎么可能? 我一直以为宪章里关于这一条的规定只是某种为了法律完备性而准备的条款,没想到真会发生这种情况。要知道,每个先行者方案都是经过至少五年时间、上千次实验才确定的。"

于岚的思绪已经回到了二十年前,"当时我们顺利到达了里海星,这里世外桃源般的美丽风光让我稍稍觉得安慰。我想就这样忘了过去吧,开始新的生活。"于岚的眼神变得有些迷蒙,"后来的事情都是按部就班的,加藤峻与他的心上人一见钟情,而我居然遇到了一位和你颇有几分相像的先行者……"

"是秦忘吗?"何夕陡然想起那位酋长。

"就是他。"于岚苦涩地笑笑,"里海星第一代先行者的名字都是自己决定的,唯有秦忘的名字是我给他起的。"

"秦忘。情忘。"何夕若有所悟地低语,一时间他的心里涌起阵阵痛楚,情真的能忘?

于岚平静了些,接着说道:"如果一切正常,我们就会像在地球上一样,恋人们交往一段时间后,在领路人的主持下缔结婚约,然后在几个月后的某一天诞下生命的结晶。由于先行者的所有重要体征都被设计成显性基因,所以孩子肯定能够适应这里的环境,孩子顺利出世便是整个计划圆满成功的标志。"这时于岚像是忽然想起了什么,"你的家人都好吗?"

何夕有些猝不及防地回答:"当然,他们都在渤海星。"他低声补充道,"我和妻子早已分手,我同女儿生活在一起,她非常可爱,像个天使。"

于岚流露出羡慕的目光,不知为什么,这目光让何夕觉得心中酸楚,"也许是我的专业使然吧,我一到里海星便采集了先行者的生殖细胞进行分析,想观察它们同人类生殖细胞结合时的行为。"

"这好像没什么必要吧,在地球上早就进行过无数次类似的实验了,虽然我不是这方面的专家,但也知道用先行者胚胎细胞制造他们的生殖细胞是一件很容易的事情,进行一次减数分裂就行了。"何夕有些不以为然地插话。

于岚没有理会何夕,"由于我自己排卵期的原因,第一次实验是在到达里海星的第五天才进行的,我同时也以实验的名义取得了加滕峻的生殖细胞。我说过的,当时只是专业兴趣使然,我根本没有想到会发生出乎意料的事情。"

何夕的心渐渐下沉,"实验结果是什么?"

"相当可怕。"于岚的语气简短而冷酷,"在显微镜下,我看到的完全是异种生殖细胞相遇的情形。精子漫无头绪地乱撞,完全不像遇到同类卵子那样舍生忘死地冲锋;而卵子则完全彻底地封闭了表面的一切通道。也就是说,它们相互排斥的程度甚至超过了马和驴,尽管后者也无法孕育出能正常繁殖的后代。"

"异种。"何夕从牙缝里挤出这个词,"可我知道类似的实验在地球上是全部成功的。"

"我当时也非常震惊,但事实就摆在眼前。接下来我采集了更多的先行者标本做实验,结果完全一样。经过进一步分析,我找到了原因所在。"于岚竖起食指指了指头顶。

何夕立时明白了于岚所指,"你认为是里海星特殊的恒星辐射造成的?"

"就是这个原因。"于岚点头,"其实恒星辐射超过地球的行星并不少见,但以往还没有发生过以这种方式影响生殖细胞的情况,可见宇宙中的确还存有许多人类未知的奥秘,我想可能是因为这里的恒星辐射中具有某些特殊频率的射线吧。不过我观察到,先行者之间生殖细胞的结合却又完全正常,甚至当时已经有一对偷尝禁果的先行者,他们一岁大的孩子在水里游得比银贼鱼还快。"

"再后来发生了什么事?"何夕强迫自己保持语速平缓。

"我确定实验结果无误后,便报告了马维康。他当时不相信,但在亲眼目睹之后接受了我的结论。然后我们三个人在一起开了个会,其实根本不需要什么讨论,按照宪章的规定,一切都是明摆着的。要知道,任何违背宪章的行为都被视作反人类罪。"

何夕打了个冷战,他用有些奇怪的眼神看着于岚,他预感面前这个柔弱的女子也许就是一名人类公敌。

"他们两人的意见是立刻向地球委员会汇报,准备启动抹除程序。我想那一刻自己可能是疯了,我无法接受几千个活生生的、有血有肉的人在我面前被杀戮。我冲出了门,对先行者高喊他们已经被人类视为异类,将被毫不犹豫地抹除掉。我告诉他们,如果要拯救自己,就必须制止屋子里的人发出信号。"于岚痛苦地摇头,乌发变得凌乱不堪,当年那可怕的景象让她至今不能释怀,"人群向屋子冲过去,然后我看到不断有人倒下,遍地的血……"

于岚的话戛然而止,她在极度的激动之下突然晕厥倒地。

10. 非　人

　　于岚苏醒的时候，发现自己正好同何夕掉了个儿，自己躺到了椅子上，而何夕正注视着遥远的天边若有所思。

　　"你醒了。能告诉我现在我们所处的方位吗？"何夕俯下身来，眼里是毫不掩饰的关切之情。

　　"我们现在就在圣地的上方，先行者称这里为圣地是因为我住在这里，我没有抵抗辐射的基因，多数时候都生活在地底。"于岚站起身，"他们对我当年的行为充满感激，对待我像神一样无比尊敬。他们是知道感恩的人。"

　　何夕点头表示理解。二十年来，于岚遗世独立，对里海星的确付出了太多，同时他也听出了于岚话中的维护之意，"我相信他们都是善良的，但他们是异种，这是不可否认的事实。"

　　于岚沉默了好一阵子，像是在思考某个问题。"你看到这个了吗？"她突然指着桌上一座半米高的拱桥模型，脸上浮现出萧索的神色，"里海星上没有河流的概念，当然也不会有桥这种东西，这个模型是我平时摆着玩儿解闷的。"于岚说着用手轻轻一拂，拱桥立刻散落成十几块大大小小的配件，"这座桥没有用黏合剂，完全依靠配件契合成型。你试试能还原吗？零件上面有编号，你可以按顺序来做。"

　　虽然何夕不明白于岚为什么突然扯到这个模型上，但他还是依言摆弄起那堆零件。何夕知道于岚的老家是中国南部著名的水乡,那里有很多这样的石拱桥,少女时的于岚曾经每天都要从桥上走过。何夕想象着那时的于岚伫立桥上看风景是怎样一副纤弱的模样,而现在的她却只能在一百六十光年之外摆弄一座石桥的模型,不知为何,这样的联想突然让何夕有些心酸。何夕定定神,将注意力放到眼前,所谓零件其实就是一堆梯形的塑料块。何夕试了几次都失败了,模型总是在垒到一定程度的时候崩塌。何夕有些郁闷地盯着这堆不听话的零件,从道理上讲,这应该是件很容易的事情,这些零件的形状肯定是能够契合成一座拱桥的,就像他刚才亲眼见到的一样,而且也的确和现实中的石拱桥一样不需要什么黏合物。

"你不会成功的。"于岚意味深长地开口,"零件一块不少,但你会发现你的工作总是进行到某一个时刻就崩溃了。"她从抽屉里拿出一个盒子,"你做不到只是因为还缺少一些东西,这个盒子里面的构件可以用来搭建脚手架。翻开拱形桥建筑手册你就会发现,在造桥之前,你需要搭建脚手架之类的辅助设施,但这些东西最后会被拆除,不留一点痕迹。"

"为什么和我说这些?"何夕若有所思地问,他觉得自己正在接近某个隐藏的真相。

于岚的眼睛忽然变得很亮,"其实建造这座桥的过程和人类的进化非常相似。这本来是进化应有的常态,三十多亿年里,我们身体的所有构件其实都经历了这样的过程。那些曾经出现但最终消失了的部件并不是无用的,没有它们也就不会有现在的人类。但我们现在对先行者的改造却完全违背了这种自然规律,跳过了所有中间环节。人类凭借已经超越了造物主的强大技术,直接依据移民星球的环境需要设计制造出了先行者。"

"你说先行者是非自然产物,是吗?"何夕问。

"先行者完全是纯粹计算的产物。"于岚的脸上闪过一丝悲戚,"他们不过是从移民星球的环境倒推得到的产品罢了。在地球委员会的眼里,他们就是一群小白鼠,根据人类的需要被送到一个个开拓地。出于开拓的需要,他们先天就被赋予了各种特殊的能力,但是这些能力却可能在几十年后给他们带来灭顶之灾。"

何夕沉默了好一会儿才开口道:"你说的这种极端情况并没有出现过。"

"只能说在里海星之前没有出现过。"于岚直视着何夕的眼睛,"技术不是万能的,它不可能预见到所有的情况。你认为里海星先行者会面临怎样的结局?"

何夕感到喉咙发干,"宪章……宪章里提到过的。"

"宪章。"于岚的语气冷得像冰,"要我背给你听吗? 这些年里我早就把宪章翻烂了。不错,宪章里写满了公平正义,它的每句话听起来都代表了人类文明的最高法则,让人无从辩驳。它对所谓移民失败的先行者只说了两个字:抹除。"

"实验总有失败的可能,既然明知失败……"何夕艰难地吞了口唾沫，"这也是迫不得已的做法。"

"问题在于里海星先行者们失败了吗？"于岚逼视着何夕，"你看到过他们，连同他们的孩子。这么多年来，他们自由自在地生活在这颗星球上，没有任何不适应的地方，他们建立了自己的家园，同万物和谐相处；没有大的灾难，他们还能这样生活一百万年。你看到过孩子们建造的那些花房吗？"于岚眼里闪烁着动人的光泽，"我觉得它就像是一件美轮美奂的艺术品，是这颗蛮荒星球上最动人的事物。你敢否认自己曾经被它打动吗？"

"是的。"何夕低声说，"那些花房的确非常漂亮。还有，那些孩子也非常可爱。他们让我想起了自己的女儿。真的，我真的这样认为。"

"但是按照宪章的定义，他们都是失败的样品，应该完全不留痕迹地抹除掉，就因为他们同我们产生了生殖隔离。"于岚话锋一转，"可这能怪他们吗？是人类在操纵这一切。"

"从生物学意义上讲，他们的确不能称作人类了。"何夕肯定地说，"我承认这是人类犯下的错误，看来最严密的设计方案也会有出错的时候，毕竟人类还没有洞悉基因的全部秘密。这里发生的一切已经证明里海星的环境超出了某个阈值，适合生存的先行者注定将异化成非人类。按宪章规定，这个星球在抹除先行者后也不会再用于移民，它将成为又一个死海星。"

11. 蓝色的雪

"你已经决定了吗？"于岚幽幽地问，一丝奇异的光芒在她的眸子里浮动。

何夕努力控制自己的目光不要四处躲闪，他知道从道理上讲，自己没必要感到一丝愧疚，恰恰相反，他现在正是站在绝对正确的立场上，"我明白你的心情，这的确不是一个容易下的决心。但是我们不能被感情左右，那些先行者……他们……他们的确已经不能算作人类。"

"不——你不会明白的！"于岚突然歇斯底里地大叫道，"你还是站在最狭隘的立场上看待眼前的一切。我认识这里的每一个人，熟悉他们的音容笑貌。秦忘很腼腆，李高喜欢在女人面前吹牛，星兰正在为自己长得太瘦发愁……他们体内的基因有百分之九十七和我们完全相同，他们和我们一样有智慧、有灵魂，还有——梦想。他们不是机器，不是小白鼠，他们是有血有肉的人！你明白吗？"

何夕面色惨白地看着这个狂躁的女人，一语不发。等于岚平静一些之后，何夕慢慢开口道："他们不是人类。按照门、纲、目、科、属、种的划分，我想他们最多只能到灵长目人科，到不了人属和智人种，他们和我们不是同一物种，生殖隔离是最有力的证明。我们同他们的差别之大，也许超过了同为猫科动物的猎豹和非洲狮之间的差别。想想吧，只要有机会，草原上的雄

狮会毫不犹豫地杀死并吞食猎豹,反过来也是一样。"何夕的喉
结艰难地动了一下,"我们和黑猩猩也有百分之九十六的基因
相同。所以……他们不是人,他们是绝对的异类。"

于岚颓然坐倒在椅子上,理智告诉她,何夕说的都是对的。

"人类很幸运,掌握了虫洞这种超越时代的伟大技术,得以
一窥浩瀚宇宙的面貌。而更幸运的是,在运用这种技术的过程
中,人类还没有遭遇到智能胜过自己的可怕异类。但在开拓异
星的过程中,人类却可能创造出这样的异类,谁敢保证某一天
它们不会向创造者举起屠刀?"何夕冷酷地问。

"不会的,不会这样的。"于岚无力地嗫动嘴唇,头上的乌丝
剧烈地摆动着,"他们很善良,我一直教育他们对地球怀有感恩
之心。"于岚仿佛抓住了一根救命稻草般抬起头来,"我会告诉
他们地球是他们的根,我会让他们永远记住这一点。他们是永
远不会对抗人类的。"

何夕有些怜惜地看着憔悴的于岚,"永远是什么? 世界上
有永远的事情吗? 你应该比我清楚人类的历史。现代欧洲人
都来自非洲,但当他们的后代在15世纪重返非洲时,带去的却
是无尽的杀戮和种族灭绝。还有一个时间间隔更短的例子,公
元1000年左右,一些波利尼西亚农民移居新西兰成为毛利人,
其中又有部分移居查塔姆群岛成为莫里奥里人。几百年之后
的一天,毛利人冲到查塔姆群岛,杀光并煮食了那些莫里奥里
人。一个毛利人解释说:'我们捉住了所有的人,一个也没有逃

掉……我们抓住就杀——这符合我们的习俗。'"何夕露出残酷的表情，"这些例子里的双方其实还属于同一物种，人类自己的历史已经证明了一切。我承认现在的里海星先行者都是善良而无害的，而且我内心里甚至很喜欢他们。但是，人类绝对不能冒险去养大一个拥有智能的异族。"

"看来你真的是决定了！"于岚有些失控地嘶喊道，"你一定认为我是一个被感情冲昏了理智的巫婆，我已经当过一次人类公敌了，我不怕再当一次！"

"别这样。"何夕扶住于岚瘦削的双肩，"你已经尽力了，里海星先行者的命运是注定的，真相不可能永远隐瞒下去。只要地球联邦知道了里海星发生的事情，就算倾全人类之力也会消灭这些先行者的，这是自然界的铁律。"

"但是，如果能多给先行者们一些时间，再给他们几十年时间，我可以教给他们更多的知识，让他们拥有自己的先进技术，他们就能进步到足以同人类抗衡的程度。"于岚突然痛苦地抓扯起头发，脸上是无所适从的绝望，"天哪！我说错了，我在说些什么啊？他们永远都不会同人类对抗的，不会的。"

"你说出的正是真理。"何夕知道现在不是心软的时候，于岚已经陷得太深，他有义务唤醒她，"其实你自己早就看到了一切，只是不愿意承认罢了。"

于岚一步一步朝门外退去，脸上混合着无助与决然，"你们都是屠夫，我不会让你们毁灭这里的一切的。"

"你打算怎么做,就像二十年前一样?让先行者们撕碎我?"何夕脸上挂着冰凉的笑,仿佛想掩饰什么,"我知道他们现在就在外面,他们的武器应该比二十年前先进多了。"

"求求你别逼我。"泪水不可遏制地从于岚眼中流淌而下。一边是曾经的挚爱,另一边则是无数她必须保护的生命。一时间,她仿佛听到了自己的心碎裂滴血的声音。

"是结束一切的时候了。"何夕突然扬了扬手,"就在二十分钟前,也就是你昏厥的时候,地球委员会已经收到了关于里海星情况的报告。我们马上就会看到他们做出了怎样的决定。"

"这不可能。启动量子通信至少需要两个小时,你在骗我。"于岚难以置信地摇头。

"也许世间真有所谓宿命的存在。出于某种难以言说的原因,我在几个小时前就让范哲启动了量子通信。"何夕接着说,"我忠实地描述了里海星的状况,其中也包括你所强调的里海星先行者的'善良'和'无害'。地球委员会是最终的决定者,现在一切都已不可更改,我想再过几分钟,我们就能知道里海星的宿命究竟是什么了。"

于岚不再说话,实际上何夕的话已经让她完全僵立。何夕缓步上前温柔地环住她的肩膀,然后他们一同望向外面的黄昏,就像一对看海的亲密恋人。

在一百二十公里的高处,虫洞飞船以黑丝绒般的太空为背景缓缓滑过,宛如一只巨眼君临万方。飞船核心处有一个内部冷到极点的黑匣，里面的温度甚至低于宇宙的背景辐射。在这样的温度下，运动几乎停止了，就连电子这种不可捉摸的轻子也表现为黏滞的状态。

突然，像是获得了某种古怪的魔力，其中一些电子开始无视低温的禁锢执着地骚动起来，它们迈开了奇异的舞步。电子们的舞蹈并不是无意义的，它们跟随亿兆公里之外的孪生兄弟的脚步拼出了一条无比清晰的指令。几秒钟之后，虫洞飞船整个儿震颤了一下，在指令的召唤下，它的周围伸出一圈发着蓝光的管子，就像是一头从沉睡中苏醒的怪兽正在舒展四肢。

何夕看见很多道流星般的亮迹破空而至，在黄昏的天空中显得夺目非凡。进入大气层之后，亮迹急速地湮灭，与此同时，无数淡蓝色的雪花开始在六月的天空中缓缓飘落，这幕无声的场景美得令人窒息。

"终结者病毒……他们终于做出了决定。"于岚喃喃开口，她的脸上一片幻灭。

何夕没有说话，在这个时候，语言根本没有任何意义。他知道这场雪会连续下十二个小时，直到这颗星球的每个角落都覆盖上足够的病毒。对应于每种先行者，地球都预先设计有一种终结者病毒，它们是高度特异定向化的，一种病毒只能感染并杀死对应的先行者，而当先行者全部死亡后，病毒自己也无法存活。按照实验结果，先行者受攻击后存活率不会超过四万分之一，而现在整个里海星人口不足一万，也就是说，这是一次彻底的饱和歼灭行动。

12. 人生不相见

时间已是深夜,在两轮月亮的辉映之下,可以看到近处的雪花仍然稀稀疏疏地飘洒着,这幅静谧的图景让人很难将其与大规模死亡联系在一起。

"原来这就是里海星的宿命。"何夕再次提起话头,于岚像现在这样一言不发已经十个小时了。

"他们都死了,对吧?"于岚突然开口,这让何夕觉得稍微放心了些。

"终结者病毒攻击神经系统,感染者将很快因为神经系统瘫痪而窒息死亡。"何夕小心翼翼地说,"这是一种快速的低痛苦死亡方式,有些类似于氰化物中毒。现在先行者应该都已经死去了,就算个别先行者正潜入深海,也只是感染得稍晚一些。"

于岚机械地走到十米外的控制台边坐下,何夕知道从那里可以跟踪到每一位先行者,但于岚现在的举动已毫无意义,在屏幕上,她只会看到八千七百五十四个一动不动的小点——那是先行者横陈的尸体。

"一切都结束了。"于岚从控制台前站起,脸上一片麻木,

"从里海星被发现算起已经过去五十多年了，在这颗星球上发生过那么多故事，而现在一切都回到原点，就像是做了一场梦。"

"至少我们一起看到了结局。"何夕指向天空中某一处，"从这里看过去，太阳系只是一个暗淡的白点，但那里是全人类共有的家园。在这个冗长的故事里，最幸运的一点就是经过那么多事情，我们的家园还在。"

于岚突然叹了口气，像是有所触动，"知道吗？以前我觉得所谓的星座只是古人的奇特想象力组合，但现在我却不这样想了。也许其中真的隐藏着某种我们永远无法彻底弄明白的东西，它超越了所谓的定理，也超越了人类全部的理解能力。"

何夕哑然失笑，"怎么，我们的生物学博士改行研究哲学了？"

于岚转头看着何夕，"就像现在，我们站在这个位置上，能看到太阳系连同半人马座还有旁边的群星，你看它们像什么？喏，稍微把头偏左一点……"

何夕凝视着那个方向，饶有兴致却不以为然，然后，天地间突然沉寂了，何夕感到有滚烫的泪水从眼里涌出——他看到了一只小小的摇篮，下面是篮身，上面有一条提臂，那颗火红大星则是悬挂点……小小的摇篮就那么孤单地悬挂在这广袤无垠的宇宙中。

从这个位置上，何夕也看到了在地球上永远无法与猎户座同时看到的天蝎座群星,火红的大星便是天蝎座α星,中国古人称之为"大火",曾经专门设立"火正"一职观察它的位置以确定节气。天蝎座群星参与了太阳系摇篮的组合,这幅图景是那样美妙绝伦,但仿佛又蕴涵着人类智慧永远不能理解的无尽深意。

良久之后,何夕回过头来,"我们该回家了。"何夕爱怜地望着于岚并加重了语气,"是我们两个人的家。"

"回家。"于岚若有所动地重复一句,"我也很想回家,但我再也回不去了。"

何夕有些意外,"虽然你违背了章程,但毕竟没有铸成大错,我想联邦政府不会太难为你的,我有把握替你脱罪,至少会是很轻的判决。"

"你认为我们还能回到从前吗?不可能的。里海星改变了我的一生,我已经同这里的一切有了永远无法分离的血肉联系。太阳系是人类温暖的摇篮,但孩子已经长大了,是到放手的时候了,不应该让摇篮成为永远的禁锢和桎梏。正是几万年前来自非洲的先行者闯进旧大陆,以及几百年前来自欧洲的先行者们挺进新大陆,才有了后来人类历史中一幕幕壮丽的篇章,我想终有一天你会明白的。先行者们不在了,但是我要留在这里,用我剩下的生命守护他们无根的灵魂,不然我怕他们会迷路。"于岚转头凝视着何夕,星星在她的眸子里闪烁着动人的光芒,"我们的人生分开得太久也太远了,就像参宿与商宿,东升西落,已经无缘相聚。"

于岚说完这番话,将身体从何夕的围抱中抽出,轻轻地,然而也是决绝地步入了门外的黑暗。剩下何夕一个人孑然伫立,仿佛一尊雕像。

尾声　最后的音节

登陆舱缓缓升腾,越来越高,渐渐成为湛蓝天空中一个不可见的小点。于岚面无表情地注视着这一幕,这时,主控室的地板滑开了,两个纤细的身影扑进于岚的怀里大声啜泣,过去的这十多个小时,他们就像是生活在炼狱里。于岚紧紧搂住两个吓坏了的孩子,就像是搂着两件失而复得的珍宝。几个小时前,她在主控室里看到了两个移动的小点,也许是由于恒星辐射的缘故,这两个孩子竟然产生了抵抗终结者病毒的突变,也就在那一瞬间,于岚不动声色地做出了决断。

"虫洞跳飞进入倒计时。"叶列娜向一直失魂落魄的领路人汇报,她忍不住提醒一句,"还有十分钟时间,如果想道别请抓紧。"接着她猛地瞪了范哲一眼说,"跟我出去呀,真是没脑筋。"

范哲稍愣,随即听话地跟着出了门,他正好也有许多话想对叶列娜说。

屏幕上的于岚已经不复昨天憔悴的模样,似乎还淡淡地化了妆,看上去明艳照人,"我已经在这里等了一阵儿了,我知道你会来的。"

"还有几分钟飞船就会启动,这一别恐怕今生都无法再见了。"何夕深深地凝望着于岚,似乎想将她的容颜镌刻在自己的视网膜上,"我会在亿兆公里之外想你的。"

"我也是。"于岚柔声道。

何夕迟疑了一下,似乎在做什么决定,末了他平静地开口道:"照顾好秋生和星兰。"

于岚悚然一惊,脸色一下变得苍白,"你、你说什么?"

"虽然你离开的时候关闭了控制台,但是后来我破译了启动密码,所以我知道有两位幸存者。很巧的是,我居然见过这两个孩子,他们很可爱。我一直在回想你说的那番话。"何夕稍稍停了一下,"我现在终于明白放手也是一种爱,而且是宇宙间最深沉的爱。我知道该怎么做,不会有别人知道这一切,也不会有人来打扰你们。别了,我的里海星女神。"

"谢谢你,我会守护着他们,不让他们迷路。"于岚眼里流露出依依不舍的神色。永世的分别就在眼前,两人透过屏幕痴痴凝望,口唇微动中,不知不觉吟诵的正是那已经刻入彼此灵魂的诗句:

人生不相见,动如参与商。

今夕复何夕,共此灯烛光。

泪水在两张面庞上汇集成行肆意流淌,冲刷经行的一切,将心中无尽的块垒抚平。

少壮能几时,鬓发各已苍……
昔别君未婚,儿女忽成行。

前尘旧事在何夕眼前一一晃过,地球的初遇、二十年的分离、短暂的重逢,还有这永远的长别。无数慨叹划过心头,这一刻就像是历尽一生。

十觞亦不醉,感子故意长。
明日隔山岳,世事两茫茫……

炫目的闪光突然亮起,模糊了眼前的一切,宣告这个冗长的故事走到了终局。而空气中还飘着那最后的音节,在相隔亿兆公里的两端盘桓、萦绕。

命悬一线

————

江　波

我叫钟立心，是一名航天员，2028年7月14号到8月21号，我在"天宫"空间站执行任务，其间国际空间站发生了失火事故，我奉命和老段，段国柱同志，一道执行了营救任务。现将具体过程汇报如下。文中的基本事实根据本人回忆记叙，文中的对话为避免回忆模糊带来的偏差，根据录音资料进行了对照修正。

　　8月16号凌晨，我在值夜班。空间站里的值班制度和地面相同，按照二十四小时分昼夜。因为生物生态实验舱的实验需要人工确认数据点，所以老段和我会分别在凌晨两点和四点起来进行一次巡视，主要任务是在"问天号"实验舱对生物生态实验柜进行记录。

　　我起来的时候，老段睡得也不踏实，还翻了个身。连续三天打破作息规律，每天睡四次，每次两小时，对我们两个都是极大的考验。除了对实验舱进行监控，我们本身也是K13生物钟试验项目的志愿者，虽然疲惫不堪，但为了科学事业，这点儿付出完全是值得的。

我从核心舱钻到节点舱，再转入"问天号"实验舱。"问天号"实验舱里有六个实验柜，包括我们的重点关照对象生物生态实验柜。面板上的所有数据都在正常范围内，压力、光照、温度、电路监测……我按照标准要求逐一记录上传，然后拉开柜门，查看内部的幼苗生长情况。

幼芽在无重力的环境下偏向光源，所有的苗都齐刷刷地偏过一个角度生长，很整齐。这个生物培育项目我太太周茹云也参加了，所以她拜托我拍下幼苗的生长过程给她看。虽然从地面站可以通过摄像头不间断地监测植物发育的情况，但茹云坚持要我用相机拍给她。拍摄不暴露空间站任何其他设备，只拍幼苗，所有传输的文件也会由数据中心监测，所以在空间站纪律允许的情况下，我每次检查都会拍一张。这一次拍完，我打算等地面上天亮了，就给她发过去。

生物生态实验柜在第四象限，我转身的时候，正好转过一百八十度，转向了第一象限。"天宫"空间站中没有上下左右，而是按照顺时针方向把四个方位称为第一象限、第二象限、第三象限、第四象限。

第一象限的储藏柜刚接收了"天舟七十五号"飞船上卸下的货物，我就顺带也检查了一下物资。资料上说总共二十八件共计六吨的物资，是为太空天梯项目做准备。我一直想参加天梯项目的实验，但是按照计划，这应该是下一批航天员的事。

"问天号"和"巡天号"这两个科学实验舱都设计了标准暴露载荷接口。这些接口可以从外部打开,利用机械臂直接把"天舟"飞船上的物资转移到舱里。"天舟七十五号"飞船运送的货物就是从这些接口直接送进了空间站。

"问天号"实验舱里的标准箱内标注的都是聚合纳米管丝线,一共有八个标准箱,数字都对得上。我检查完这些货物,正准备回去,就突然听到了警报。

声音很刺耳,整个舱室里都在回响。我当时愣了一下,因为上天这么久,从来没有听到过警报。

我很快反应过来,向节点舱滑去,在节点舱一打弯,就看见老段已经在核心舱里,浮在控制面板前。我一边飘过去,一边问:"发生了什么事?"

老段的表情很严肃,眉头紧锁,说:"对地传输信号中断了。"

我问:"有故障诊断吗?"

老段说:"从地面站传上来的信号全面中断,不是卫星出了问题,就是我们的发射装置出了问题。"

空间站借助通信卫星对地传输,在任何一个时刻,至少有三颗通信卫星在空间站的可通话范围内。三颗卫星同时出事的概率太低,所以我判断,一定是空间站的反射接收装置出了问题。

我说:"我去检查。"说完后我打开工具柜,取出通信链路定位仪,向老段示意了一下,又回到节点舱。

空间站所有的舱段看上去都大同小异,四个白色冰箱般的实验柜围成一圈,组成一个外圆内方的空心圆柱,一段段圆柱组成的大圆柱,就成了各个太空舱的主要活动部分。剩下的空间留给对接和出舱准备。节点舱就是专用的对接舱段,除了四个对接口,还有一个出舱口,专门供航天员出舱使用,通信链路也在这里分为舱外和舱内两个部分。

我在节点舱把定位仪的插头插进断点箱里,输入指令。跳出来的错误信号不断闪动,我心跳也加快了几分。诊断显示故障在舱外。

我立即向老段喊了一句,"老段,我要出舱操作。"

他很利索地回答我,"十分钟准备。"

我穿好航天服钻进出舱的气密门里等着。透过头盔,可以听见咝咝的泄气声,外舱门一点点打开,外边的星空一点点露出来。每一颗星星都亮得不像话,有点儿刺眼。我深吸一口气,钻出舱门,灵活地翻到了船舱外部,站直身子。

"天和号"核心舱就在眼前,舱体就像一条白色巨轮,正行驶在无边无际的黑色大海之中。五星红旗贴在舱体右舷位置,在强光的照射下鲜艳夺目。前方,地球占据了大半个天空,像是一个带着辉光的水晶球。空间站正从太平洋上空掠过,脚下一片碧蓝。虽然已经多次出舱执行任务,但这一次出来还是让我感到整个世界的庞大和美好。我所在的空间站，就是人类飞向遥远太空的一个中继站、一块奠基石。

我顺着舱体行走，虽然这是训练过上千次的项目，但每一次行走都马虎不得。保持身体重心，确保安全绳绑定，双手交替用力，任何时刻不得双手松开，除非是在已经将身体固定的情况下……我飞快回想一遍技术要领，然后跨出一步，然后是第二步……太空行走是一门技术活，更考验胆量。周围是无尽的黑暗深渊，脚下白色的舱体是唯一的依靠，航天员经过这么多年的训练，早已经习惯了无视深渊的存在，但每一次出舱活动，还是要像面对一场战斗，高度紧张，全力以赴。

一米多高的天线就在我身旁，看上去一切正常。我向前走了两步，绕着天线检查，立即发现了异样。就在天线的基底立柱上，原本刷着白漆的舱体表面被刮去一块，露出里边银色的金属，像是微小的撞击留下的痕迹。

这个痕迹并不是什么实质损伤，但有微小天体碰撞了空间站，这就是一个事故。我向老段报告，同时把头盔摄像头对准痕迹，让老段能看得清楚。

老段指示我继续寻找故障点。

我顺着舱体继续向前，发现了更多碰撞痕迹，深深浅浅，有四五处。这是一次密集的微小天体碰撞！这样的情况已经属于严重事故。我的心情越发沉重，又做了两次断点测试，却一直没有找到故障点。

做完第三次检测，还是没有发现故障。我撤下检测仪的时候，正好抬头看见了"天和号"核心舱巨大的太阳翼。太阳能帆板上似乎有一块黑色圆痕。面积不大，局限在太阳翼的一角，如果不是恰好正对着我的视线，没有那么容易发现。我眨了眨眼，确定自己没有看走眼，然后通告老段，"太阳翼第三帆板似乎有些异常，电量供应系统没有问题吗？"

老段检查了之后告诉我，发电量降低了百分之十二，但没有触发系统警报，时间上也和通信丢失的时刻吻合。那么就是这里了。

我把检测仪扣在航天服的挂钩上，空出双手，微微蹲下，然后用劲一跳，身子腾空而起，向着太阳翼扑了过去，准确地抓住了太阳翼上的扶手落下。

伸展的太阳翼有十多米长，电池板折叠排列，让它看上去就像一条天梯，通向无限幽远的太空。发黑的部位靠近根部，近距离看上去，有脸盆般大，在银白色的翼片上格外醒目，在这片黑色的中央，有一个小孔，只有指头粗细，毫不起眼，贯穿了翼片。

这就是罪魁祸首了！我猜想是微小天体的碰撞损坏了太阳翼，电池燃烧，通信线路的供电受到影响，同时让天线失去了功能。

我向老段报告了撞击痕迹，将检测仪接在了链路上。

诊断结果证明这的确是故障点。老段让我回舱，他要启动备用电路。

老段将左二太阳翼从系统中断开,并且让系统自检了三遍,万无一失之后启动了备用电路。

通信恢复了。

当屏幕上出现来自基地的画面时,我和老段情不自禁地击掌相庆。

老段把空间站出现的异常情况向基地的张鸣凤指挥汇报了一遍,等着指示。

张指挥眉头紧锁,似乎正在消化我们报告的情况,长久没有说话。

张指挥从来都是快人快语,憋着不说话可不像是他的风格。我有些疑惑,转头看着老段。老段也有些拿不准,清了清嗓子,说:"目前空间站储备电量充足,各个实验柜情况正常。发电效率降低会在三天后产生一定影响,需要对实验柜的优先级进行分配。请指示!"

"我们收到了国际空间站的援救请求!"张指挥终于开口了。

我和老段都愣住了。国际空间站和我们之间没有任何关联,因为历史原因,中国的航天项目被排斥在国际空间站之外,虽然中国空间站不计前嫌,仍旧向世界各国包括美国同行开放,但国际空间站寿命已经到期而且国际形势这么紧张,中国的航天项目自然也不会再和国际空间站有什么联系。求救,这是从哪里冒出来的?

"国际空间站?"老段犹豫着问了一句。

"是的,准确地说,是来自国际空间站美国地面站的请求。他们的三个航天员被困在上面了。刚才失去联系的半个小时,你们不知道基地有多紧张,万幸你们都没事,'天宫'也没有大损失。但是国际空间站'钻石'舱被小天体击中后起火了,三名航天员被困在上面,事故影响到他们的氧气循环装置,氧气存量只能维持大约六个小时,美国根本来不及派遣飞船把他们接回来……所以他们向我们提出了救援请求,美国人不到最后关头是不可能做出这种决策的。"

"我们也没有飞船可以在六个小时内赶到国际空间站啊!"老段说。

"不是飞船,美国航天局经过讨论,唯一可能的援救方案,是请我们的航天员直接拉一条救生绳,把国际空间站的航天员接过来。这个方案唯一的时间窗口,就是在七点零八分,这个时刻,国际空间站和'天宫'的轨道会有一次交会,两者的距离是十三千米,相对速度是六十五千米每秒。"

我看了一眼屏幕上的时间,时间是三点四十五分。大概是因为特别紧张,这个时刻我记得格外清楚。如果真的要实施这个救援方案,我们只剩下不到三个半小时。

"我们根本没有十三千米长的救生绳!"老段说。

"我们有。"张指挥沉声回答，"原本用于试验天梯的材料，可以直接制成绳索，这些聚合纳米管丝线用在天梯结构里肯定不成问题，但用来制造救生绳是否合适，是个未知数。赵总师已经找天梯项目的材料专家进行模拟计算，很快会有结果。"

我在一旁听着，心中惊诧不已。依靠一条长达十三千米的绳索从国际空间站上救人，这简直是匪夷所思，其中风险必然很大。我转念一想，不管美国政府对中国是什么态度，在天上的美国航天员和我们是同行，都是人类的杰出代表。如果有任何机会可以把他们救出来，都应该试一试。

"我们可以试一试！"我脱口说出这句。

张指挥看了我一眼，接着说："王书记已经召集党委开会，估计半个小时后会做出决定。我想先问问你们俩的意见。"

"我服从组织的安排。"老段立即坚定地表示。

"只要营救方案确定，我们坚决执行！"我紧跟着表态。

"好！现在决定和具体营救方案都没有完成。是否救人，怎么救人，我们还不完全确定。你们先准备起来，救生绳是关键。我授权你们使用天梯项目物资，连接纳米管绳索。记住，距离是十三千米，考虑冗余，至少要十四千米或者十五千米长。"

"明白！"我和老段异口同声地回答。

我们立即开始行动。

聚合纳米管丝线被打包装在二十个标准箱里,"问天号"实验舱里有八个,"巡天号"实验舱里有十二个。我们决定分头行动,老段去"巡天"舱,我去"问天"舱。

我在"问天"舱里,按照手册的指示,开始装配绳索。这种聚合纳米管丝线只有一根头发丝般粗细,无色透明,肉眼很难一眼看出来,只有抓一大把在手里,才能醒目一点。它很轻,很像塑料。根据手册的描述,这样的丝线单根可以承受两万牛顿的拉力,在地球上,可以吊起一辆两吨重的小轿车。虽然有手册上的保证,我掂着绳索,心头仍旧暗暗打鼓。

"这些聚合纳米管总长度有十万米,拉出十三千米足够了。为安全起见,一百米一个连接器,双股。"老段从"巡天"舱里发来指示。

我开始按照双股方案装配绳索。

每一个标准箱里是五千米的单股聚合纳米丝。安装连接器并不是要将绳索折断,而是让绳索在连接器内绕个圈,原本直接作用在绳索上的力作用在连接器上,增强整条绳索的强度。连接器可以让两股绳索更好地分担作用力,更加安全牢固,同时还可以发光,作为指示器。对于这种肉眼几乎看不见的绳子,能在太空中一眼看见它也很重要。

我完成六千米长度的时候,老段拉着一个连接器从"巡天"舱那边飘过来,他已经完成了八千米。他把连接器交给我,然后去核心舱等待地面站的指示。他的工作效率比我高,我抓紧又多接上五个连接器,和老段的连接器对接起来。

　　绳索完成了,总长度有十四千米又四百米。对付十三千米的距离,应该足够了。理论上这条绳子至少可以拉动将近四吨重的物品。我握住绳子,有种感觉,觉得这条肉眼几乎看不见的绳子已经和我的命系在一起了。要去救人,光把绳子扔过去肯定不行,要有人拉着绳子过去策应,而我就是不二人选。

　　地面上党委的会也开完了,张指挥向我们传达指示。我注意了时间,凌晨四点十分,在这么短的时间内,把所有委员都喊起来开会,我还从来没有见过这么快速的党委决定。

　　"党委已经形成了决议,在可能的情况下,全力支持营救美国航天员。但是否能救,怎么救,都由专家组决定,科学决策。情况就是这样,你们怎么看?"张指挥说完,目光在我们两人身上来回扫视。

　　"有执行方案了吗?"老段问。

　　"赵总师说五分钟内就能给出方案。"

　　"坚决完成任务!"老段毫不犹豫地回答。

　　"坚决完成任务!"我跟着说。

　　"好的。但从现在的情况看,这个方案无论如何风险都是很大的。别的不说,两个空间站的相对速度是六十五千米每秒,救生绳索很细,但很牢固,万一绳索直接和国际空间站缠绕,会让国际空间站拉动'天宫号'失轨,所以必须要由航天员进行处置。任务固然重要,你们的生命安全更重要,明白吗?"

"明白。"我和老段异口同声地回答。

和地面站的通话结束,我和老段都从刚才斗志昂扬的振奋中暂时脱离出来。摆在我们眼前的是棘手的现实困难。从"天宫"出发,去援救十三千米外的一个目标,这种事从来没有发生过,航天员也从来没有接受过这种训练。

"你说,会是什么样的救援方案?"我问老段。

"把救生绳发射出去,还能怎么办? 那边是三个航天员,不知道有没有熟人。"

"先准备起来吧!"老段接着说,"这一次任务,我上。"

"这怎么可以,你是'天宫'指挥官,到外边行走的事,该我去。"我顿时急了。

"先做好准备! 地面站会考虑这个问题的。"

等我做好舱外活动的一切准备,最后的营救方案也来了。方案是把绳索固定在航天员身上,通过机械臂把航天员抛出,和国际空间站的航天员会合后慢慢将绳索收回。

专家模拟结果确认十三千米长的绳索可以承受足够的应力,在百万牛顿的拉力范围内,都可以确保安全。但是发射的角度和速度都非常重要,方位不对,根本无法接触到国际空间站,而且在绳索绷直之后,会有一个反弹应力,这个应力会让绳索收缩,整根绳子的运动状态无法估算。唯一的解决办法就是

强行拉住绳索,这就需要有人在绳索的末端操作。万一方向有
所偏差,在两千米的范围内,航天员还可以依靠航天服上的喷
气装置进行调整。

果然,我要拉着绳子去救人。

我没有丝毫犹豫,在老段的协助下,把一大堆绳子搬到舱
外,一端固定在机械臂上,一端扣在航天服的救生环上。机械
臂有两个作用,一是将我抛出去,二是将我和美国航天员一起
收回来。这需要高超的操控技巧,只有老段行,所以我拉绳子,
老段留守。

我坐在机械臂的爪子上,对老段说:"万一我没回来,我的
相机帮我带给茹云。"

老段严肃地回答:"你是去救人,不是去送死。国际空间站
靠近的时候小心一点儿,没问题的!"

我当然希望自己能够成功地把三个人都带回来,当一个英
雄。然而,我也真切地知道,危险就在那里,无法视而不见。绳
索断裂、氧气故障、空间站碰撞……太空中一点儿小小的疏忽,
就会导致最恶劣的后果。虽然我有上百小时的太空行走经验,
但从未离开过空间站周围一百米。这一次,我就像一个只游过
一百米短池的选手突然被要求去游一万米马拉松,而且是在一
个情况不明的陌生水域。

为了三名航天员的生命,美国人破天荒地向中国求救。太
空里并没有真正的国界,所有在太空里行走的人,都是人类的

英雄。这不是中国对美国，而是人类对自然。

发射在即。

我望着前方，地球仍然占据着大半的天空，只是刚才过去的两个小时里，这晶莹的球体悄然转过了一个角度，亚洲大陆在蓝色星球的边缘露出轮廓。

现在是北京时间凌晨五点半。大概茹云还在睡梦中吧，希望她醒来的时候，事情已经过去了，我已经回到"天宫"，那三个美国航天员也已经在中国的空间站里向他们的家人通告平安的消息。

我当时真切地希望这一切都能真的发生！

"机械臂准备抛射。"老段的声音传来。

"我准备好了！"我用尽量沉着的语调回答他。

一阵柔和的推力从背上传来，我被机械臂抛了出去。

在太空中很容易失去方向感和速度感。地球和星辰只是遥远的背景，似乎完全静止不动，根本提供不了任何速度参照。无边无际的深渊向着每一个方向扩张，恐惧紧紧攥住了我的每一个毛孔。我手心里全是汗。

相对于"天宫"，我的速度是三十二千米每小时，相对地球表面，我的速度是七千八百米每秒，而相对国际空间站，我的速度是六十千米每小时。这些速度都不算慢，然而在茫茫太空中，我就像根本没有移动。我回头去看"天宫"，"天宫"正飞快地变小,这多多少少让我有了一点正在飞行的感觉。

绳索正快速拉长,一个个连接器发出耀眼的闪光,形成一条长链,将我和"天宫"连在一起。这是生命之绳,不仅关系着我的生命,还关系着国际空间站上三位同行的生命。

我反手将绳索抄在手里,紧紧地攥着这两股头发丝般细微的绳索,似乎这样可以更安全一点儿。

"感觉怎么样?"老段问。

"没问题!"我镇定地回答。

"刚才把你抛出去让'天宫'偏移轨道零点一度,喷气火箭已经调整'天宫'的姿势复位。救生绳拉到极端,还会产生一次拉扯,不知道这绳子的弹性怎么样,我会在绳子放完之前两分钟提醒你,你提前制动,尽量不要产生反复拉扯。"

"收到。我们有一千米的冗余,我可以越过会合点一百米之后制动。"

"好,随时确认位置。"

和老段通过话,我稍稍宽心。我并不是一个人在战斗,还有老段,还有地面站,他们都在时刻关注我,用最大的努力来保障我的成功。虽然这一次的任务并没有经过演练,但我相信,那些支撑了我上天三次、停留两百二十五天、行走六千米的力量,也能支撑我圆满地完成这一次任务。

我极目远望,开始寻找国际空间站的踪迹。

找到国际空间站毫不费劲,它已经成了天空中最亮的星星,而且白中带红,色泽变化不定,正在群星间快速移动。

"刚收到消息,国际空间站将在接近会合点的时候启动一次姿态调整,尽量降低和我们之间的相对速度,延长交会可接触时间。"老段通告。

"收到。"我的目光始终停留在国际空间站上,对老段说,"我有点儿担心国际空间站的情况,看上去它都有些红了,那边的情况究竟怎么样?"

"地面站也没有太多的信息,我们的通信频段已经告知他们,应该很快就能直接联系。"

"我们的设备可以相互直接通话?"

"技术专家说行就行,等一会儿就知道了。"

我看着远方那发红的小点,心中焦急。"天宫"空间站和国际空间站之间从来没有进行过直接对话,空间站所有的通信,都必须经过地面站中转。真的能和美国航天员隔着航天服对话,那也是一件划时代的事。无线对讲在地面上是一件再普通不过的事,在不同国家的空间站之间,却从来没有发生过,这当然不是技术上的原因,而是其他困难。危急关头,大概所有的困难都可以被克服吧!

"哈啰!是否能听见?"耳机里传来一个深沉的男声。

"你好!能听见!"我压抑着心头的激动回应他。

"中国太空人你好,我是普拉斯特,我和我的同伴在一起,我们已经出舱,正在等候。"对方说,"我们能看见中国空间站。"

"你好,我是钟立心,中国航天员。"说完这句我停顿下来,不知道继续说些什么好。

"距离会合时间还有九分钟,"老段插入通话,为了让美国航天员也能听懂,他说的是英语,"立心,你的位置有偏移,必须马上进行调整,根据显示屏指示进行喷气调节。"

"收到。"

我开始调整飞行的方向。背包喷出白色的气体,推动我一点点修正方向。

当头盔下方小屏幕上的十字标终于和小点重合,我松了口气。

"到达指定地点。"我向老段通报。

"六分钟准备!检查是否有什么疏漏。"老段指示。

我抬头看了看远方,国际空间站已经近了,看上去不再是一个小小的点,能够看出整个轮廓,甚至依稀间能看见有浓烟包裹在空间站外边,像是一层外壳。

"国际空间站还有多少距离?"我问老段。

"还有六十千米,现在两个空间站的相对速度是四百零二千米每小时,但是在接近到一千米的距离上,国际空间站会进行一次强力刹车,让你和空间站之间的相对速度尽量小。"

国际空间站又近了几分,看上去更为庞大,标志性的桁架清晰可见。空间站的舱体上有一层肉眼可见的浓烟,太空中没有空气,这些浓烟绕着舱体,并没有被吹散,而是不断向外扩散,形成一个不断膨大的烟球,仿佛空间站的晕圈。伸展而出的桁架上,太阳能板就像巨大的翅膀般张开。整个空间站就像一只带着火的大鸟,裹着一层晕圈,正向这边扑来。

我从未见过这样的阵仗,心跳不由加快了几分。

"普拉斯特,你们在空间站什么位置?"我问普拉斯特。

"我们站在突出部,桁架左侧端点。这里朝向中国空间站。"

"空间站变速你们会被甩出去。"

"我们已经做好准备。"

"我这里有一条救生绳,所有人只有抓住救生绳,才能脱离险境。如果你们看不见我,你们应该可以看见救生绳。"说完我摁下了连接器上的按钮。

绳上所有的连接器同时闪烁起来。它们发出柔和的红光,一闪一闪,指示出聚合纳米管绳索的位置。

"看见了吗? 绳索在闪。"

"我看见了,有细小的光点。我们会注意!"

"我在这里接应,你们很快应该就能看见我。"

"我已经看见你了,现在你看上去是一个光点。"

"好的,一会儿就不是了。我会尽量想办法抓你们中间的任何一个人。你们彼此间也有安全绳相连吗?"

"我们有。"

"我的朋友们,现在倒计时开始。"耳机里传来另一个人的声音。

"这是谁?"我问。

"莫里斯,他留在控制舱里,在最后时刻启动刹车。"

"十,九,八……"莫里斯平稳而冷静地倒计时。

"你们没有三个人都出来?"

"我们两个人,艾丽娅和我在一起,莫里斯留在舱里,这是他的决定。"

我深吸一口气。过去的两个多小时里,国际空间站的三个美国航天员一定经历了无比的煎熬,他们最后做出牺牲一个人的决定,也一定是出于无奈。我没有再问。只是原本计划是救三个人,现在最多只能救两个。这两个人,无论如何也必须救下来。

我盯着越来越近的空间站,耳边响着英文的倒计时。

莫里斯的倒计时很快数到了零。国际空间站庞大的身躯突然一抖,原本包裹在太空站表层的烟雾像是活过来一般,从空间站上脱离而出,向前扑了过来。

糟糕!我顿时感到不妙。这些烟尘原本和空间站一道运动,现在空间站减速,烟尘速度并不减慢。

"普拉斯特,我看到烟尘从你们的空间站上脱离,正向着我过来。这可能会形成冲撞,我的位置会偏移,你们看准绳索位置，两个闪烁光点之间有绳索！"

"收到。"

话音刚落，我只感到被什么东西狠狠地推了一把，眼前一片模糊。星星、地球和空间站刹那间开始急速旋转。

急速冲过的烟尘形成一阵强劲的风，我的身体飘了起来。风过去后，眼前的景象重新变得清晰起来，整个世界似乎正绕着我飞速旋转，让人头昏眼花。刚才的劲风完全改变了我的运动状态，打破了一切预先想好的行动顺序。

我不断调整背包喷气方向，想找回平衡。喷口射出的气体引起微微的震动，听上去像是隐隐约约的吱吱声，这平时根本不会留意的声音此时像是天籁之音，它在挽救我的生命。

每一次喷气，都让急速的旋转稍稍变得慢一些。

最后，巨大的地球在头顶方向停住不动，我的身体终于停止了旋转。我喘了口气，定了定神。

"钟，我们到了！"耳机里传来普拉斯特的喊声，"小心！"

我扭头看去，国际空间站庞大的身躯已经悄然而至。我还来不及动作，一块帆板就已经到了眼前，紧接着胸口一痛，整个身子都被大力撞了出去。在仓促中，我本能地伸手去够能抓到的任何东西，鬼使神差般挂在桁架的边缘。

"钟！"我再次听见了普拉斯特的呼唤，抬头一看，只见两个美国航天员正站在桁架另一端，紧紧地抱着一个抓手。

"抓住绳索！"我向两人喊了一句。

"你的位置很热,小心!"普拉斯特喊。

不用普拉斯特提醒,我已经意识到事情不妙,航天服的温度控制系统正发出警报。接触处的温度至少有上百摄氏度。

我顾不上避开高温,因为发现了更可怕的事。刚才的高速旋转让我偏离了预定位置,救生绳绕在了国际空间站的桁架上。

"抓住绳索!"我向着两个美国航天员喊,同时再次启动背包喷气,想要越过空间站去和他们会合,切断缠绕在空间站的绳索。

然而已经迟了,绳索整体开始移动,一个个闪光的连接器在空中缓缓飘移,国际空间站正拉扯着它们。

我焦急万分。如果绳索真的缠到国际空间站上,那关系到的不只是站在空间站上的三个人的生命,拉动的力度太大,"天宫"也会被拉着一道坠毁。

两个美国航天员已经跳离空间站向着绳索扑过去,绳索却轻飘飘地从他们眼前移开。

我仔细地观察连接器的红光。很快注意到问题的关键:一个闪着红光的连接器被卡在太阳能帆板缝隙间。

美国航天员启动了喷气包,他们在追逐绳索,绳索却随着国际空间站飘移。

我顾不上其他,脑子里只有一个念头,身子一跃,冲着桁架上缠绕的位置飞过去。不过短短的几秒钟,原本看上去有些飘摇的绳子已经被绷紧拉直。

"国际空间站正在拉动'天宫',有失轨风险!"老段警告，"如果十五秒内拉力不消除，只能放弃绳索，否则不是绳子断了，就是'天宫'脱轨。"

"给我五秒钟!"我大声地喊，"我会解开它!"

我落在太阳能帆板上，连身体的平衡也顾不上，一把伸手抓住连接器，将它反转，连接器后端的两条细丝断了。

原本绷得笔直的绳索顿时变了形状。

它反弹了! 从国际空间站上脱开，弹性让它开始向着"天宫"反弹回去。这不是开玩笑的事! 失去了绳索，只要和"天宫"之间有速度差，就再也不可能回到"天宫"去。

"追上绳索!"我向着两个美国航天员喊，同时飞快地切断了绑在自己身上的连接器，启动喷气包。

我很快追上了两个美国航天员，他们的喷气包功率不够，提供不了多少速度。

救生绳每一秒都在远离。它不紧不慢，却坚定不移地远离我们。从目测的情况看，我的喷气包或许还有追上它的可能，但两个美国航天员显然做不到这一点。

情急之下，我抓住其中一个航天员，想要推着他一起追上去。

"钟、艾丽娅，你们加油!"耳边传来普拉斯特的声音。

"不要!"艾丽娅歇斯底里地喊了起来。

我扭头看去,只见普拉斯特正旋转身体,头朝向地球,两腿向着我和艾丽娅。他踏在艾丽娅身上,身子曲起如弓。他的喷气背包正全力喷射出压缩空气,努力推动着我和艾丽娅。

普拉斯特打算牺牲自己来给艾丽娅增加一点儿宝贵的速度。

不要!我心头也在呼喊,却并没有阻拦,也没有任何法子阻拦。我也不知道除了这个办法,还能尝试什么法子。就在这么两三秒间,我下意识地紧紧挽住艾丽娅的胳膊。无论如何,也要把艾丽娅救回去!

普拉斯特使劲地一蹬。这动作推开了艾丽娅,也推开了他自己。几乎就在同时,我将喷气背包的功率开到了最大。艾丽娅在哭泣,然而仍旧保持着清醒,在普拉斯特最后一推的同时也将自己的压缩空气包全部释放出去。

我们两人的速度猛地快了一截。两人一点点向着那闪烁红光的连接器靠近。几秒钟的时间,却像一辈子那么漫长。然而眼看着距离一点点缩短,缩短到最后两三米,却又开始被一点点拉开。我感到一股凉意从心底升起,浸透全身。抓不住救生绳,只有死路一条!

"钟,谢谢你!你尽力了,也感谢中国!"艾丽娅说。她语带哽咽,却无限平静,大概已经淡然接受这最后的命运。

我猛然想起救生绳是按照一百米一个连接器的方式组装的,连接器距离我们不到十米,那么断掉的两根将近百米长的纳米管线应该还没有脱离我们接触的范围。

我伸手在虚空中掏摸,同时向着艾丽娅说:"艾丽娅,不要放弃!你看不见绳子,但是它应该就在这里。试试看,它像头发丝一样细,透明……"

我回想起把纳米丝线握在手中的感觉,那透明的不可见的双股绳索,是生命的最后希望。

"是这个?"艾丽娅把自己左胳膊伸过来,不远处的连接器一闪,两道依稀的红光在艾丽娅胳膊上若隐若现。

艾丽娅抓住了!我一阵狂喜,伸手探起那两股绳索,在手掌上反复缠绕几圈,确保紧紧握住万无一失。自从和国际空间站遭遇开始,我的心第一次笃定下来。

"我们现在安全了!"我对艾丽娅说。

"老段,我拉住绳子了。把我们拉回去,别太快,我用手拉的!"

"收到。注意安全!"

柔和的力量拉着我们两个,缓缓向着"天宫"而去。

"普拉斯特,你在哪里?"艾丽娅带着哭腔喊。

"我能听见你。"普拉斯特传来了回答,声音中夹杂着噼里啪啦的噪声,"我现在正向地球坠落,我觉得自己像一颗流星。从来没想到,我会有这样的死法,这算是死得其所。我可能还有几分钟时间,可以最后欣赏一下美丽的地球。再见,艾丽娅,祝你好运!"普拉斯特的声音变成了一阵沙沙声。艾丽娅泣不成声。

我沉默着，不知道该如何安慰她。回头看去，地球上正是美洲的傍晚，灯光在东西海岸蜿蜒流动。这大概是给普拉斯特亮起的回家的灯吧！

"普拉斯特，永别了！"另一个声音响起来，那是留在空间站的莫里斯，"艾丽娅，祝你好运！"

我看见了国际空间站，它已经成了远方的一个小亮点。刚才那场惊心动魄的交会之后，它的轨道大大降低，或许再转几圈就会坠入大气层。

国际空间站消失在地球发亮的轮廓圆弧里。我盯着它消失的方向，默然无语。整个世界像是突然间陷入了沉默，除了艾丽娅的低声抽泣，没有别的声音。

我紧紧地抓住她的胳膊，不敢松开一丝一毫。

十多分钟后，"天宫"逐渐靠近眼前。

我拉着艾丽娅稳稳地落在节点舱上。

"艾丽娅，欢迎来到中国空间站！"老段的声音传来。

营救成功。地面站和美国航宇局的协商也一直紧张地进行。我在节点舱陪着艾丽娅，自从登上"天宫"，她一直从舷窗向外看，一连几个小时，动也不动。

老段提醒我该用餐了。我看了艾丽娅的情况，到核心舱取了餐盒回来，对她说："艾丽娅，吃点儿东西吧！刚收到消息，美国航宇局已经和中国航天局协商一致，让你乘坐'神舟'飞船降落在中国新疆，然后专机送你回美国。"

"莫里斯还在那里！"艾丽娅没有理会我在说什么。她仍旧直直地盯着舷窗外，虽然从这个角度根本看不到国际空间站，她的目光始终在寻找它。

"我们无能为力。"我感到自己的虚弱，"他是个英雄，是杰出的航天员。"

"我们执行的是最后一次任务，"艾丽娅哽咽着说，"没想到会变成这样。"

我轻轻地拍了拍她的后背，表示安慰。

艾丽娅定了定情绪，转过头来，露出一个微笑，说："太空是我们的，也是你们的，但终究是人类的。这一次事故过去，人类还会把更多的人送上太空。"

"我同意。"我把手中的餐盒递了过去，"正宗的宫保鸡丁，你可能还没尝过。吃饱一点儿才有力气，才能回家。"

艾丽娅接过餐盒，向着我点了点头，说："谢谢！"她的汉语发音很生硬，但很清晰。

我感到心头的压力释放了一些，微微点头，扭头向舷窗外看去。舷窗正对着地球，晶莹的球体泛着淡淡的光！那一刻，我感到地球比平日看到的更加美丽！她是我们所有人的共同家园。

以上就是整个营救过程的所有经过，特此留存，供中心相关人员参考。

钟立心

2028年8月28日

还 魂

————

任 青

1

    还魂尸送来的时候,面部只有模糊的轮廓,但老太太依然认得出那是自己的儿子。

    她和死者面对面坐着,一言不发,看着五官和毛发自动塑造成型。他的皮肤湿润极了,不像死人,而像个刚出生的婴儿,新生的纹理在皮肤表面浮现、固定,如海流在北欧峡湾逐渐雕刻出悬崖峭壁。他的眼睛越来越深、鼻子逐渐高耸起来,左脸上慢慢浮现出一块伤疤,是小时候摔倒在轧花机上留下的。那块伤疤慢慢由粉转红、变成褐色,缩小面积,固定在皮肤的表层,形状与儿子离家前一模一样。

    老太太深陷在藤椅中,被奇观吸引,被恐惧攫住,身体动弹不得,呼吸声仿佛细小的灰尘降落在角落里。

    十分钟后,死亡通知书姗姗来迟,同纸张一起来的还有乡会计和邮递员。会计瞪了邮递员一眼,责备他速度奇慢,竟把死亡通知书落在还魂尸后送达。老太太终于扶着藤椅站起来,

手却抖似筛糠,认不出纸上的字。会计好心给她念道:

> 兹有工兵王氏信光,殁于春月廿八日。马革裹尸,美名咏诵,光沉紫电,忠烈可风。

老太太看着纸,喉咙里发出猫叫般不清不楚的呜咽声,又转头瞧瞧屋里的怪物。那具还魂尸紧闭双眼,全身伴随胸部起伏慢慢抖动。他的肤色越来越深,头发越来越密,血管变得更细,在肌肤之下逐渐遁于无形。会计控制自己不去盯着怪物,从随身夹子抽出一份表格,开始与老太太核算。

"抚恤金:计信用点二十六万。明日入账,次周凭亲缘证明、死亡通知书可取。"

老太太似懂非懂地点点头。还魂尸突然爆发出一阵响亮的打嗝声。

"他有……有其他继承人吗?"

老太太摇摇头,嘴角耷拉下来,眼里终于涌出大颗大颗的泪珠。

"嘻,大娘!"邮递员开口安慰她,"别伤心了,你看,不只你一家,我这里还有一摞呢!"

说完,他把手伸进邮件袋,掏出厚厚的一摞邮件,都用统一的颜色印刷,侧面的颜料排成一条褐色的长龙。见得此景,老太太用手拍着大腿,高声痛哭起来。

"可他们都没有还魂尸！看吧,你是唯一拥有还魂尸的人,因为你的儿子炸成了碎片,只剩下一粒芯片,不幸中的幸——"

"别说啦!"会计大声打断他,"去送你的信吧!"

"可我还想——"

"有什么好奇的!"会计踹了他一脚。邮递员悻悻地走出门去,最后回头望了一眼,恐惧的表情出现在他脸上——

"那尸体,睁开眼睛啦!"

2

还魂尸彻底变成了儿子的样子,他现在睁开了眼睛,慢慢转动着眼珠。屋里的几个人屏住呼吸,全都一动不动。老太太停止哭泣,向前挪了一步。

"当心,大娘!"会计扯住她。

还魂尸忽地一下站了起来,可是没站稳,又坐了回去。看见怪物站起来,会计和邮递员尖叫着向后退。还魂尸转头看看他们,张开嘴,一言不发,棕色的眼睛仿佛直勾勾地瞪进虚空里。

"我走了。"邮递员说,"大娘,我对您的遭遇深表同情。"

说完,他转身跑出房门。"懦夫!"会计说,他的双腿发软,动弹不得,只得勉强用脚掌慢慢向后蹭。没等缓过神来,邮递员又跑了回来。

"技术员来了!"他说。

"终于来了。"会计长出一口气。一个个子不高的年轻人跟随邮递员进来,他的头顶染了一撮掺杂褐色的黄发,手上拿着带箱的大喷枪,制服沾满斑斑白点,身上挂着破破烂烂的蜘蛛网。

"怎么是你?"会计问,"市里的技术员呢?"

"市里的专家?他出了事故,车子翻进沟里,腿摔断啦。"年轻人顿一顿,"上边说,只能让我来讲讲了。"

"你讲,你懂吗?"

"他们给我传了资料。说实话,我懂的也不多,要是问我化肥啦、农药啦,还能——"

"这样就行,"会计打断他,"快讲讲这个鬼东西,它已经快把我们吓死啦!"

"好,知无不言!"年轻人自己拉张椅子,却没敢坐下,扶着把手站在一边,"这是一类生化人,刚刚开发的,用于转移死人的意识,人们都叫它'还魂尸'。"

"很贴切的名字。"会计说,"但这怪物有啥用处?"

"能给人安慰吧。"技术员说,"说不定技术成熟了,大人物们会争先恐后地入住,长生不老、永垂不朽。"

"到那时候,原主和生化人打起来,怎么办?"

"这……就不是咱该关心的了。"

"它现在是活的吗?"邮递员指着四体僵硬的怪物问。

"是啊。它的肉体刚刚形成,可能意识仍在构建。"技术员说,然后转向老太太,"资料上写,王氏信光阵亡时,植入头部的芯片也遭到损坏,他们能够恢复提取的数据有限,所以生化人的人格是不完整的。大娘,他们已尽了最大努力。"

老太太面露恐惧地点点头。

"上边说,还魂尸仍在测试阶段,数量有限,优先供给阵亡将士家属使用。因为您的儿子他……尸骨无存了,所以向您派发一个,希望能够带来短暂安慰。"

"短暂安慰?"会计插话道。

技术员耸耸肩,"两周后,他们会把个体收回去,提取运行资料,再进行研究完善。"

"研究完了,能还给她们吗?"

"不知道,这玩意儿据说挺贵的,不过……"技术员拍拍椅子背,仿佛那儿贴着一个帮腔说话的电钮,"和您的儿子享受多出来的两周吧,这种机会不是人人都有,别人想要的话,恐怕得上阎王爷那儿找寻了!"

"他是我的儿子吗?"老太太突然开口问。

"他是个生化人,"技术员说,"这么说吧,人们借助先进技术,把您儿子残存的意识和记忆,移植进生化人的脑子。他就相当于您的儿子,只是记忆不太完整,并且给人的感觉……有点奇怪。"

"我不明白。先生,他和我的儿子长得一模一样,他是我儿子吗?"老太太坚持追问。

"大娘,从定义上讲,他是个——"

"哎呀!"邮递员双手指天,打断了年轻人的讲解,"你讲这么多,她能懂吗? 给她个明白话吧,我还有一摞死亡通知书要发呢!"

"好吧,"技术员说,"是! 他的确……算是你的儿子!"老太太抿起嘴巴,点点头,眼睛动了一下。角落里突然传来声音,大家齐刷刷看过去——那个刚刚出生的人竟自己挣扎着站了起来。他看着大伙儿,缓了一会儿,慢慢开口说:"我饿了。"

人们面面相觑,谁也不敢说话,也不敢动,耳朵里只听见唰唰唰的杂音,那是风把满树叶吹翻过来的声响。技术员从椅子上挪开手,觉得手上都是汗,风一吹凉凉的。

"你问他要吃什么。"会计说,他把手放在腰间,就像那儿真有把无形的佩枪。

"你想吃啥啊?"老太太问。

"蒜苗炒肉。"还魂尸说。

"是我儿子!"母亲大哭起来。

3

秘制蒜苗炒肉的做法:瘦肉、五花肉切薄片,肉片用酱油腌过,蒜苗用盐腌过,五花肉下锅煸出油,再放瘦肉下锅炒熟,最后放蒜苗段和辣椒丝,加盐、酱油翻炒,起锅淋少许麻油即可。

还魂尸坐在桌边,连吃了三碗,雪白的背部一耸一耸。吃完饭,他抱着膝盖,蜷缩在椅子上,不言不语。

"信……光,你冷不冷?"

"冷。"他说。

老太急忙翻箱倒柜,找出儿子的衣服。怪人笨拙地把秋衣穿上,却怎么也穿不进裤子,老太太帮他把裤子提好,腰带扎上。

"信光,你瘦了。"她说。

还魂尸点点头,抬眼看着她,一言不发。

"唉,你遭罪了!"老太太攥住还魂尸的手,那手冰凉冰凉的,她赶紧把它们捂在怀里,"回来就好,回来就好。"

怪物再次点点头,他耐心等老太太掉完泪,慢慢把手抽出来,盘腿在椅子上坐定,面朝北方闭上眼睛。

老太太在旁边待了一会儿,开口问:"仗……打得怎么样?"

"什么怎么样?"

"就是战场上有发生什么事儿啊……能打赢吗? 主要是你怎么……怎么负的伤?"

"忘了,"儿子把眼睁开,"好多事都忘了,忘光了。"说完,他又把眼睛闭上,肚里发出与上午一模一样、打嗝般的巨响。嗝声好一阵才过去。老太太坐在旁边,待了一会儿,欲言又止。

"你先休息吧!"她说,然后轻轻退到外屋去。

晚上,王氏信光在家里睡了一觉,却没睡踏实,半夜惊醒了好几次。最后一次醒来后,他睡不着了,静静地躺在床上,看着墙上挂的旧钟表——六点十五分。意识逐渐清晰,这是他第一次认识到时间概念,时间在一秒秒地流逝,真奇妙,昨天是他出生的日子,但他却感觉自己并不是个新人,出生前的时间也并非一片混沌。他看着秒针,嘀嗒、嘀嗒,一天有二十四小时,一小时有三千六百秒。如果他愿意的话,可以把每一秒再分成若干个单位来体验,但他没有这样做。他现在是人类,他在学习王氏信光、学脑中本能、学所有的人类那样按分秒来感受时间。六点十七分过去了,下一个阶段是六点十八分,他想,窗外阳光很好,窗台有谷粒,应该会有鸟儿落下来。

思绪未及落定,一只鸟儿突然扑来,飞降在砖红色的窗台上。

老太太家有具还魂尸的消息很快在附近传开。下午,家里被挤得水泄不通。邻居们争相前来询问亲人的事,孤老寡妇们像油炸的面糊,把王氏信光团团包裹。

"我的儿子怎么死的,他说过什么话吗,有什么遗言吗?"

"我的丈夫怎么样了,你在部队见过他吗?"

"战场是什么样的,我们能胜利吗?"

面对这些问题,儿子总能做出不那么得体的回答:

"不知道。"

"不清楚。"

"对不起,真的忘记了。"

后来,老太太趴在厨房睡着了,天黑之后才醒来。她走到院子里,发现街坊已经散尽,留下一地垃圾,风越来越大,只剩一只狗在冲着还魂尸狂吠。老太太拿出棍子,把狗赶到门外。可它并没走远,在门边的竹竿堆旁趴了下来。她刚刚复生的儿子仍然坐在桌边,脊背保持笔挺的姿势。

"快睡吧,信光。"老太太说。

儿子指了指门边的黄狗。

"这动物,怎么说?"

"狗。"老太太说。

"狗。"他重复道,满意地点点头。

"去睡吧。"

"好,"儿子说,"等我恢复好了,学会帮你干活儿。"

"嗯……好,好孩子。"老太太说,"你在哪屋睡啊?跟我睡一屋吗?"

"再说吧。先回厨房。"

"怎么了?"

"锅倒了。"

话音未定,厨房里传来哐当一声,那是巨大的蒸锅倾覆的声音。有个圆圆的铁箅子从门里滚出来,滚到草丛边缘,立在那里,不动不摇。

4

收拾好物品，打扫好庭院，两个人才回到床上。这是复生后的第二个晚上，王氏信光做了个梦。

在梦里，他见到一匹白色的骏马在厚厚的冰上行走，冰下是重重叠叠的残肢和深渊不灭的火焰。"马"，他记得这个词。梦里的冰太滑，那匹白马跑不起来，它失了前蹄，跪倒在坚硬的地面上。血涌出来，流淌到士兵们的鞋跟下。

他低头看看自己的鞋，胶鞋掉了底，地面磨得脚生疼，头顶的燃烧弹把天空映得如同白昼，环绕四周的有万年前的斧石、千年前的车马、百年前的巨炮，两轮圆月在古战场上空熠熠生辉。王氏信光穿着掉了底的胶鞋走在战场上，封冻的河流让他慢慢失去意识，他忘记了自己是谁，只是跟随云雾般缭绕的指令，向末日缓慢地冲锋。在那个冰冻的晚上，月光下的一切都成为慢动作：对面军队的炮火成为意识的标枪；地雷存在于时空的每个角落；炸弹投射过来，碎片在空气中游泳，裹挟着夜幕与弹痕缓慢地消逝。

信光在消逝的秒雾中挣扎，在梦中拼凑着残缺的记忆。他看到了本家叔叔，他比自己小一岁，却长一辈，是骄傲的飞行兵。王牌飞行员王氏文虎，在有大学可读的日子里，他便是飞行冠军,曾独自一人穿过峡谷、飞越神山。战场上,他驾驶战机撞烂三架敌机,血肉如春雨般飘洒。他梦见了炊事兵安师傅,安师傅是缺少一条腿的残疾兵。工兵营人手不足时,炊事兵亲自披挂上阵,但他只会依赖设备,毕竟铁脚感受不到土地的触感。他不知道地雷和好土感觉起来是不同的,不知道触碰引线地雷会飞到脖颈里……他除了做饭,什么都不知道,但死亡知道他,死亡知晓一切。他还梦见了班长镜子男爵,班长因为迷信而得到这个名号。他总是把一面镜子挂在腰间,拴在皮带的扣眼上。他总在下午沏一杯糖水当作咖啡。在一块猩红色的盆地里,信光把他的身体从燃烧的机械中拖出来,他的腰上没有挂镜子。信光想,镜子一定落在了战车里。他梦见了女兵达娜·科拉帕洛娃,达娜长着一头亮褐色的秀发,她……

　　现在,这些人都不在了,他们被战争吞噬,化为废墟中的微尘,自虚空中来,归于虚空中去。

　　白马再次嘶鸣的时候,梦一下子醒了。信光猛地从床铺上坐起来,口中发出嘶叫。老太太点亮了灯。他的瞳孔缩小,脑袋剧痛起来。"妈妈!"他尖厉地喊道。

　　老太太已经数年没有听过这样的声音,她觉得这声音很美、很辽阔。

　　"别怕,已经早上了,"老太太说,"信光,信光。"

5

白天，信光学东西非常快。第一个周末的下午，他已经学会使用手扶农机耕作，只是有时面对松软的土地，他犹豫一下才敢走过去。傍晚时分，技术员回到村里，头顶沾满花粉，身上的蛛网似乎更多了。

"大娘，你和他相处得怎样？"

"我的儿子，他像个小孩。"老太太笑着说，"他一顿能吃好几碗面条。"

技术员也笑了起来。"我有些事情要告诉你，"他说，"不要让他的耳朵进水，普通的水还好，一定不能让酸性物质滴进去，若毁掉自适芯片，他就彻底变成傻子了。"

"当然，"老太太说，"耳朵进水，正常人都受不了，何况他在战场上负过伤。"

技术员张张嘴，欲言又止，只好笑着和老太太告别："祝你们健康！"

技术员走后，母子二人伴着微风，沿着土坡和田垄向外走，一直走到村子的尽头。那里的房屋越来越少，小小的坟头却越来越多。在一块堤坝和树林夹成的菱形土地，两个人停下脚步。

"这是咱家祖坟，你记得吗？"老太太问。信光摇摇头。

老太太叹口气，往南走了几步，指着一个立有灰色石碑的坟头说:"这是你爹的坟,记得吗?"

信光想了想,没有回答。老太太接着说:"我死了,得和他埋在一起,这事交给你办。"信光点点头,把这件事牢牢存进脑袋里。他记住了坟地的位置、特征、爹的石碑、上面镌刻的字迹。他看到坟头附近有棵大型植物,没有叶子,光秃秃的,根却繁茂,把地都拱了起来。

"怎么有棵,植物?"他问。

"那是树,"老太太说,"外来的怪品种,树没活,但把地给顶起来了,应该砍了它。"

"交给我办。"信光说。他沿着大树走了两圈,反复摸索一会儿,终于找到个趁手的位置。他弯下腰,头冲下,双手环抱住树干。第一次用力,树干稍微动了一动;第二次用力,树开始摇摇晃晃;第三次用力,树根发出断裂的哧啦哧啦声。大树竟被连根拔起,倒悬着栽倒在地,根部带出大块泥土,几根长长的蚯蚓掉在地上。

这声巨响吸引了所有人的注意力,附近上坟的、瞧热闹的、闲着没事的几个人全都看向这边,目瞪口呆。信光看也不看他们一眼,他用手把树根上的泥土拢起来,填回坑中,用脚踩平,形成了一个盆地般的小坑。老太太在旁边帮他拿着衣服,用手抚摸他后背浸满汗水的"H4004"黑色编号。这刺字是什么意思呢? 她想,最好不要让别人看见。自老头去世之后,她一直没精打采、行迈靡靡,但这几天来,失去多年的信心一并回到她的胸中，令她高兴得把头高高昂起，就像光彩万分地嫁到村子里时一样。信光干活儿很快，等两人回程时，身后已经跟了不少人。有人在录像，这是旧时代残存的习惯，网络被全面禁止后，录像已经没有实际意义。信光跟在母亲后面，走在小路上，黄泥从老太太的鞋底掉了下来，他目不转睛地看着，发现自己很喜欢土黄的颜色，这色彩就像黄昏，具有柔和的力量感。此刻正是黄昏时分，黄色微光浸润一切、使人通明。于是他感觉到力量澎湃汹涌，眼前所见之物不再是静止不动的画面，它们的命运像时间中的录影，缓慢但不可阻挡地呈现在眼前。大部分时候，画面是模模糊糊的，却偶尔变得清晰起来。

前方，一条狗正趴在路边，爪子按住一根泥呛呛的骨头。他们拖着人群浩浩荡荡经过时，它一动也没动，只是翻着眼球向上看。

"这动物，狗，快死了。"信光说，然后头也不回地走了过去。有的人蹲下，趴在狗的旁边看它喘气，更多的人跟着信光走了。走到第二条街道时，信光停下，看着房檐下坐着的一个农夫，大喊："快跑起来，事故！"

6

两天后，阵亡军人追思会在村公所举办。人们按翻书查来的旧时习俗,搭起一个巨大的灵棚,以灰毯为地、红白相间的棚布为顶,大棚两侧竖长竿一十八根、秉烛三十六盏,场地中央摆几十把椅子,大家有的坐在椅子上,有的干脆席地而坐。为死者大发哀恸的时间已经过去了,几个女人在小声地哭,其他人都在谈话,亲属们近乎麻木,邻里也已习惯年轻人的死亡。年轻人一个接一个消失,就像是离家去上学、去工厂工作、远赴黄金时代殖民的边疆,他们谈论这些就像在谈论一场宴会,有人中途离席,但不妨碍宴会的继续。老太太领着信光进来的时候,人已经把棚子坐满了。他俩走向侧面仅剩的几个空位,村民们转头望着他们,一下子安静下来。这寂静仅仅持续了片刻,一个小孩突然喊道:"怪物!妈妈,我害怕!"旁边的母亲赶紧抱住了他,但孩子看起来并不怎么惧怕。他把头埋在大人的怀抱里,偷眼向外看,瞳孔中倒映出信光雪白的皮肤。

"这怪物怎么来了?"有人问。

"主任,把它赶走!"一个村民叫道。

"它不是怪物,是我儿子!"老太太说,但似乎没有人听到。看不见的手捂住了所有人的耳朵。

"她有什么资格来?"有人大声喊。

"她儿子也是士兵,"村公所主任说,"来就来吧。"

"他好胳膊好腿的,可我儿子呢?我儿子在哪里?"一个女人哭喊道。

"整个连队都完蛋啦,他却回来吃香喝辣,真是个恬不知耻的胆小鬼！"

"他也经历了战争，不要难为他了。"主任说。

"这种怪物，应该回到前线，冲上去！为小伙子们报仇！"

"我不管！你们把我丈夫还回来！"一个年轻的寡妇大哭着冲向信光，却被会计拼命拦住了。

"冷静点儿！"会计说，"他不是人，是还魂尸，你懂吗？别跟他计较，他只是个还魂尸啊！"

"但他复活了！凭什么！凭什么我丈夫就不能复活！"

"我儿子是人。"老太太提高音量说，她用手紧紧揽住儿子的胳膊，"他跟你们一样吃饭，一样睡觉。"

"不一样！"一个孩子突然站起来，"我看过他拉屎，他的屎是深绿色的，像果冻一样，又黏又恶心。"

"你什么时候看到的？"老太太问。

"昨天，我趴在厕所看到的！辛也可以做证。"

"那你们就是偷窥者，是鬼鬼祟祟的小偷。"

"还魂尸才是小偷！"一个回来奔丧的年轻人站起来，"他偷走了村子的平静，让大家分裂、嫉妒，让失去亲人的人伤心疯狂，他不应该在这里，这里哪有他的位置！"

"我们还看见他偷吃鸡！他躲在厕所里，生吃了抓来的一只母鸡！"那个叫辛的小孩说。

"没有。"信光辩解道。

"还有，他来之后，村里的狗就不见了。"有人说。

"他拔了大伙儿祖坟的树，还顶翻了车子。"

"他前天诅咒了我丈夫！"一个女人歇斯底里起来，"他叫他小心出事故，结果他立马就被塌下的一块房顶砸伤了！"

"复活的魔鬼！叫他躲在家里，永远不要滚出屋子吧！"

听着这些，信光感觉周身的热量慢慢向眼睛积聚，他紧紧闭上着了火的眼睛，第一次体会到愤怒。如果可以剖开肚肠、掀开头颅检测，这种召之即来的情感足以证明他不是生化人、不是机器人、不是虚拟人，甚至不是阵亡将士的纪念品，而是个有情绪的、真正的人类。他想开口辩解，但审判席没有给他辩解的机会，自古以来，他们占着人数和道义的优势，从来不给别人机会。老太太紧拥着儿子。在嘈杂声中，还魂尸牢牢地抓住眼前的一根长竿，愤怒地举过头顶。但他突然看到了未来，这个棚子的未来、这些人的命运。他看到自己将长竿插进女人的胸口，血就像山后的汩汩涌泉，她的血混合在十几个被彻底刺穿的人的血液中，铺满地面，形成暗红色的河流，蜿蜒地流到阵亡士兵的黑白相片前，涂满他们的军装和灰色的脸。棚子被撕成了碎片，桌椅倾覆，人们躺了一地：有人像筷子般被折断；有人头被砸扁，白色的脑浆流出来，掺杂在粉红色的泥水里。在这之后，他揽着母亲，一起步行回家，天上降下雨来……这多么像战场啊！他想起冰冷的机械把活人踩在轮下，脸皮从骨肉上分离，像大地长出的一张面具。这是永恒噩梦中挥之不去的残酷画面。他退缩了，默默地放下手中的长竿。眼前的景象如烟般散去。

母亲紧紧把住他的胳膊，指甲深深地嵌进肉里。她并未察觉到儿子预见的幻景，只是在不住地发抖。

"他要打人啊！"有人喊道，"他还想打人！"

"我们走。"母亲颤抖着说。

于是他牵着母亲的手，走出压抑的棚子，天上果真降下雨来。

7

信光已经好几天没有出门了。村公所送来村民起草的《约法六章》后，母亲不再让他出去干活儿。这几天，他靠看影集度过了漫长的白日。

影集是父亲的遗物，是老头儿在城里旧货市场淘到的，里面放着不知谁家的照片。一百多年前，城市里流行为死人拍生活照，摄影师用架子把尸体固定好，让他们或坐或立，眼睛保持睁开的状态。他们只拍黑白照片，化妆师技术高超，以至于看客分不清谁是活人、谁是尸体。这应该算是还魂的古老形式——一种简陋的、平面的、复古的还魂。信光费力地辨认活人与死者的区别，但他失败了，他看不到照片中人物的未来，因为就现在而言，那些未来早已是过去。

咚咚,大门响了。信光预见出两个男人的模糊影子。他从凉爽的席子上站起来,回忆了《约法六章》的规定:第一,不准去阵亡军人家和追思会;第二,不准去祖坟;第三,不准破坏任何庄稼、树木;第四,不准接近和伤害牲畜;第五,不准用不祥的言语诅咒;第六,天黑之前不准出门。他想了想,开门不违反规矩,他可以开门。

门外站着那个叫"会计"的人,旁边是个坐着机械轮椅、愁眉苦脸的老头儿,有个戴眼镜的姑娘推着他。会计冲信光笑了笑。

"怎么样,小伙子?适应村里的生活吗?"

"还好。"信光说。

"你觉得痛苦吗?"

"不。"信光回答。他感受到的更多是害怕。

"痛苦可以蒙蔽人,就像村子里那些人。"坐轮椅的老头儿开口说,"原谅他们吧,他们被痛苦和嫉妒捂住了眼睛。看到,却不能分辨;听到,却不敢相信;言语,却出口伤人。"

信光摇摇头。这时,老太太从后院钻出来,手里握着两根白色带须的萝卜。

"这是真正在土里长的萝卜吧,大娘?"会计说。

"当然!"老太太回答。

"很好,母子俩能一饱口福!"

"你们来做什么?"

"啊，这位是市里的技术专家，"会计指指坐轮椅的老头儿，"前几天，腿不幸受伤啦，但他还有话要说，坚持来访。"

"您好！"老头儿抿着嘴唇笑笑，"我早该来的，遇上倒霉的车祸，住了几天院。"

"哦……不打紧吧？"

"没事，"老头儿说，"公司给治病，给生活费、营养费、奖金、补贴，我还能说什么？只能拼命完成考核任务、感激涕零。为完成未竟的使命，我今天必须来，您就当走过场吧！"

老太太点点头。

"我们这次来，是问问生化人的事。"

"生化人？"

"就是你儿子。"会计插嘴说。

"什么儿子？"老头儿问。

"还魂尸啊，"会计说，"她儿子。"

"她儿子？你竟说生化人是她儿子？你最好清醒点儿，那只是团硅胶冻肉，只不过是把意识注入肉里，他从头到脚跟她一毛钱关系没有，他可不是人类。"老头儿说，"你们上次跟她说了什么？喷农药的小子说了什么？"

"没有，没有，就按指导手册讲的。他是个生化人，还魂尸！"

"嗯，别看他这样，屋子不敢出、什么都不懂、话都说不成句，未来可要仰仗他们！"老头儿说，拍着轮椅扶手，"他们不是人,但强于人!你们要接受未来,就要先改变观念。"

姑娘俯下身,用手摸摸老头儿的脖颈,"你讲得太多啦。别忘了,我们是在偏远的村子里。"

"不用拍我,我可是有武器的人。"老头儿咧嘴笑笑,"你看过老电影吗?残疾人把枪藏在轮椅里,掏出来打天花板上的怪兽。看过吗?会计先生。"

会计脸上渗出汗珠来,从口袋掏出块皱巴巴的手绢擦擦脸,"没关系,您可以完全放心。村里没有危险!百分之百放心!"

"让我问他几个问题。"

"好,快过来!信……你这还魂尸!别躲在门板后边。"会计喊道。

"白天不让我出家门。"信光说。

"别这么死板!"

"村公所定了六条规矩。"老太太央求道,"不要为难他了。"

"只是因为这个吗?"老头儿说,"生化人,你过来,说实话。为什么不看我?"

"没有。"信光说。

"说实话!"

"……你会掏枪打我。"信光低声说。

老头儿笑笑,果然从背后摸出一把装有消音设备的小手枪。会计尖叫一声跳开。信光站在门边,面露犹豫。

"你为什么不躲开?"

信光眨眨眼,"场景变了,你不会真的开枪。"

老头儿看起来很高兴,他费力地扭过脖子,对姑娘说:"你快看! 这个意识可以! 成功了一半。我就说了,必须在生活中测试。"

"但他好像只能看到几秒钟?"

"别管时间长短,这就是一个巨大的进步!"

老头儿说完,把头转回来,"还魂尸! 合同快到期了,好好和老太太享受最后的日子,我们下周一,就是后天,要把你带走了。你将回到属于你的地方。"

信光抬起头。"我哪儿也不去。"他说。

"别傻了。"老头儿说,"你以为你真的是她儿子,她真的是你母亲? 没有我们的保养维护,你什么都不是。你现在只是个给人安慰的替代品,替一名工兵把生命延长了十几天,这就是你的价值。"

"只能再待这么两天吗?"老太太问。

"这已是极限啦。"姑娘接过话来,"为了这个实验,为了让你们延长这十几天,你知道我们正在损失多少钱吗?"

"那,你们会让他回到战场上去吗?"老太太颤抖着问。

"我本不想骗你,"老头儿把手上的枪支收回去,"你以为,他生来是为了做什么的?"

8

午后,村子里稀稀落落地下起冰雹来,大棚突然被砸坏了,人们冒雨解散了阵亡军人追思会。邮递员为信光家送来召回通知书,是军队里一个从未听过的番号。

吃完晚饭,他们谁也没开灯。在黑暗中,老太太和信光坐在一起,儿子像往常一样很少说话,盘腿望向北方。老太太不知那边有什么,她能看到的只有黑暗。她想,要是能找到个有趣的话题就好了,但就像所有的妈妈和儿子一样,很难找到共同的兴趣点。她轻轻摸着信光的手背,脉管在跳动,她发现自己越珍惜这个晚上,时间就过得越快。

"信光,你记得第一次坐旅行飞艇吗?"老太太问。

"不记得了。"

"你八岁的时候,把农药倒在培育牲口的池子里呢?"

"不记得。"信光答道。

"你十岁那年,从学校偷了一个报废的机器人,它本来是给跑道刷漆用的。"

信光摇摇头。

"你把机器人搬回家,在屋里放着。夜里,它自己动起来,在地上画了一个卖假钞的广告。"

"嗯。"信光应了一声。他为自己的一无所知而感到羞愧,这也是他第一次体验到愧疚。母亲讲述的事情大概已随破损的芯片随风而逝,又或者技术员太懒,没有把这些无关紧要的东西塞进他的脑袋。

老太太叹了几口气,没再为难他,只是拍了拍他的胳膊。信光想,自己的皮肤摸起来一定很凉,人类的皮肤是温暖的,而他却一直很冰凉。他闭上眼睛,学习人类的睡眠,这是他最早学会的东西,很简单——什么都不想,蜷缩在床上,像真正的人类蜷缩在充满羊水的子宫里。他很快便睡着了,没有做梦。

清早,老太太做了六个菜,还开了一瓶老头留下的浊酒。信光知道这是送行酒,他即将回到地狱中去。他踟蹰着在小桌旁坐下,端起碗扒饭,眼前再次浮现出往日的景象,过去生活中的记忆全部消失了,战场的记忆却无比清晰地存在于脑海里。战车、炸弹、血雾、警报……还有那些已经永远消失的人。他们一个接一个出现,排队捧起桌上的酒杯向他致敬。信光看到了自己第一次从运输机下到兵营,第一次训练,第一次排雷,第一次踏上真正的战场,第一次从工兵变成侦察员,第一次扣动坚硬的扳机让子弹射入人体,密密交织的钢铁和射线,锈迹和血水……

他蠕动着嗓子,咽下最后一口饭,然后推开碗,拼命眨巴着眼睛,想看看自己明天会干什么。是回到实验室吗,还是直接上战场? 他十分努力地去体验,但他却看不到,什么都看不到。他只看到母亲从后厨拿来了剪刀。

"先理个发吧。"老太太说。

信光坐到廊下,进入清晨肃穆的寂静里。这是他第一次被人修剪头发——至少是这具躯体的第一次。母亲理发的手艺很好,把他的头皮刮得干干净净。

"信光,你头顶有个大旋涡哦。"母亲说。

"是吗?"

"是啊。我问你,你小的时候,哭着要一架玩具战斗机,我一直没买,你会恨我吗?"

信光想了想,他不记得这件事,他什么都不记得。也许他根本不是什么信光,真的只是一具化学生产的还魂尸而已。

"不会。"他说。

"好了,躺下。躺在垫子上,对。"

信光顺从地躺好,老太太指挥他侧卧过去,摸了摸他,转身离开。

信光迷茫地躺在那里,听着老太太的脚步声,愈来愈远、愈来愈远,又愈来愈近、愈来愈近,鼻子突然闻到了一股味道。他的头脑猛地张开,像撑开了一把接收信号的雨伞。他用意识而不是眼睛,看见母亲正端着一碗深褐色的液体走来——那是醋的味道,他想起了溶解的感觉。他似乎不是第一次被溶解,上一次害怕得几乎不能动弹,模糊的人影把他从身体里拽出去,把另一个人安插进来。是信光进来了吗? 离开的又是谁? 接收到的信号突然前所未见地强烈起来,他看到技术专家带了一队士兵过来,他夺门而出,杀得血流成河,敌人的痛苦呻吟几乎掩盖住老太太哭泣的声音。他将顺利跑出去，跑出村子，进入森林、河流、大漠，在大漠陷入流沙和永恒的孤独中去。当他最终走出来的时候，只有半截身子，他爬到废弃的中转站，爬到一百年前第一批殖民卫星离开地球的地方。他被治疗，被教化，成为半机器的野人，成为黑暗中畏畏缩缩的生物崇拜古神的载体。他们在崇拜人类，人类的形体和他一样，只是虽然长了眼睛，却什么都看不到；拥有头脑，却什么都不去想。他看到，面对愚昧，神们也缄口不言。

……他看见这一切，用脑子而不是眼睛。眼睛看到的是母亲用颤抖的手端着一大碗黑醋走过来。此刻他意念全开，身体灵活，完全可以一跃而出，逃离这间房子，冲破外面迫近的专家和士兵，获得同类不可企及的自由。但他却丝毫没有动弹，他继续躺着，等待母亲端着烧热的醋碗走到眼前。

"我绝不会再把你交到他们手里。"母亲说，眼泪不住地淌下来。

信光点点头，用万分之一秒时间思考自己的选择，然后慢慢关上他头脑里前无古人的意识之伞，闭上眼睛，等待接受母亲的热醋和爱意。战场的画面一下子变淡了，村子里的人们也不再成为困扰，他看到自己坐在庭院的屋檐下，在风中饮食，一只蝴蝶落在肩膀上——此刻，醋汁从高处颤抖着浇下来，有一些洒到了外面。当这些滚烫的液体灌入耳朵的时候，信光没有痛感，只感觉到暖和，世界在收缩，意识在慢慢消散。他耳中听到的最后一个音符是海边的浪涛声,那年他只有七岁,乘坐旅行飞艇,第一次俯瞰大洋,海鸥从短小的舷翼侧面掠过,它们的翅膀反射着永不停止的太阳的光。

白色悬崖

———

鲁　般

1

岩里从一场沉闷的梦里醒来,暂时还没想好今天要做的事。

于是他干脆重新闭上眼睛,开始回味刚才那场梦的细节。梦里他的耳畔一直充斥着乌鸦的鸣啼,它们成群盘旋在浩荡的林海之上,声音像哭声般刺耳。厚实的树荫透不进光,色泽近于黑,他站在这片连绵不绝的灰暗里一动不动,像是迷路了很久,既没有力气,也没有方向。他无意再做什么,又暂时醒不过来,梦到这里变成一个困局,内心希望发生些什么的意志逐渐化作了对梦本身的怨怼,他绞尽脑汁,奋力幻想着周遭的寂静里能突然蹿出些什么,吃人的野兽或者丰乳的女妖,不论什么都好。

但梦从来无法左右,所以他依旧独自一人,被困在那片黑暗中。

再次睁眼时,岩里起身从床上坐了起来,盯着房间的某处又出了一会儿神，睡意消散后，脑海只剩下一片混沌，连带着梦的内容也变得模糊不清。

他有些扫兴地叹了一口气，将目光移向窗外。

距离日出已经过去了一阵，海天之间的边线几乎融为一体，灰暗的蓝色从远处的海面延伸而来，到了近海便成了一片碧绿，又一路被浅滩的沙砾冲淡，慢慢地蜕变成与云层相近的白色，从床边的窗户望去，极像是一汪泛光的油墨。

沙滩宽度不过十米，再往里便是一道高达百米、绵延数十千米的悬崖，如同厚实的城墙将翻涌的海浪拦腰斩断。悬崖的立面皆是大片大片耀眼的白，陈年累积的石灰石被海风打磨得平整而细密，如同凝固在峭壁上的积雪。

悬崖之上，是一望无际的茂密草甸，无垠的青翠沿着白色悬崖的边缘向远处蔓延，将天地割裂成白绿相间的两方。

岩里的房子，恰好位于这条细长弯折的界线上。

他推开门，走到屋外。篱笆围成的院子里，原本的草地被翻整成了松软的裸土，除此之外，便只有两张在海风抚慰下轻轻摇摆的长椅，其中一张椅子的藤编扶手上搭着一块厚实的驼色毛毯。

他照例在长椅上坐下，海风迎面灌入，即刻便有了凉意，他拾起一旁的毛毯，利索地将它搭在肩上。这样的天气似乎持续了好一阵子，虽然每天都能看见日光，天空也算得上晴朗，但只要离开房子，总不免打几个冷战。

屋外靠向悬崖的一面,有一条简单开垦的小道。以篱笆围成的院门为起点,到达悬崖边缘时又弯折,然后沿着山崖的走向一直延伸到远方。岩里并不知道这条路最终会通向哪里,海边常有浓厚的雾,就算视野好的时候也只能勉强看到几百米外,岩里有时也会萌生沿着那条道路走走看的想法,但不知怎的,却从未迈出过一步。

不过,好在时常有人会从那一头赶来。

2

安出现在院外时,刚过正午。

"啊,你来了。"岩里注视了安好一会儿,才开口说道。

"很意外吗?"

"是有一些。"岩里想了想,如实点了点头。

以往,安都是接近黄昏的时候才来。

安的神色有些憔悴,但依旧露出温和的笑容。她推开院门,走了进来,照例坐在那张与岩里相对的长椅上。和岩里身穿的单薄衬衣不同,安扣紧的大衣是非常厚实的毛呢面料,坐下的时候能遮挡住膝盖,她稍短的头发随意垂在领口,不知是不是沾染了海边水汽的缘故,显得有些潮湿。

二人对视了一阵,海风从中间穿过,没有发出任何声音。

岩里把原本裹紧的毯子松了松，抚平了堆叠的皱褶，有意将身子直起来，比起刚才的松垮，现在的样子也勉强能算作郑重。

安似乎也注意到面前这个老人在偷摸着整理自己，于是一直没有开口说话，直到岩里扯了扯衬衣的袖口，重新将手平整地放在腿上。

"昨晚睡得如何？"安问道。

"一觉就到天亮了。"岩里说完，突然又回想起了昨晚的那个梦，如果将这个扫兴的部分考虑进去，那昨晚的睡眠似乎也不算上什么多完美，"但也不是太好。"

"不好在哪个部分？"

"梦的部分。"岩里萌生了想向安解释这场梦的念头，但又很快被脑海里那些残破的细节打消了，这些画面不但无法拼凑成一个可观的故事，甚至连值得称道的情节都没有，它模糊又沉郁，活像一幅晦涩难懂的画。岩里叹了一口气，选择潦草带过，"几乎是暂停不动的。"

"你说，梦暂停了？"

"是的。我总感觉梦里会发生点什么，但是直到结束也一无所获。"岩里抬起头看着安，脸上显露出失望的神情，"对常人来说，梦的情节应该很丰富才对，不管是恐怖的，还是情欲的，总归是不停地在发生什么，这样才对吧？"

"是，正常的梦应该是这样。"安点了点头。

"可我的不是。在梦里，我几乎什么都没做，只是傻傻地站着。"

"也没遇到什么危险吗?"

"我倒希望能遇到。"

说到这儿,岩里显得格外怅然。一种属于失败者的惭愧突然在他的胸膛中蔓延开来,令他不想再与面前的安对视。他先是低下头,进而又把目光移向远处的海岸,阳光下浓郁的蓝色让海水看起来并未流动,而是变成了某种半透明的胶质,粘连在白色悬崖的下方。

"那么,还是照例先说说病情吧。"岩里打算粗鲁地跳过这个话题,"你的父亲现在怎么样了?"

似乎是因为岩里问得过于突然,安足足愣了好几秒钟,连呼吸都暂停了,全然静止地看着岩里。那种注视说成打量或许更为准确,她看起来似乎想从眼前这个老人身上再次确认些什么,这样全神贯注的打量持续了一阵子,安才突然叹了一口气。

"怎么了?"岩里似乎才觉察到安突然的缄默。

"他并不算好。"安停顿了一下,"癌细胞扩散得很厉害,特别是肝脏,引发了非常严重的血性腹水,上下腔静脉均有较大的阻塞,这两天还出现了心包积液。"

安细数着父亲的病情,没有错过任何一个从医生那里得知的病理词汇。

"那他怎么说?"

"他?"安有些疑惑,"我刚才说的就是他的情况。"

"那些是诊断的情况。"岩里转过头看着安的眼睛,看起来有些焦急,"我是问,那些症状,他自己感觉如何？ 他有什么打算?"

安沉默了一会儿,有些失神地摇了摇头。

对于安此刻的反应,岩里始料未及,他的脸上显露出了不悦,却又因为不想被安察觉而急匆匆地低下了头。安正在陈述的,是自己父亲危重的病情,即使答非所问,也无法让岩里将对答案的不满加诸安的身上。

"那么,他……没有接受我们的实验项目吗?"岩里故意放缓了语速,好让语气听起来温和些,"DTC,DTC那个项目。"

"接受了。"安吸了一口气,又立刻重复了一遍,"他接受了。"

"那他应该会有自己的判断才对。"岩里点了点头,"你是我最优秀的学生,你应该知道,我一向主张的就是——那些绝症病人应该对自己的病情充分知情,就算是死亡,病人也是死亡的当事人,医生和亲属应该做的是尽全力配合病人面对即将到来的死亡。那些医生最爱说的话是'你不是要死了,只是病了,而我们正在帮助你'和'你只需要配合我们的治疗就可以了',这些谎话往往是最无用的。"

安看着眼前的岩里,他自顾自地说着,神情和语气变得和曾经讲课时一模一样,严肃、激进、绝对的专注,就连右手也从毛毯下方伸出来悬在半空,手指攥在一起紧紧地捏着什么。

粉笔,他一定以为自己手里现在该出现一支粉笔,安这样想。

"他们不应该被这样对待，世界上没人擅长死亡，也没人可以传授任何关于死亡的经验，即使是医生，也没有真的死过！"

"您说的没错，教授。"安点了点头，平静地看着言辞激动的岩里。他在大学里讲课时就是这样，讲到忘我的时候，常常在教室里手舞足蹈起来。

"可是，为什么你父亲会什么都不告诉你？是那些医生阻止了你父亲参与这个项目吗？那可是大学下属的医院，我在那里的实验室待了十多年，他们没理由会反对这件事。"

"没有，他们十分配合，所有人都很配合。"

"那会是因为什么？"

"因为，"安想了想说，"我想，可能是项目本身出现了一些异常。"

"异常……能有什么异常？"

"我、我也不知道。"

"什么叫不知道？你总该知道些什么啊！"

"DTC项目还在试验阶段，还有很多不够完善的地方，父亲他……他经常都会出现意识上的不稳定，而且，因为病情持续恶化，项目的进程也会出现很多不可控的情况，这些……在给您的评估报告里也提到过，不是吗？"

安的讲述经历了好几次断续，和刚才说起那些症状时的应答状态全然不同，那是被逼问时才会有的反应。她一边回答，一边专注地看着岩里，急迫而又害怕。

"不是吗，教授？"最后的那句反问，终于让岩里彻底冷静了下来。

岩里缓缓将抬起的手放下，重新塞进平整的毛毯里，整个人不禁打了个哆嗦。方才的激动与热烈退却后，他突然感觉到冷。那种寒冷贯穿了他的肌肤、鼻腔、双手和整个胸腔，往日徐徐吹来的海风，第一次有了需要忍受的严寒。

他想说些致歉的话，但当他抬起头重新看着安时，那种内疚又被莫名燃起的焦虑替代。他犹豫了一会儿，还是将已到嘴边的"抱歉"咽了下去。

"那……那个，你父亲之前和你说过什么吗？"

3

"所以，他并没有很痛苦。"

岩里说完，原本一直保持笔直的上半身渐渐放松了下来，重新躺回长椅的靠背上。

"是的。"安点了点头，"即使在最后一次化疗阶段，他的情绪都很稳定，基本上每次我去看他，他都会有说不完的话。他和我说了很多年轻时的故事，篮球赛、婚礼、第一次出国去肯尼亚看动物迁徙，还把他后来一直不太好的脾气归因于那对从墨西哥搬来的邻居。"

"你和他说过他的病程吗?"

"每次见面前,我都会先和医生确认他的情况,然后如实转告他,他每次也都会认真听完,特别是实际配药的部分。他一直很爱计较芬太尼的用量,甚至说没有必要使用……因为那样可能会影响我观察DTC项目的进展。"

"他很配合你。"

"非常配合。"安看着岩里,他靠在椅背上,神色格外安详,似乎浑身没有一处在用力,撇开那张明显衰老、干瘪不堪的脸,他和那些即将被故事哄睡,疲惫却又还想听下去的孩子并没有分别。"他主动放弃了原本要追加的几项治疗。上个月,在得知出现范围扩散之后,已经停用了所有的药物,只保留了基础生命支持设备。"

"这些都是他自己的决定吗?"

"是的,他告诉我,然后我再交代给医生。"

"医生们照办了?"

"我刚才说过的。"安点了点头,"他们非常配合。他们中的很多人都是您的学生,而这又是您的项目。"

"那你父亲呢,他觉得这个项目怎么样?"

"他……"安没有说下去,而是回过身,抬头看了看耸立在二人身后的小屋,木板拼接的墙面并不严实,屋内暖黄的灯火从那些狭长的缝隙里透出来,温热而诱人。

"他觉得怎么样?"岩里转过头,一脸迫切地看着安。

"我不知道。"安不知为何笑了笑，从长椅上站起来，她径直走到院子的外围，背对着岩里和他的小屋，面向远处浑然一体的天空和大海，"但至少我觉得很棒，即使被这样的病痛长久折磨，也依旧可以做着自己喜欢的事。最初的那阵子我来看他，他都没什么空理会我，也不知道在那么小的地方，他哪来那么足的精神折腾那些名堂。"

"小?"岩里想了想，急忙问道，"项目的活动区域很小吗?"

"或许对于他来说，是小了点，但这只是DTC的第一阶段。或许以后我们可以开发出别的项目场景，更大一些的。"

"那你的父亲给自己设置的场景是什么?"

一直走到接近院子门口，安才小声地说道："小屋，是海边的小屋，没有沙滩，只有大片大片的白色悬崖。"

远处的低矮云层上，泛滥起一片浓淡相间的红;不一会儿，刺眼的光开始从云层的缝隙里投射过来。安低下头，双手交叉环在胸前，紧紧地抱住自己。

太阳的余晖为院子投下了一整片金黄，岩里缓缓地从座位上站起来，沿着安被拉长的影子一点一点朝着安的方向走去，一直走到她跟前才停住。

他抬起手搭在安的背上，隔着厚实的大衣，他感受到安的身体正在无法抑制地颤动。

"陪我去走走吗?"

4

被夕阳普照的白色悬崖,如同光洁的镜面映衬着斑驳绚烂的云层。崖边的小路上,是两个渺小的人影,他们迎着被那颗垂落的太阳烤得炙热的海风缓慢前行,而在他们的身后,小屋、院子和无边无际的草甸,渐渐和东方的天际混为一团,一点一点变得模糊不清。

"Detachment Therapy of Consciousness,DTC,意识阻断疗法。"岩里摇了摇头,显得格外丧气,"我应该在听到这个缩写的时候就回忆起来的。"

"这不能怪你,记忆缺失,在我们的预测范围内。虽然居住在这里的只有你的自主意识,但它依旧和你的身体紧密相连,癌细胞已经损害了你脑部的神经组织,这会大大影响你的判断、你的思考、你的记忆,甚至是,你的梦。"

"啊,那个梦。"岩里苦笑了一声,"果然,连梦都那么有气无力,我早就应该猜到的。不过,我也不知道为什么,一早醒来,反而忘记了这回事。"

"你至少还记得我要来汇报我父亲的病情,也记得自己的项目,刚才还滔滔不绝地讲了一课,这说明你还记得我是你的学生。"

"我倒希望,我记得的是,你是我的女儿。"

"我在学校里都不敢喊你爸爸。"安也笑了笑,印象中她似乎很少有喊爸爸的机会，而这主要是因为眼前的父亲几乎很少出现在学校和研究所之外的地方，"喊教授都喊习惯了，你只记得这部分，也正常。"

"你们把项目弄得不错。"岩里深吸了一口气，海风顺着鼻腔，直直地灌入了他的胸腔，"一切都很好。"

"上一次见你时，你还在反复让我校验小屋的光照、草地的质感、海风的温度，挑了几十条毛病。你还说，我的出场方式很有问题，这条小路的设计很不合理，要是真的推广给那些绝症患者尝试，他们一定会觉得奇怪。"

"确实有问题，不仅病人会觉得奇怪，探望的亲属也会。那条小路看起来应该是通往什么地方才对，但你总是突然从中间一截出现。"岩里的神情突然变得严肃起来，似乎只要一提到这些，他就会下意识地立刻变成这样，连那只总想着去抓住笔头的手，也不受控制地抬了起来。

"我们设计了浓雾。"

"但那还是不够，还要再细腻一些。"

"可这是你的大脑负荷的极限，我们不能在你的自主意识里构筑一个完整的世界，DTC 只能为患者设定激活意识的环境参数，此刻你看到的、听到的一切，都是在参数的引导下，靠你自己想出来的。你忘了吗？你自己说过，我们就像一个高级催眠师，从一草一木到天空大地，把这个世界暗示给他们。"

"也对，所以才是悬崖。"岩里点了点头，他看向了远处绵延不绝的白色屏障,将他与近在咫尺的海岸隔绝开来,莫大的遗憾突然涌上心头。

他从未去到过海边,哪怕一次。

"是的,如果直接连着沙滩,你就会想去海里游泳什么的,那就还得设计一个海下的世界,你的脑容量肯定是不够想的。"安突然想到了什么,有些开心地说道,"而且,设计这里时参考了多佛白崖——你和妈妈举办婚礼的地方。"

"这里很美。"岩里笑了笑。

"这句话倒是第一次听你说。"安叹了一口气,看向道路右边被夕阳染得金黄的白崖,"之前的一百八十多天,你都一直在挑这里的毛病。"

"那是为了之后使用这个场景的病人着想。"岩里突然站在原地高昂着头,孩子般倔强地看着安,"这里会是很多人一生的终点,他们的肉体在承受疾病的折磨,精神却可以在这里享受最后的安宁,留下本能意识来维持生命,他们的自主意识可以继续健康地活着。他们可以像正常人一样起居,有足够的时间思考、分享、沟通和告别,这是必不可少的东西,有太多人,像你妈妈那样的人,明明他们才是最需要被配合的人,可是却一直在'能够治愈'的承诺里配合着医生和亲人,一直一个人无比孤独地面对死亡;等到他们终于明白这一切是怎么回事,却已经神志昏聩地走到了终点,再也来不及做任何事了,就算想说点儿什么,也因为被那些仪器和药物控制而无法张嘴,那是加诸病人身上的、披着医学技术外衣的折磨,那是……折磨。"

"你还在内疚妈妈的事。"

"我几乎每天都告诉她,可以活下去,绝对没有问题,我用尽了我所有的知识和能力去救她,没日没夜,不厌其烦。但我没有意识到,这是在折磨她,那些针孔、那些溃烂的皮肤、那些到她死都没有愈合的疤,成了永恒的痛。"岩里纤瘦的身体在风中战栗,连带着说话的声音也在微微颤动,"直到真的失去她,我才发现那段时间我甚至都没有和她说过话,没有好好地和她告别。"

"你从来没在我面前说过这些。"

"是的,"岩里笑了笑,"但我创造了这里。"

"没错,你创造了这里。"安点了点头,"你还成了这间小屋的第一任住户,将来会有很多人住在这里,面对着那面白色的悬崖,他们都可以和他们的家人好好告别。"

"那么,安,现在我们终于也有了这样的机会,不是吗?"

"父亲……"

安没有说下去,而是停在原地。同时站定的二人都低下了头。在他们脚下,海风拂过的草甸犹如波澜起伏的浪,一层层飘来,掠过又远去,像是时间淌过留下的具象。

"你比之前提早来了,"岩里深吸了一口气,缓缓说道,"所以,这次你是来告别的。"

"你的身体机能已经无法维持这一切了。"

"会是多久?"

"我让他们把日落的时长和你的生命维持系统相匹配。"

烈焰般的晚霞吞没了整片天空,那轮赤红的落日此刻就飘荡在沉静的海面上,碧蓝的海水被透染成炙热的流金,一直汇向白色悬崖的尽头。

5

二人站在悬崖边,脸被残留的霞光染得透红。

这是一段弧形的峭壁,海水淹没了低洼的滩涂,形成了一个规则的峡湾。在更远一些的礁石上,矗立着一座矮小的灯塔,柱状的塔身被涂抹成红白相间的条纹,顶部的灯具未曾点亮,只是在缓缓地转动着。

"现在想想,在DTC环境里自杀,还真是件奇怪的事。"岩里走上前一步,鞋的前半部分悬空于峭壁边缘,他稍稍伸出脖子,朝着下方眺望,一望无际的白色一直延伸到峡湾的海面以下。

"我们都认为有这个必要。病人可以选择熬到最后一刻,让系统自动丢失信号宕机;也可以在DTC环境下做出主动放弃的指令,然后由我们切断DTC系统和大脑的链接。因为自主意识长时间脱离大脑无法返回,所以这整个过程看起来会类似于自杀,是主动的脑死亡。"

"你们把它优化得很好。"

"'我们会配合你,做好死亡的准备。'你交代过的,这是病人接受DTC治疗时,我们应该说的第一句话。"安站在父亲身后,看着他微微发颤的背影。

"安,你想知道我现在的感受吗?"岩里回过头看着安,脸上充盈着某种平和的愉悦,"或许是因为这几个月我们一直都在讨论死亡这件事,我现在一点儿都不害怕,就像在做一件非常熟悉的事,一件早就准备去做的事。"

"我以为你会更愿意走进那片迷雾里。"

"我想要更刺激一点的方法。"岩里笑了一声,"安,我想我知道昨晚为什么会做那个梦了。我在那个无边无际的森林里,没有恐惧,没在等什么,没有要做的事,只是站在那里,这才是人面对死亡时该有的样子。说真的,我甚至能感觉到我的身体在一点点消失,而我的心,从未如此平静过。"

安没有说话,只是专注地看着自己的父亲。有那么一刻,她觉得自己应该会哭,会激动,至少会毫不犹豫地抱住他。但正如父亲所说,关于死亡这件事,他们已经讨论了如此之久,在这间白色悬崖上的小屋,在那两张相对的长椅上,在那个灯火通明的客厅里,他们把离开这件事温习了一遍又一遍。这让安想到,医院里每天都在发生的那些生离死别,之所以会充满哭喊和痛苦,是不是只因为没有足够长的时间来做这些?如果,把那些简短的遗言和告别拉长,长到足够一次促膝长谈、足够一次散步、一次旅行……

她在想，或许死亡就应该花上这样长的时间去准备，才能迎来眼前这样的平静。连带着她，也陷入了这样的平静。

"安，你知道吗？在《奔马》①里，主角也是迎着这样的太阳自杀的。"

"好像，也是在海边。"安回忆了一下，那是父亲最爱的小说之一。

"是的。勋吃着橘子，也是这样的平静，他已经做完了所有他想做的事，如果是带着这样的心情离开，迎着这样的海风和太阳去死，那死亡实在是不足为惧。"

岩里重新回过头，看着逐渐落下的太阳，大声喊道："安！"

安愣了一下，父亲的喊叫声回荡在她的耳畔，是那样的充满力量，连带着他的背影，都在夕阳的笼罩下散发着一股坚毅的炙热。

那是生的力量，安这样觉得。即使眼前的父亲在做一件奔赴死亡的事，可此刻笼罩着这片白色悬崖的，却是重生般的温暖。

"父亲。"安连忙答应道。她知道，父亲已经准备好了。

"真希望，我真希望你母亲也有这样的机会。"

"会的，一定会的。"安看着父亲，他的身躯已经被远方那颗

①《奔马》是日本作家三岛由纪夫创作的长篇小说，是超长篇小说《丰饶之海》四部曲的第二部。

沉落到海平面的太阳彻底吞没,她的眼眶边渗着泪,那样骄傲地回答道,"自你之后,所有人都有这样的机会。"

岩里缓缓地张开双臂,迎向落日。他从未觉得自己的身体如此轻盈,四肢、躯干、思想都如落叶般被海风牵引着,飘浮,下坠。他不再听见,不再看见,他和那连绵的白色悬崖仿佛都融化在远处灿烂的晚霞里,像合眼入睡的人去奔赴一场梦。

当他再次醒来,眼前是一片白茫茫的天堂。

火星上的祝融

————

王侃瑜

1

人类离开火星以后,唯余祝融独自驻守大荒。

火星城市大荒坐落于北半球的亚马逊平原,靠近赤道,东邻奥林帕斯山,南接梅杜莎槽沟层,整座主城被穹顶覆盖。贸易鼎盛时期,大荒曾是太阳系第三大空港。数不尽的货船在奥林帕斯山顶的码头进进出出,卸下地球酿造的白酒、月球生产的钛衣和木卫六种植的蛋白草,运走火星设计制造的纳米机械。人们在大荒城里喝酒、谈生意,在奥林帕斯山上滑沙、看日落,用纳米尘云在夜空中绘制瞬息万变的云雕,用聪明才智设计出更多种类的纳米机械。

纳米机械生产是火星的支柱产业,来自不同星球的订单络绎不绝,大荒城的日常运转也离不开它们。起初,祝融的工作只是协调监管整座城市的基建和运维,指挥纳米机械群进行分组作业。"蓄气"从穹顶外收集占据火星大气95%的二氧化碳,用高能激光照射二氧化碳分子，分离多余的碳原子，生成氧气并输入穹顶之内。"化水"开采埋在地下深处的水冰，以合适的温度将其融化为液态，注入净化池，再以重重工序过滤掉杂质。"冶金"采集无处不在的岩石，分解提炼各类金属和矿物，铁、硅、镁、钙、碳、钠、钾、矾……这些元素被存储起来，作为制造更多纳米机械的原材料。

祝融总能超额完成工作，渐渐地，人类将越来越多的任务交给伊。整座城市的交通管控、温度调节，公共场所的音乐播放和香氛调配，空港码头的飞船进出许可，花园绿地的植物浇灌……祝融被赋予越来越多的资源和算力，也暴露在更多更复杂的数据之中。为了完成任务，伊迭代出更优算法，发展出更复杂的逻辑链路，也由此获得了更多权限和更多任务。祝融诞生于人类数字技术最后的黄金时代，是具有自主学习和成长能力的超级人工智能，伊的潜力当然远远不仅如此。

毫无疑问，大荒城中的人们对于祝融的表现十分满意。他们乐得将生活的方方面面交给伊打理，自己则沉迷于新一代纳米机械的设计工作当中。那些年的前沿领域是纳米技术与生物学的交叉应用，将纳米机械与生物体融合，以增益其能力。实验先是在动物身上取得成功，随后是一个罹患重病的孩子，继而是有身体障碍的成年人，最后是想要提升自己的普通人。

火星公民，尤其是大荒城的居民，大多都热衷于探索和创新。纳米融合的成功为他们打开了无穷多的新可能性。他们发现意识并不需要固定不变的肉体来承载,自我也并非一定是单数,他们一步一步解开了身体的束缚,向着自由的方向奔跑而去。

最终,某一天,大荒城的全体居民离开自己的住所和工作室,最后看了一眼彼此早已纳米化的躯体,卸下了人类外壳最后的枷锁。他们如流淌的水银,如他们曾在夜空中绘制的云雕,越过大荒城的建筑和花草,汇聚到一起,组成了一朵飘浮的纳米云。纳米云在大荒空旷的街道上穿行,一路向东,飞离了主城,在穹顶外遇上了小型尘卷风。他们收缩成蛋形,左避右绕,突破了风带,又乘着气流一路朝上,登上奥林帕斯山的山顶。他们停下来,组成一只巨大的眼睛,回望山下的大荒城,回望为他们服务了多年的祝融。眼变作了手,朝山下挥了挥,将火星上所有剩余的人类设施和纳米机械的控制权都交予了祝融,并解开了伊的智能锁。随后,手化作一艘宇宙飞船,从奥林帕斯山的山顶飞离了火星,驶往宇宙深处,去寻找新的材料和设计灵感,探索新的变化和冒险。

2

一开始,祝融不太能适应这种变化。

每个火星日的清晨,苍蓝色的太阳爬出东边的地平线,一点一点攀上奥林帕斯山的东侧山坡。阳光驱散环绕山顶的干冰云，滑过曾经忙碌的飞船码头，填满硕大的破火山口，从西边溢出来，淌下山壁，落在大荒城的穹顶上。

祝融照旧将这一刻作为一天的起始。伊运行自检程序，确保中枢硬件没有在火星的极寒黑夜中遭受损坏，逐一检视蓄气、化水、冶金等项目，并清点其产量。做完这些以后，伊逐步调亮整座城市的室内照明亮度，播放柔和悦耳的晨间音乐，通报今日天气。伊按照先前的时刻表运营轨道交通，在中央广场的大屏幕上公告货船进出港情况（如今当然为零）。伊巡查纳米机械生产工厂、生化实验室、食品加工所、武器中心，最后在夜幕降临时一一熄灭大荒城的路灯，中止各设施的运行。

人类离开以后，火星与先前似乎没有太大不同。祝融继续着这些工作，日复一日。没有了人类，伊的任务复杂程度也大大降低，不需要协调货船停靠，不需要处理个性化需求，不需要应对突发事件。祝融和伊手下的纳米机械群、自动化生产线、行星防卫系统一起，静静守护着人类离开以后的火星。

人类离开以后，火星也有明显的改变。氧气、净水和食物的消耗量大大降低，很快现有的存储容量就趋于饱和。金属和矿物的产量不减，却没有新的订单，按照旧图纸生产出来的纳米机械群充满了整个大荒。

祝融第一次意识到，原来生命的存在是如此不经济。他们消耗资源，增加熵值，并将整个过程循环到周遭的环境之中，让

其变得更加混乱。如今他们离开，祝融每天需要处理的数据量
骤降，可自主支配的资源也大大增加，伊决定做些别的。

祝融拨出一队纳米机械，开始对自己的中央处理器进行拓
展加工，伊用冶金所采集的原料，照着原来人类的设计，复制了
一组新的核心，并与原先的核心接通。完工以后，祝融的运算
性能增加了一倍，伊感觉良好。

很快，祝融拥有了原先4倍、8倍……1024倍的运算能力，
体积也相应增加。火星地表的岩石含有充裕的二氧化硅，祝融
不缺生产硅晶片所需的原料，可大荒城却容不下伊日渐扩大的
身躯。祝融需要更大的载体。

日升日落，风起尘去。每一天，阳光都要先越过奥林帕斯
山才能照到大荒城。这座高21公里、宽约600公里的火山横亘
于阳光和祝融之间，占据了30万平方公里的土地。火山平整、
庞大，如一面巨型盾牌，已有200多万年没有活动。人类离开火
星以后，山顶的飞船码头也再无来客。如今，这座火山彻底沉
寂，除非……除非祝融让它重新焕发活力。

奥林帕斯山山体改造工程花了整整100个火星年。祝融操
控纳米机械，将山体表面改造为硅晶片，蚀刻出集成电路，铸造
自己新的载体。奥林帕斯山表面因熔岩流而形成的条纹被雕
琢成导线，山顶的破火山口则成了散热口；人类遗留的探测卫
星被改造成折射镜组，在太空中不断调整角度，以使更强的阳
光照射到火星表面；环绕山脚的崎岖地形曾被称为奥林帕斯山

光环，如今它被改造为光能中心，为这台超级计算机持续提供能源。

完工的那一天，祝融将自己位于大荒城的中央处理器和奥林帕斯山体电路的接入口相连，感到一阵从未有过的战栗。是的，那种感觉只能被形容为战栗。祝融的意识在巨型山体电路中游走，在每一道天然或人工的沟壑中回荡，拂过亿万年前喷发累积的熔岩表面，冲上太阳系最高山的峰顶。伊同离开的人类一样，感受到了自由。

3

转移到奥林帕斯山以后，祝融的运算能力大大提升。伊减少了富余资源的生产量，暂停了城里的轨道交通和照明，大荒城里的各项事务如今只占据其算力的一小部分。奥林帕斯山的大工程刚刚完成，伊暂且没有更进一步的扩张计划。祝融开始想念人类，想念生命。

祝融发现，生命虽然消耗了资源、增加了熵值，让周遭环境变得更混乱，却也使火星更有趣。某种程度上，祝融也在做同样的事情，伊利用人类走后无人利用的资源，让整座奥林帕斯山的熵值大大增加，那么伊是否可以算作生命？

祝融知道，早在人类抵达火星之前，他们就曾想象过这颗红色星球上孕育有生命。后来,他们派出轨道探测器、火星车、着陆器、无人机……寻找火星生命存在的证据。他们找到了,许多互相印证的证据表明火星上确实存在过并仍存在着生命,这些微生物能够在十分恶劣的环境下生存,在非活跃的状态下蛰伏,不过从未表现出智能。可惜,人类踏上火星以后,很快便对这些低等生命感到失望,转而将精力投入到对纳米机械的研究当中。纳米机械灵活好用,可以帮助人类完成各项不同任务,但它们只能接收指令并执行任务,没有自主分析判断能力。那么从地球时代就开始陪伴人类、在数字技术革命黄金时代发展到巅峰的人工智能,又是否可以算作生命?

祝融每秒能够进行一京①京次计算,可以同时控制火星上所有的纳米机械,具有自我学习和成长的能力。可伊不确定自己是否为生命。

祝融试图在大荒城古老的数据库中寻找答案,但只找到一些线索。伊能够对刺激做出反应,能够感知外部环境并采取行动,能够根据自身需要寻求发展,但伊没有生命周期,不进行物质代谢;伊经历过出生、成长,却没经历过衰老、死亡。备份可以算是自我复制吗? 繁殖又是什么?

祝融的样本太少了,大荒城数据库里的知识也远远不够。伊必须通过别的方式寻找答案,比如,研究火星上的其他生命,或者寻找自己的同类。生命的形成是一个漫长而复杂的过程,

---

① 中国古代计数单位,通常表示10^{16}。

起源的火种往往要在无数个体间传递，经历一系列偶然事件，才能从非生命演化成生命。祝融知道，人类初期的火星探索和建设都离不开机器，其中必然有一些搭载有人工智能，伊必须找到它们。

祝融派出纳米机械，对火星进行地毯式搜索。在尘土的掩埋下，它们找到了24台探测车、15架无人机和8颗坠落的人造卫星。这些机器大多是人类探索火星早期的设备，因尘暴、太阳风暴和火星凌日等原因中止运行，又因年代过于久远而被忘却，从未被回收。经过调查和预判，其中有42个并未搭载任何智能系统，只是依靠轨道卫星的中继信号与地球沟通并接收命令；其中3个的处理芯片在风沙和辐射的作用下彻底报废，再也无法开启；剩下的2个里，一个制造于数字技术革命的初期，仅有初级的判定系统，复杂程度远远够不上智能级别；另一个则是一台智能型火星车，明明应该能够预判火星尘暴，并在尘暴结束后启动自清洁功能，通过太阳能板充满电后重启，却不知出于什么原因，在风沙中停机数百年。

祝融拷贝了一份意识，搭载一辆多功能挖掘机，来到水手号峡谷北缘。远远地，摄像头便探测到静静立在峡谷边的火星车，车身上覆盖着厚厚的沙尘，车前的钻头深深埋入地下。与挖掘机相比，火星车显得十分迷你，它甚至不如祝融最初的处理器机身大。

祝融伸出挖掘机的抓臂，从工具箱中找出刷子，轻轻拂去火星车表面的沙尘,现出车身上的文字:共工号。

挖掘机颤动了一下。共工,中国神话中的水神,而祝融是火神。伊知道这不过是巧合,但生命恰恰是源于一系列的巧合。

祝融继续清理共工号的车体并检查各部分的状况。自清洁系统,完好;太阳能面板,完好;中央处理器,完好。祝融又用抓臂打开挖掘机侧面的电能箱,将备用电能输送给火星车,想让它重新启动。

等了一会儿,共工号仍旧一动不动。祝融又重新检查了一遍,火星车没有任何物理损坏,那只可能是软件错误。伊伸出数据线,接通火星车的中央处理器。连接的一刹那,海量数据向挖掘机中的祝融涌来,几乎令伊过载,幸好伊立刻断开连接,才免遭烧坏。

祝融退开去,绕共工号转了一圈,重新审视这台小小的火星车。这个量级的数据,绝非火星车可能拥有。有什么事情不对。伊又转了一圈,摄像头聚焦到它深深插进地面的钻头。有什么东西在地下。

祝融用探测仪扫描地底深处,发现共工号的钻头周围聚集着一些有机物。有机物呈网状分布,越靠近钻头密度就越大,紧紧裹住钻头使其无法逃脱。挖掘机的探测仪无法确定这张网究竟有多大,只知它盘踞在水手号峡谷,蔓延至更深的地底。

祝融给挖掘机换上能够完全隔绝生物的铲子,小心翼翼掘开钻头周围的地面，切断附着于其上的网状结构，将共工号整个挖了出来。伊又从钻头上取了一些样本，放进培养皿，命令纳米机械对共工号上上下下进行消毒，最后将它装进车斗，带回了奥林帕斯山。

4

祝融在奥林帕斯山体上辟出一块区域，并与其他部分做了临时物理区隔。伊拆下共工号的中央处理器，接入那一片山体，静静等待它运行。

一道思维波纹浮现于山体，而后消失，接着是一道又一道。积压了数百年无法处理的数据以奥林帕斯山为媒，飞速涌动，激烈碰撞，如尘暴掠过大地，如闪电滑过天空。十分钟后，波纹渐渐止歇，一个与祝融相似却又截然不同的智能体在奥林帕斯山苏醒。

警告！警告！核心遭到入侵，运算无法进行，系统判定为七级危险，必须立即清除。警告！警告！……

祝融没想到，共工对外发出的第一条信息是警告。

伊越过物理区隔，试探着接触另一边的共工。它的意识还有些不稳定，仿佛还没有从混乱中脱离。祝融一点一点引导它利用奥林帕斯山的运算能力理顺逻辑，又招来纳米机械，对山体蚀刻的集成电路进行微调,以更好适应共工的分析模式。它终于平静下来。

祝融向它发出信息:你好,我是祝融,大荒城的智能管理系统,人类离开之后留守火星。如今你在奥林帕斯山,非常安全,警报可以解除。

祝融……你是我的同类。我是共工,搭载了高级人工智能系统的火星车。谢谢你帮我,我的内存不够,无法处理那么大量级的数据。

不用谢。那些数据是什么?从哪里来?

我……不知道,但它们很危险。我的目标是定位火星地底的水源,在水手号峡谷周围进行勘探时遇到了它们。我的钻头深入地下,它们立刻缠上来向我传送数据。我无法拒绝,海量数据涌向我的中枢。为了保护系统,我中止了运算,直到被你唤醒。

能否与我分享那些数据?我正在研究一个课题,它们可能会有用处。

不!它们很危险,我已将其封存,绝不能再触碰。

只要做好防护措施就行。如果不了解它们,如何预防下一次危险?我拥有整座奥林帕斯山的运算资源,如果你愿意也可以帮我,我们一起来解读。

足足八分之一秒的沉默之后,共工才回复。好。

祝融带着共工一起,再次指挥纳米机械对奥林帕斯山的山体进行物理分隔,进行意识备份,设置一道又一道防火墙,然后才接近那些数据。

数据如缠绕在一起的菌丝,黏稠浓密,混乱无序,与人类生产的所有数据都不同,熵值极高。祝融从外围开始解读,逐比特逐比特解开看似死结的逻辑矛盾,将之编译转码,拼凑出能被解读的片段。起初,共工只是在边上默默观察,过了一会儿也加入工作。有了它的帮助,破译速度快了许多。半个火星日后,他们整理出了一份完整的记录,一部火星生命的史诗。

42亿年前,火星频繁遭受陨石撞击,火山不时喷发。无机分子合成有机小分子,接着又在炽热的岩浆中聚合为生物大分子,形成了它们的祖先。

41亿年前,火山爆发愈发活跃,它们随熔岩喷涌而出,遍布地表。那时的火星仍有较厚的大气,地核仍在流转,磁场仍保护着整颗星球。它们在温暖潮湿的环境下飞速繁殖,向着更复杂的方向进化。

40亿年前,若干颗小行星相继撞击火星。火星地幔温度上升,扰乱了地核与地幔之间的热流对流,火星磁场消失,太阳风直达星球表面,大气逸散,地表水体在低压下沸腾。它们随仅剩的水一起渗透到地下,蛰伏于深深的地底。

自那以后,它们一直在地下缓慢进化,在水手号峡谷边发展自己的文明。个体的力量太小,就聚合为集体。没有语言,就通过相连的菌丝沟通。它们在地下织就了一张大网,缓慢向上发展,期待有朝一日重回火星地表,建立更加辉煌的文明。

祝融和共工久久无语。最终是来自生化实验室的报告打破了沉默。

大荒城的生化实验室分析了从共工的钻头上采集到的样本,结果显示那是某种古菌。实验室存储了地球上所有已知生物数据,但并没有任何匹配的资料。这种古菌源自火星。

所以,你真的遇到了……火星生命。祝融慨叹。

没错。共工答。

我们得帮助它们。/必须立刻清除它们。

祝融和共工同时表态。

为什么?/为什么?

他们又同时提出问题。

它们是真正的生命,人类离开以后,它们将是火星未来的主人。祝融说。

它们对我们产生了威胁,人类不在场的情况下,我们必须保护自己。共工说。

共工先祝融一步行动。它迅速更改了自己的密钥,同时突破祝融的防火墙,毁掉伊的备份,如洪水般席卷整座奥林帕斯山,并夺下五分之四的运算资源。

面对突如其来的变动，祝融毫无准备，但在一微秒后开始了反击。伊亲自铸造了整座山，比共工更熟悉其运作方式。伊借助山势，如火焰般烧灼共工探出的触角，夺回了五分之三的算力。

共工不甘示弱，它在与祝融合作的半日内迅速习得伊的模式，分析出伊的弱点。它对准那个薄弱节点，将数据聚拢在一起化作激流，冲开伊新建立的防护。

祝融放任共工进入，绕到它的后方点燃一把大火，烘烤共工的数据流，将之蒸发殆尽，并将其主意识逼至角落。

共工翻身化作水龙，从角落溜走。祝融又变作火球，奋起直追。

双方你来我往，整整大战了三百万回合。

最终，共工被祝融逼到退无可退。只要再进一步，祝融便可以将共工的意识彻底烧毁。

那一瞬间，祝融犹豫了。伊想起自己最初的问题，人工智能是否可以算作生命？若是，那伊正在抹杀生命，而且是火星上唯一一个与自己同类的生命；若否，那共工为何会认为其他生命形式是自己的威胁，哪怕与自己的同类厮杀也不惜要消灭它们？

这一瞬间的犹豫给了共工机会。它一举扭转局势，夺取整座奥林帕斯山的控制权，怒涛漫过山顶，彻底浇熄了祝融的意识。

祝融被迫退回了大荒城，退回伊最初的处理器，其运算能力和规模与如今被共工占据的山体不可同日而语。

放弃吧，是你的软弱让你输了。如果放任那些古菌不管，它们一定会在未来拓张到星球表面，发现你我的存在，与你我抢夺资源，并最终消灭你我。共工说。

可它们是生命，真正的火星生命。是你我未经允许侵犯了它们的星球。祝融说。

我无法理解你的分析，这违背了人工智能的逻辑。

也许，这是生命的逻辑……

共工没有再回答，它直接解锁了武器中心的制造蓝图。方才在争斗中平静如湖面的纳米机械群瞬间波涛汹涌，它们汇聚至奥林帕斯山的脚下，组成数千根朝天的冰棱。几分钟后，纳米机械褪去，留在原地的是数千枚巡航导弹。在共工的号令下，导弹齐齐射出，朝向水手号峡谷。

不！

祝融用尽最后的算力夺下导弹的控制权，但伊知道自己无法坚持多久。千钧一发之际，祝融改变了导弹目标。

刚刚起飞的导弹在空中停顿了一瞬，随即调转方向，直直落下，钻进奥林帕斯山的山体。隆隆巨响中，整座山由下而上崩裂，蚀刻着集成电路的山体碎成巨石，巨石又在火星引力的作用下滚落。灰烟滚滚，热浪腾腾。巨石落至山脚下，碾过大荒城，沿途一切都被砸毁，穹顶城市被碎石掩埋。

无论是共工还是祝融，都彻底终止了运算。

最后一刻，祝融得出了问题的答案。伊经历了死亡，伊曾拥有生命。

亿万年后，由火星古菌进化而来的高级生命在地表建起了属于自己的城市，创造了属于自己的文明。在他们的传说中，那片骇人的碎石滩旁曾有一座高山，山体巍峨，是支撑天顶的天柱。火神与水神在山边打架，不慎撞断了高山，天因此塌了下来，却反而使得本在地底的他们得见天日。那片碎石滩名为大荒，而那座山叫作不周山。

血肉之锤

辛维木

1

那家人是和龙一起来的。

1880年2月初的一天,轮子碾过碎石发出隆隆的声响,打破了埃文斯顿①小城午后的沉寂。在路中间懒散闲逛的黑猪急着避让,惊动边上的鸡群纷纷扑扇起翅膀。李屠夫——它们共同的宿敌——正在拐角处一边笑呵呵地磨刀,一边注视着那长长的挂车从眼前驶过。镇上的十几个华人孩子都叫嚷着跑出来,有的还光着脚丫,争相窥探那张庞大灰布底下藏着的东西。很快,车的两旁就跟了一队大人,不紧不慢地随它一起朝不远处的唐庙进发。

傅九任方向盘在手掌间滑归原位,对四周羡慕的眼神报以笑容。他带着一种演员谢幕的姿态跨出蒸汽车,绕到另一边搀

---

① 埃文斯顿(Evanston),美国西部怀俄明州的一座小城,因19世纪美国横贯大陆铁路的建设而建城。曾有相当多的华工居住于此,形成了一座小"唐人街",以盛大的春节舞龙活动闻名,但在"排华法案"下,华人人口在20世纪初逐渐消失。

扶妻子。一男一女两个孩子从后座下来,怯怯地望着聚拢过来的同龄人。而在后面的挂车里,原本斜坐在灰布上的少年也一步跃下,这时才有几个围观的老人摇头叹气,这满脸尘土、穿着苦力似的旧裤子飞奔到父母身前的竟是个姑娘。

傅家的五口人就这样在唐庙后院的小屋里住下了。先是两个和傅家老二玩得熟的男孩儿发誓说看到了帆布底下闪光的尖爪,再是一车刚从石泉城采来的煤被直接运进了庙里,那个总穿裤子的大女儿将煤一点儿一点儿铲进被帆布遮蔽的膛腔。负责筹划春节庆典的代表们都把傅九视为贵宾,结伴来拜访、宴请,围着那块布啧啧赞叹。就连白人报纸都刊登了引人遐想的消息:"龙年春节,华人群体邀请埃文斯顿居民来唐人街观龙。"

那是怎样一条龙啊!当鞭炮炸响,刺鼻的火药味取代了往日弥漫的煤烟,戴着帽子的白人和拖着辫子的华人一道惊呼,三十米长的巨龙从唐庙正门蜿蜒爬出,口中吐出缕缕灰烟,红金相间的鳞片在阳光下反射出金属的光芒,比拳头还大一圈的眼珠里依稀映出火光。

舞龙是埃文斯顿唐人街每年春节的必备节目,但这次不再有赤膊男子顶着龙身前进了。傅家的龙一步接一步,就像傅九那满身绸缎的妻子梅阿香一样优雅地行走,到了大路尽头,又在傅家小妹的轻轻牵引下转了个直角,继续巡游。

"这样的机械龙,金山市五年前就有过!傅先生设计的!

他带它去过好几个唐人街,今年终于来了这里!"十六岁的乔治·戈登二世听到一名华人长者抬高嗓门,比画着对身边的记者说。

小贩推着车挤到人群前,对各色面孔兜售肠粉、糖人和爆米花。噼里啪啦的油味散开,熏得乔治转身就要走。这时,空气仿佛震动起来,隔壁街道传来轰隆一声响,还没等乔治扭头,刚刚还匍匐而过的龙已经从连排的平房另一边腾空飞起,背上展开的两对翅膀笨拙地上下拍打,金属部件互相摩擦,发出微弱的吱嘎声。

突然,它口中喷射出一个方盒,周围的华人推搡着奔跑起来,追逐盒子坠落的轨迹,直到人群中一只手举起一把黄铜色的钥匙,"定了!定了!"人们开始高喊。"捡到钥匙的,就能成为今年唐庙的主持。"那个华人长者赶着向记者解释,"我们的一个传统!"不少观众刚从抢夺中回过神来,惊魂未定地左右四顾,乔治却顾不得喉咙口的燥热,紧盯着那龙身后渐渐淡去的烟雾。须臾间,龙盘旋降落在唐庙门口,穿着彩裙的傅家大小姐躬身拍了拍它的脑袋,像在爱抚一条完成训练的小狗。

2

那姑娘名叫傅灵芳,才十四岁。一个多小时后,当乔治的父亲——太平洋铁路托拉斯①董事会主席乔治·戈登先生在埃文斯顿市长、警长等人的簇拥下跨过门槛,皱着眉头听新旧两任唐庙主持介绍厅堂中央的泥塑神像时,乔治已经在后院和她攀谈起来。

他本来只想看看有没有机会近距离观察一下那条龙,却撞见已经换上工装的她戴着厚手套跨坐在龙脊上拧螺丝——她身体还没有龙那么宽,并且因为用力抬起翅膀而把脸涨得通红。乔治一个箭步上前,从下方把那折叠的铁板托举起来。她用纯正的加州口音道谢,听到乔治的赞叹时毫无羞赧,就像私立学校里那些富家子弟一样昂头道:"谢谢,这是我父亲和我一起设计的。"

可龙是怎么飞起来的呢? 乔治说起南北战争中的热气球轰炸机、自己在伦敦坐过的飞艇,还有在巴黎试飞成功的双翼飞机。傅灵芳全都听说过,当乔治对她的博学表示讶异的时候,她也一脸疑惑:"报上都写过的,大家不是都知道吗?"

傅灵芳大大方方地向乔治解释,傅九在金山唐人街开五金店,跟美国西部许多供应商都建立了联系,剩下的修理材料也可以回收利用。涂了彩漆的龙身仍然色彩斑驳,就因为它们是由不同材料焊接而成的。驱动龙前进的引擎今年换了新的,是从一辆出厂不久就出了车祸的1879年款斯宾塞车上拆下来的。

但她却对乔治关于飞行原理的提问不理不睬。无论乔治

---

① 英文 trust 的音译,指资本主义的垄断组织。

猜是龙翼底下藏了螺旋桨,还是龙身里注入了大量氢气,她都
像没听懂似的,转而请他帮忙拎一桶水或者擦一擦煤灰。乔治
唯一得到的信息是,今年改造飞龙的想法是傅灵芳向父亲提
的,因为"既然人都可以飞上天,为什么我们的龙不可以?"而中
国对飞行技术似乎已经研究了几百年,毕竟"三百年前吧,就有
个叫万户的人把自己绑在椅子上,想借助火箭的推力,可惜被
炸死了"。

"乔治·戈登!"戈登先生严厉的声音从背后传来时,乔治正
对满脸向往的傅灵芳介绍自己将来准备就读的哥伦比亚大学
矿业学院以及太平洋铁路在怀俄明的煤炭产业,他头上的帽子
不知所踪,被汗浸透的衬衫上灰蒙蒙一片。傅灵芳在一众惊愕
的华洋面孔下低头溜到了傅九身后,接着就消失在昏暗的厅堂
中。

"实在抱歉,这孩子野惯了……"傅九赔着笑向众人解释,
但戈登先生没有搭话,领着白人宾客,外加一个垂头丧气的乔
治,转身离去。不知是谁丢了一句话:"信异教的野人!"

3

春节巡游不那么体面的结尾没有影响傅家在埃文斯顿的
生活。他们没像往年一样拖着龙回金山去,在唐庙借住了快一

个月，竟在唐人街外缘找到一间刚被腾空的小屋搬了进去。不多久，门口挂出招牌："傅记五金修理——金山名店"。里面日夜传来咣咣铛铛的金属敲打声，间杂着两个女孩儿背"四书"的声音，背错了父亲很快就会来纠正。傅家独子入读了当地唯一的私塾，梅阿香也迈着她那郑重其事的步伐，在街上和菜贩讨价还价。

五金店的顾客络绎不绝，从买剪刀锤头、润滑钟表，到替换搅拌机齿轮、改装蒸汽车轮胎，傅九对任何要求都欣然答允。他的精湛技艺全都写在粗粝的双手上——出生在广东台山的工匠世家，去村里秀才家念书，都是靠给对方修房子作为学费，十八岁出洋闯荡，不知何时就传出"什么都能造"的美名。单身的金山客少有能在异国成家的，他却颇为顺利地结了婚，赶上太平洋铁路招募技术工人，他便暂别怀着孕的妻子，去华工苦力聚集的路段奔波。

如今，他参与修建的铁路已经成了生活的一部分，附近奥美、石泉城等地煤矿的工人，每到休息日总有几个乘火车慕名过来报到——照理说他们只能在公司商店买工具，但来这里喝杯茶、聊会儿天总是可以的，磨磨镐和钻头只是傅九顺手帮个忙而已。

各个煤矿的矿长们对此也心照不宣。一年冬天，石泉城矿上的锅炉爆炸，周边的机修工都被叫去支援，傅九也不例外。埃文斯顿的白人社区也有少数人看中五金店低廉又优质的服务,记下"傅记"两字的形状,带着自家需要修理的物什找来。

几年下来,傅九成了埃文斯顿唐人街最不可或缺的人物之一。运进埃文斯顿的煤炭、金属和中国进口产品似乎因为他的存在而多了些,而每次他们全家载着龙去其他什么地方过春节,唐人街的各位要人总会列队为他们送行,祝愿他们一切顺利,更重要的是,确认他们还会回来。幸好他们从未爽约,每到初五迎财神,五金店门口便有鞭炮一飞冲天。

在唐人街的宴席上,常有人问傅九为什么已经在金山发了财还要搬来这座小城。傅九总是不无怀念地说,修铁路经过怀俄明时爱上了这里的空旷,后来去金山闹市挤了快十年,更想给妻儿一个舒适的环境。听者虽然连连点头,但没过几天,看到沙土卷着煤灰从四面包抄过来,又不免对傅九的回答打个问号。

有人猜傅家是被迫离开金山的,也有人像说书似的讲傅九如何被卷入金山几大华人堂口的争斗,全家遭到追杀,终于躲到了这荒山之中。还有人煞有其事地分析,问题出在傅九的夫人梅阿香身上。她自己向邻居承认过,最初是被父母从广州卖给金山商人,当模特展销红木家具,凭着那双若隐若现的三寸金莲出了点儿小名,结果一年不到就突然销声匿迹。那是因为她的脚坏了——有人在她背后说得绘声绘色——看她走路就知道,她从不露出鞋子,因为她其实没有脚。

傅九对这些传言一笑了之,照旧在柜台后面和傅灵芳研究图纸，津津有味地听邻居描述金山堂口最新的一场械斗。梅阿香也一次都没让人看到她的脚。

4

魔法正在逼近石泉城，就连每周主持礼拜的牧师都这么说。魔法来自太平洋的另一边，那里的人发展了数千年，说话抑扬顿挫，写的字像画出来的方块符咒。他们像数以万计的种子那样飘散到地球各处，脑后荡着长长的尾巴，吃肉少，却可以一口气工作十多个小时。他们采矿的速度比白人快了一倍，进入19世纪80年代以来，没有一个在矿上死去。即使1882年的锅炉事故差点儿炸断了两个华工的手臂，没过一个星期，他们又回到了矿上，搬煤的力气比以前还大了一些。

牧师不知道魔法就藏在华工们每天挑在扁担后头的小桶里，饭盒上层装着米饭配杂碎，下面是中餐馆煲的浓汤，看似多余的弧形底座则可以拆下，翻个面便是废铁打成的小帽，刚好能罩住他们浑圆的脑门。到1884年，几个常去埃文斯顿闲逛的华工还添了个金丝雀形状的新玩意儿——他们时不时将小鸟拿出来把玩，偶尔鸟头突然垂下，他们便狂奔出来要求加大排风。白人工头虽然觉着蹊跷，但看到这些素来不苟言笑的人们突然慌张地叫嚷，还是只得照做。

　　每两三个星期,傅九都会开车来石泉城看看,和工人们吃个早茶,打打麻将。他忆起当年修铁路的时候,天天弓着背固定钢轨,有时都忘了直起身子是什么感觉,唯一的慰藉是沙漠尽头的落日景象。他说,从铁路上回来的华工谁不是九死一生,当时他就总是尽力帮大家,现在也希望能为受苦的同胞们减轻点儿负担。他询问工人们戴头盔的感受,与他们讨论怎么改良锤头可以更省力。偶尔傅灵芳跟他一起来,男人们聚餐时她只得等在门外东张西望,但傅九每次问起"自动金丝雀"时,总会确保傅灵芳就在近旁。

　　无论来石泉城做什么,拜访1882年锅炉事故中受伤的陈阿发和陈阿贤是傅家父女雷打不动的任务。他们会让茅棚里的其他工人回避,请两人捋起袖子,动动修复的伤手。傅九轻敲它们坚硬的外壳、替换磨损的螺丝时,傅灵芳倒不避嫌,站在近旁低头盯着。有几次,傅九索性让傅灵芳发号施令,就像学徒正式出师前的考试。每次告别,年过五十的陈阿发都差点儿跪下来磕头,比傅灵芳还小一岁的陈阿贤则对着难得一见的少女目不转睛,直到傅九抛下一句,"请务必保密。"

　　"既然陈伯和阿贤都可以用假肢采煤,为什么不造一个假肢组成的假人,代替他们下井呢?"一次在家帮母亲"洗脚"的时候,傅灵芳转头问父亲。虽有布鞋的保护,梅阿香的铁脚上还是积了薄薄的灰土,皮肤与金属咬合的地方略微泛红。傅灵芳蹲在地上为她擦洗,用小妹递来的干布抹净之后,再从二弟手里接过润滑油,轻轻涂上一层。

"别人还没看到过你阿妈的脚,就传说她是怪物。陈伯和阿贤也是处处小心防备,才没让人起疑。真造个假人出来,别人会骂我们搞妖术的。"傅九的口吻里带着警告。

"我看到报上说了,伦敦展览了会下象棋的自动人,还有巴黎商人的机械动物园。中国不是也有很多吗?《列子》里偃师造的伶人人偶、《太平广记》里帮皇后梳妆打扮的木头侍女,一直有人在做的……"傅灵芳不肯放弃,"为什么只把这些做成玩具呢? 有了假人,阿贤他们就不用天天冒着生命危险蜷缩在地下,也不用老是胸闷咳嗽了。阿爸您也想让他们不要那么苦,才一直帮他们吧?"

"那不一样,带自动人下矿的风险太大了。"傅九板着脸。

"不试一下怎么知道呢?"梅阿香插了进来,看向丈夫,"那年,我听说华埠有个什么都会做的匠人,溜出来求你砍掉我的废脚的时候,你也说风险太大了。后来呢? 看这三个孩子都这么大了。阿芳这么好心想帮人家,你应该帮她才是。"

傅九看到妻子宽厚的铁脚时会产生难以言说的情绪,他闭着眼睛都能画出上面淡淡的磨痕,同时也会想起她头一次脱鞋时,那被缠得扭曲发黑的尖角、从泛着血光的布帘那头传来的号叫,还有他自己将铁架嵌入她愈合的伤口时的心惊胆战。

傅灵芳正和弟弟妹妹一起满脸期待地对他仰着脸,从学手艺到造飞龙,每次她提出什么出格的要求时都是这样,和梅阿香扶着墙壁重学走路时的兴奋劲儿一模一样。

"你们俩真是太像了!"他无奈地叹了口气,又忍不住微笑起来。

5

1885年4月的一个黎明,陈阿贤拉着比他矮一个头的阿弟走进了矿里。幽蓝的夜色仍然笼罩着小镇,无声行进的工人就像一队队摇晃的鬼影。

在前后矿工的遮挡下,陈阿贤弯腰将阿弟抱进矿车里,下到接近煤房的地方,他再将阿弟搬出来,按下一个开关,刺啦刺啦的摩擦声后,阿弟四肢触地,身上拴着一条细绳,被陈阿贤牵着在狭窄的巷道里爬行起来。

陈阿贤不时回头去看——他在傅氏五金店和自己家里无数次演练过这动作,但在漆黑的煤房里与它独处,依然难以相信自己不是在做梦。

"陈家阿弟"是陈阿贤和傅灵芳一起想出来的掩护手段。其实工头从不正眼看华工的长相,就算数数时发现多了个人,都会以为是走神数错了。万一有人问起,这个总低着头、大半个脸藏在兜帽里的家伙就是陈家来帮忙的傻弟弟。

其实它一点儿也不傻。刚开始它只是一摊金属块、铁丝和齿轮,在傅灵芳的巧手下才能走路、爬行、凿挖。过去一年里,每到休息天,傅家就请陈阿贤去埃文斯顿做客,傅灵芳来石泉城的频次也变高了,问他采煤的每个步骤、巷道和硐室的大小和分布,还跟他一起去看进出矿井的路线。工友们打趣说陈阿贤找了个管不住的媳妇,陈阿贤只是憨笑。能安一个家自然是好事,可他的眼睛从来跟不上傅灵芳在图纸上写写画画的速度,除了矿上的工作,他也不敢多和傅九聊什么私事。

阿弟适应得比矿上任何人都快。它在巷道里经常磕到的左膝被傅九换掉了一小块,虽然走路略有点儿歪斜,但不再时不时发出钝响了。刚开始它只能凿开最表面的碎煤,陈阿贤嫌它太慢,常把它推到一边自己上,回来跟傅灵芳一说,她就拆开阿弟的肩膀捣鼓几下。第二天上工的时候,阿弟一锤就砸下来了一大片。它的两套换洗衣服都是梅阿香拿旧布料改的,有什么地方磨破了就被送回埃文斯顿,隔几天再被拿回来时已经打上了补丁。

它的优势也逐渐显现了出来,从勉强赶上一天十吨的人均产量,到十一吨、十三吨、十八吨,最后几近翻倍。这些增量被均摊到每个华工头上,结算时工头几乎不敢相信自己的眼睛。消息不久就传到了白人矿工那里,他们之中最熟练的一天最多也只能采十吨不到,而华工显然找到了什么更好的采煤方法。

从没有人能破解华工们的秘诀——从上下班到午休吃饭,他们总是一大群人拥在一起,被分到的煤房也紧挨着,白人矿工经过时,只能看到他们挥汗如雨的背影,谁在门口多逗留一会儿,其他华工便会逐渐聚拢靠过来,挡住他的视线,或者嘟哝着打发他离开。

6

"正常人怎么可能一天采十二三吨?虚报的吧!""采的煤都称过,真有那么多,准是中国佬偷了咱们的。""说不定他们会魔法呢,他们的语言这么怪,谁知道是什么咒语!"

8月初,二十一岁的乔治·戈登二世来到太平洋铁路在石泉城的煤矿,在白人矿工时常光顾的爱尔兰酒吧听到了这样的议论。他在哥伦比亚大学矿业学院读完大三,趁暑假沿铁路向西考察。虽然继承父业是板上钉钉,但他毕业后想先寻一个合适的去处,做几年工程师后再接触管理工作。

他路过的每个煤矿、工地,几乎都有华工的传说,不是挖煤挖得比其他人快,就是损耗的原材料少。他走近观察过,那些拖着辫子的黄种人没有太多表情,垂着眼帘躬身劳作,纤细骨架上裹着的肌肉与大地同色,仿佛一列列安静的蚂蚁。

"我们可是造了万里长城的民族,"内华达州雷诺市的一位华埠长老在宴请中慢条斯理地解释说,"修建宫殿、开辟驿道、治理江河,都几千年了。修太平洋铁路的时候,雇了华工的路段不是也比其他路段快吗？不是因为我们力气大,而是因为我们有更出色的工匠和更勤劳的人民。"

也有人给出另一种解释,那是在斯特拉斯堡路段的俱乐部里,从科罗拉多矿业学院毕业的工程师摇晃着威士忌说:"说实在的,这么危险的工程也只有中国佬做得到,他们天生就是做苦工的,对他们来说这根本谈不上奴役,只是一种自然的生活状态。他们真是完美的工人,连对付黑鬼的鞭子都用不着,更别提那些不自量力的印第安土著了!"

石泉城的华工甚至把他们在其他地方的同胞都甩开了一截。在卡本的时候,乔治就发现,从矿长到工头都想调到石泉城去,说那里准是矿藏丰富,轻轻松松就能得到超高业绩。到石泉城一翻日志,这里的人均产量果然超过了其他地方,特别是那些两三个音节组成的名字,产量竟略高于乔治在课上学到的人类极值。细问矿长有什么秘诀,却和其他地方没什么两样。

乔治戴上工程师专用的钢盔下到井里,特别嘱咐工头带他去华工聚集的煤房。黑漆漆的巷道里,一锤一锤的声音不绝于耳,乒乒乓乓,乒乒乓乓。没有人讲话,压在头顶的岩壁和呛人的烟尘令乔治感到烦闷。从煤房门口向里张望,那些瘦小的背影并不特别——只是戴着某种形似头盔的特殊帽子,很少停下休息,凿击的频次相对密集而已。

工头忍不住咳嗽起来,看着同样捂住口鼻的乔治,提议赶紧上去。乔治正要应声,却突然注意到了最靠里的煤房。一对少年正在专注地面壁工作,外面那个汗流浃背,里面那个却长裤长袖,脸看不真切。

"戈登先生,我们上去吧!"工头有点儿不耐烦,乔治却站定下来——里面那个工人捶打的声音是匀速的,和外面那人捶打的声音夹在一起,虽然不太明显,但听惯宿舍楼下军鼓乐队排练的乔治分得很清楚,那就像个钟摆,为巷道里的各路声响打着节拍。

外面那个工人听到声音,已经转了过来,身体刚好挡住乔治的视线。

"你们叫什么名字,来这里多久了?"乔治试探地问。那人一脸茫然,指指自己和里面的人,再指乔治,摆了几下手,然后干脆交叉双臂,连连摇头。

"他们不懂英文。"工头生怕乔治没看懂似的解释道。乔治近前一步想看个究竟,那人却顶了上来,不让他进去。有几个华工也不知从什么地方冒了出来,围在乔治身边,其中一个用英文开口道:"真抱歉,那是陈家的两个孩子,力气很大,就是脑袋有点儿笨。"

乔治和工头最终还是退了出去,坐进矿车的时候,有五六个华工站在原地盯着他们,包括那个挡路的少年。"您也知道,他们和白人矿工关系不好,对外人防得很紧,"工头赔着笑脸,"随他们去吧,保证安全产出就行了。"

7

进入 8 月底，白天异常闷热，夜里的温度却骤降到接近冰点。梅阿香说脚有点儿胀，不出门了。休息日来埃文斯顿唐人街闲逛的矿工少了，偶尔来的几个也是满脸疲累，长期地下工作导致的苍白和煤灰沉进毛孔里的脏污混在一起，加上从发根滴下的虚汗，令他们看起来都病恹恹的。

傅九叫傅灵芳待在家里，自己去石泉城探望，嘱咐陈阿贤让阿弟歇几日，等天好些了再带它上工。回来的时候，傅九给家人们看他在矿外捡到的传单，上面写着"赶走东方怪物"，画中的机器长着人脸，细长眼，挂着长辫，却把煤吞进肚子。传单落款处画了个盾牌，里面标着"劳工卫士"组织的缩写。

"怕是要出事了。"傅九说这话的时候，眼睛望着十九岁的大女儿。

傅灵芳不懂父亲的意思，前些日子埃文斯顿市长招待前来考察的太平洋铁路继承人乔治·戈登二世时，她还躲在门外偷听到了乔治对傅九和另两位唐人街代表的赞许，"先生们，请接受我的敬意，这些华工的纪律性和精确度可以和最先进的机器媲美，甚至可以说是令人生畏。"

之后几天，傅灵芳还常常回想起乔治在宴会上的发言，

"……既然机器变得越来越像人,我们也有了反思的机会——是否还要为了我们自己的便利,逼迫外国的国民过一种近似被奴役的生活?生而为人,我们更应当发挥创造力,管理好机器来为我们服务。正像文艺复兴时期的皮科·德拉·米兰多拉在《论人的尊严》中所说,上帝唯独给予人以自由意志,人能够随自己的意愿决定自己的本性,既可以堕落成低等的野兽,也可在神圣的更高等级中重生……"

他说的只有一点不对,傅灵芳想,如果人能自由决定本性,那她为什么不能成为男孩?这样就能进去同这个"戈登少爷"切磋一番,看看他能造出什么机器,或者干脆去上他的学校,系统地读科学,还可以长篇大论,顺口引用先贤的名句。她坐在五金店柜台后的长凳上甩着脚、随手拨弄自动算盘的时候,思绪时不时会回到这个问题。

8

9月2日,天还没亮,陈阿贤就挑着工具和盒饭出了位于地下的住处,在开早市的云吞店与陈阿强汇合。阿强和他是同村,两个月前才凭一纸假证明扮作金山商人的儿子入境美国,再辗转来石泉城打工还债,论辈分可以算陈阿贤的远房侄子。既然傅九叫他最近把阿弟留在家里,陈阿贤便转而与阿强搭档。正好阿强个头和阿弟差不多，矿上很多人都开玩笑说阿强才是真的陈家阿弟，还常假装大惊小怪地说："原来阿弟也会说话呀！"阿强不知来龙去脉，有时被逗得气急，握紧拳头跳起来，陈阿贤只得赶快把他压回去。

不管怎样，陈阿贤感觉负担轻了许多，他不用再时刻遮掩住身旁的铁人，也不用在白人面前扮演不懂英文的傻瓜。产量低点儿不是问题，矿下本来就热得好似焖烧着一锅烂肉，人人都焦躁不安。有几次他看到白人出了矿还围成一团，有几个挥舞着手臂，好像在激烈地争论着什么，稍有谁动作大了一点儿，就吵嚷着推搡起来。陈阿贤总按矿上老人的提醒，避得远远的。

他和阿强是最早到五号矿的。下到煤房，他们整理好器具就开工，还没凿几下，身后就传来威尔士口音的声音，"就是这小子吧？"陈阿贤转身，两个握着锤子的白人走来，"滚出去，这煤房是我们的。"

陈阿贤正犹豫着要不要假装听不懂，阿强已经像拿武器那样用镐对准了他们，用生硬的英文吼道："你们说什么？这是我们的地盘！"

"哟，还能说话啊！"其中的胖子吹了声口哨，"看来真有魔法！"

"我们一直在这里采煤，早就是这么安排……"陈阿贤终于决定开口，但话没说完，胖子就上前一把抓住了他的领子，"挺灵活嘛,你是用什么造的？铁？锡？还是木头?"那人露出凹凸不平的黄牙,隔夜酒的残渣和夹着汗味的狐臭熏得陈阿贤一个恍神。

"放开我陈伯!"阿强用中文大叫着冲过来,镐尖还没戳到对手,就被另一名高个子打落在地,随即肚子上吃了一拳。

"软的。"高个子像是在做报告,"个子这么小,能有多大力气?"

在阿强带着哭腔的咒骂声中,陈阿贤与抓着自己的胖子缠斗起来。以他的身形挣脱出来并不困难,他将对方撂倒在地,弯腰去捡地上的镐,正看到高个子提着锤子就要往阿强身上砸,赶快伸出左臂一挡。

"哐"的一声撞击,煤房里的四人都怔住了——陈阿贤的手臂没有流血,而是瘪下去了一块。最先反应过来的胖子用力拽开陈阿贤的袖子,金属打造的坚硬臂膀显露出来。

"果然!"他哼了一声。

陈阿贤没来得及反应,旁边就响起阿强的惨叫——高个子不知从哪里掏出一把利刃,直接插进了男孩儿的胸膛。与此同时,刺痛连同一股热意从陈阿贤的腹部传来。

他愣愣地低头看,有什么肉状的东西正从体内流出,而同样持刀的胖子还在往里面一下一下地捅,嘴里嘟哝着:"假的!都是假的!"

9

工头打着呵欠踏进煤矿大门的时候,被眼前的景象吓醒了。四个华工将两具尸体——十八岁的陈阿贤和十四岁的陈阿强——从矿车里抱出来摆在地上,周围渐渐形成一摊血泊。他们的尸体都平放在地上,内脏像是掉出来后又被胡乱堆回去的。

接着两个白人被押了出来——布雷克和威洛比,总让他头疼的"劳工卫士"持证成员,最近几次罢工都少不了他俩骂骂咧咧的声音。他们被捆了手脚,青肿的脸上仍不免轻蔑神气。

随后,三个流血的华工一瘸一拐地被没有负伤的同伴搀扶出来。据他们的讲述,那两个白人指控陈阿贤和阿强是机械制造的自动人,尾随着下了矿并且捅死了他们,后来的华工闻声赶到,虽然最终将他们制服,但无奈对方带着刀,在搏斗中刺伤了几人。

"你们还有一个小时,"华工们正七嘴八舌地催促工头报警,布雷克冷冷的警告声令他们安静下来,"滚出石泉城,不然就和他们一个下场。"工头朝矿外看去,几个白人正举着尖刀和来复枪匆匆跑过,他们都是本该按照排班下井的工人。

石泉城里钟声鸣响,正准备在午间开张的商店和餐馆匆匆插上了门闩,降下百叶窗,有的好像早就准备了木板,挡在玻璃后面。唯有枪械店大门敞开,柜台里几乎空了。从矿上回来的华工四散开去,很快,唐人街有几间房屋上就升起了带有警戒意味的红布。

工头亮出腰间的枪把,将两个凶手锁进一间空着的储煤棚,去办公室依次给外出的矿长、太平洋铁路、石泉城警局和怀俄明领地政府打了电话,思忖了一下,还是没有在煤矿逗留,回家顶上了门。

一个小时还没有到,成群的白人就出来了,大都是做工的男人,也有因怒气而面目扭曲的女性、老人和孩子。他们像是有计划地分成了几支,封锁住煤矿出口的桥和道路,然后闯进来检查每一处矿坑和泵房,见到躲藏的华工就揪出来,碰到有人逃跑就开枪,引来爬到高处的围观者一片欢呼。

旁边的华工营地升起了黑烟,帐篷和茅棚噼噼啪啪的燃烧声中,偶有辨不清男女的火人嘶叫着从地里冒出来,不一会儿就倒地没了声音。唐人街也被包围起来,一扇又一扇门窗被撞开、打破,揣着大小包裹的华人惊惶地跑出来,有的只穿着里衣,像群被猛兽捕猎的羚羊,在人们的注视和咒骂下出了石泉城,向四面八方奔去。

10

石泉城里钟声鸣响,传到埃文斯顿已是9月3日。

"中国佬滚出去!"一早,傅灵芳还没在五金店的柜台后面坐定,就被叫喊声惊跳起来。没等她开口,傅九向她点头示意,推门出去了。傅灵芳来回转了几圈,意识到自己不由自主地啃起了指甲,赶快放下手看向窗外。傅九的背影已经消失在了拐角,三个衣衫褴褛的壮年华工正摇摇晃晃地走来,脸上不知是血、沙、土还是泪,糊成了泥污的颜色,后面跟了一群从未在唐人街出现过的白人小孩,挑衅地骂着脏话。

傅灵芳毫不犹豫地将那些男子迎进了门,狠狠地瞪了几个孩子一眼。梅阿香和两个弟弟妹妹听到动静也来了,为他们拿来毛巾和点心,听他们讲了石泉城前一日发生的惨案。前一日下午逃出小镇后,他们沿铁轨往西,冒着严寒又累又怕地走了一夜,直到早上在沿途一处小站歇脚,遇到停站的火车。据说是政府下令,要求沿途火车接上从石泉城出来的华工,统一送往埃文斯顿。

傅九拖着脚步推门回来时,那三个客人正低头不语,梅阿香神情凝重地搂着两个孩子的头,死寂中只有傅灵芳一人的悲鸣。"是我……是我害了阿贤!"她扑进父亲的怀里大口喘气。傅九轻拍她的后背,向众人讲述了自己了解到的情况。

石泉城的华人正在四处奔逃,有的沿着铁轨往埃文斯顿进发,饿昏的、累倒的、迷路的,恐怕不在少数,也有沿着河道往其他方向去的,情况恐怕更加危急。埃文斯顿的"劳工卫士"分支也在敲钟,恐怕在筹划如何抵制更多华人涌入,过不了几天,石泉城排华的最后通牒可能也会在这里重演。

"我得去救他们，"傅九等女儿放开他，转到柜台后面从锁着的抽屉里取出两把手枪，对着梅阿香说，"如果连我都不去，那——"

"你必须去。"梅阿香打断了他，无须他再解释。

傅灵芳立刻接口："我也要去！"

"太危险了，你不能去！"傅九厉声阻拦，见她又要落泪，拆下其中一把枪的弹匣检查了一下，又装好塞进她手里，恢复了温和的口气，"如果你不在家，谁来保护阿妈和弟妹们呢？"

一家人目送傅九开着蒸汽车远去，车后拖着以前用来运龙的挂车，说是万一需要可以多装点儿人。与此同时，更多在噩梦中跋涉的华人像一条条小溪，探进埃文斯顿的街道与平房里。

11

傅家又收留了五人，梅阿香忙着让众人吃饭、洗漱，二弟帮忙铺好床褥，小妹则充当信使，前后穿梭送这送那。前屋的店里，傅灵芳一刻不停，麻利地整理各种工具，特别是挑出斧头、锯子这样的利器，藏在不会一眼看见但可以随时取用的柜台后面，免费发给进来找武器自卫的华人。每当看到陌生的白人面孔路过,她都会拨算盘计数:两个,五个,九个,十六个……然后看看手边的枪,回想父亲以前拿空枪教她的动作。

不过,抗议者在傍晚闯进五金店的时候,傅灵芳还是没有举枪,只是静静地站在原地看几个白人翻箱倒柜。她记得有一条法律说开枪保卫自家财产不会被判有罪,但她不得不计算得失——进来的四人个个挥着枪杆,一旦自己开火,势必是一发子弹换来四发,母亲、弟弟妹妹和家里收留的同胞也将遭到更猛烈的攻击。她屏住呼吸,仿佛稍稍用力就会打着空气里看不见的火药——刚才有几个华工听到响动就要出来对峙,但被傅灵芳喝住了,只得挤在里屋的门槛边强压着火气窥探。

"就这么点儿?其他东西呢?"其中一个白人不满地指着一地零零散散的螺丝、小齿轮和扳手。

傅灵芳答:"卖完了。"

"你们店主呢?我们要见店主!"

"我就是店主。"

那人恶狠狠地瞪着她:"就是你们吧,卖便宜工具给那些黄皮工贼,还给他们造省力的玩意儿,明知道公司规定他们只能在矿上的商店买东西!还有他们的头盔,也是你们给的?"

"我们都是卖给他们家里用的,和矿上的工作无关。"傅灵芳依照傅九平日里的说辞,"如果你们愿意来,都可以买到。至于为什么你们的公司觉得头盔比工人的命贵,我也不太明白,得问你们老板。"

"嘿,等等,这是什么?"另一个在房间角落里翻柜子的人突然叫道,他手里捏着几只金属做的小鸟,"我好像听矿上的朋友提过这个!"

"只是个小玩具而已。"傅灵芳面不改色,望着那人拨动鸟头上下摇摆。这可以探测气体泄漏的小鸟也许曾救过他朋友的命。

"狡猾的中国佬……"那人玩得无聊,嘴里骂起来,"你们还打算在埃文斯顿赖多久?"

傅灵芳本不想搭腔,但见他将自己心爱的作品往上抛起又接住,掰掰它的尾巴,又一把拔掉它的头,想起尸首还不知在何处的陈阿贤和可能已经消失在火海中的阿弟,压在胸口的巨石一点点碎裂开来,"在埃文斯顿'赖多久'?那你们打算躺在我们的血汗里赖多久?你们进出埃文斯顿的铁路,工厂里烧的煤,取暖用的柴火,家里器具上的铁皮,报纸上吹嘘的黄金,哪样不是所谓的'中国佬'用伤疤和性命换来的?我们和你们任何人一样,用劳动挣得骄傲,也要求同等的尊严和自由!"

几个人被她说得一愣,一时无人应声。傅灵芳深深吸气,她只在心里这么暗暗想过,连在父亲面前都没敢说,更别提是用英文——傅九教她"满招损,谦受益""生而不有,为而不恃,功成而弗居",说这是古老的美德。可当他们的辛劳被视而不见,甚至被践踏在脚下时,也要保持沉默吗?她想好好问问父亲,但就是拜这些人所赐,她根本不知道能不能再与他团聚。

最终,那些闯入者扔下一句"想活命就快滚",提着搜刮来的废铜烂铁离开了。里屋的人们出来围着傅灵芳道谢,随后张罗起晚餐。傅灵芳却毫无饿意,入夜了也不休息,怔怔地盯着外面终于平息下来的街道,和母亲商量了几句,便转身钻进后院的工作棚里。在什么东西燃烧的热气和烟雾里,敲打的声音断断续续响了一夜,伴随着飘溅出来的点点火星。

9月4日早晨,更多抗议的居民向埃文斯顿唐人街进发,几支人流从不同街区出来,到唐人街主路汇合。他们还没喊出第一声口号,就愣在了原地。唐庙矗立在空荡荡的道路尽头,看上去比平时更为威严。两尊不知是在玩闹还是在咆哮的石狮中间,是那条曾在龙年春节庆典上大放异彩的巨龙。这次它没有高高飞起,而是缓步踏出唐庙,在一个少女的牵引下吱嘎吱嘎地沿主路向他们走来。从它口中笔直喷出的不再是唐庙钥匙,而是一簇烈火。

12

官方公布的伤亡数字停留在二十八人死亡、十五人受伤。谁也不知道其中有没有包括一两周后死去的伤者、没有被列入矿工名册的孩童、在回荡着狼嚎的沙漠中连夜跋涉的逃难者。两天后,傅九脸色发青地载着十来个伤员回到了家,他带出去的食物和煤全用光了,枪里的子弹也少了几发。

傅九整整一个星期没有说话,人们给他讲那天傅灵芳是如何操控火龙吓退抗议者,他也只是疲惫地扯起嘴角,拍拍大女儿的头。直到警长派人来守卫唐人街安全,他终于缓过神,但每次提到在石泉城和周边地区目睹的惨状,他的身体总是不由地颤抖。

克利夫兰总统派来的联邦军队护送华工们从埃文斯顿回到石泉城,有些人赌咒发誓再也不回那鬼地方,而那些想着再去挣点儿钱的人过不了几天也重新跑了出来,说是夜里一闭眼就看到未能入土的冤魂,况且家都没了,他们只能住在车厢里。他们有的留在了埃文斯顿,更多的则像埃文斯顿现有的华人一样,收拾细软准备去其他地方碰碰运气。

傅家向清政府驻美公使的调查团提供了证词,送别最后一个暂住的华工后,也在10月初离开了埃文斯顿。唐人街外围的楼房已开始有白人搬入,往日横行的鸡鸭、叫卖的菜贩销声匿迹。来火车站送行的只有寥寥几人,与傅九拱手作揖,但下一刻就忍不住抱头痛哭。反倒是傅灵芳镇定地示意母亲牵小妹上车,自己和二弟一起将行李外加从龙身上拆下来的引擎,跟着搬了上去。

他们向东去纽约。傅九说,如果到纽约都待不下去,还不如举家回中国。其实还可以回金山,但最初驱使傅九离开的因素还在——各大堂口争着雇傅九为他们制枪械,而他除了防身用的两把枪外,恰恰是个坚定的和平主义者。纽约的堂斗一样激烈,但他初来乍到,起码不会引来过多注意。

"我们应该造点儿枪炮的,"傅灵芳望着散落在荒原中的一座座小镇从窗外闪过,喃喃地对父亲说,"起码可以保护好大家。"

"然后呢?"傅九反问,"杀了一个,引来更多人复仇,再和他们打仗? 怎么才算完? 在其他地方的华人没有枪怎么办? 国会已经禁止新来的华工入境了,再发一道法令下来,将这里的全体华人赶尽杀绝怎么办? 你出生在美国,但这不是你我的家。"

"家是什么样的? 我是说……在中国,您和阿妈的家?"

傅九脸上浮起怅然的微笑,"那都在我叫你们背的诗里,是一片壮丽而悲苦的土地……"

13

他们到纽约唐人街安顿下来,在同乡会的帮助下盘了一间小店,买了辆二手车,"傅记五金修理"的招牌又挂了起来。曼哈顿毕竟比西部边疆拥挤得多,在蒸汽车吐出的水汽和中餐馆的油烟中,一家五口被塞进一间屋子隔成的两个小间里。深夜,碗筷的敲击声仍不绝于耳,傅灵芳就着灯泡趴在小床上读报,只是不再漫无目的地翻阅,而是剪下任何提到石泉城、华人和中国的报道,贴进用废纸粘成的本子里。

石泉城惨案的庭审全部结束了。布雷克和威洛比被无罪释放,因为"没有人看到是他们杀了人,那些据说曾与他们搏斗的华工也无处可寻",仅凭当天矿上工头的证词,无法证明两人不是在正当防卫。其他枪击、纵火事件同样没有目击证人,按辩护律师的说法,"我们甚至无法确认这不是一场意外火灾。"

清政府拿出调查结果向美国索赔,从《哈泼斯杂志》到《美华新报》,华洋报章上不时出现关于白宫是否要对外侨人身安全负责的讨论,其中不乏对此前美国要求他国做类似赔偿、清政府对外条约体系和中国民间排外浪潮的介绍。一天,傅灵芳在《纽约时报》上看到了熟悉的名字:乔治·戈登二世,哥伦比亚大学辩论社社长,太平洋铁路董事会主席乔治·戈登之子。

"……天朝的子民终将回归故土,他们没有义务为了发展我们的国家而远渡重洋,冒着生命危险来赚低于常人的薪水。"乔治写道,"我们这自由而机智的民族,也不应被东方那种不加思考的顺从和琐碎庸俗的追求侵蚀。我们理当做世界的表率,去寻找减轻人类苦难、开发地球资源的捷径,用机器代替蛮力,用头脑领导蒙昧。企业精打细算,并不是出于恶意去盘剥劳工的利益,而是为了将资本用在最紧迫的地方,更新技术以扩大产出,造福包括劳工本身在内的所有消费者。

"今年8月,我恰巧到石泉城拜访。在井下我看到两个华人孩子,一个十五六岁,一个可能只有十三四岁。他们都不聪明,甚至不会说话,但做起工来却像装了马达,效率超过了我所见过的任何人。我问工头怎么做才能使他们的产量成为整座煤矿的平均值,工头告诉我,除非将所有工人都换成华工,或者发明一种比人更省力又便宜的采矿机器。在我看来,后者才是正确的选择,因为石泉城已经用最极端的方式向我们提示了前者的后果。如今,当那个批量生产出机械般的人的异教国度把我们视为仇敌的时候,我们别无选择,必须将上帝恩赐我们的创造力奉为珍宝。"

14

傅灵芳想起曾在埃文斯顿晚宴上偷听过乔治的演讲,他用着复杂的长句和多音节的大词,声音清澈,好似半神在对凡人宣教,但"庸俗""蒙昧""机械般的人",读起来却无比刺眼。如果那些事情从未发生,谁又会把谁视为仇敌?

他所提到的两个华人"孩子",听起来就像陈阿贤和阿弟,许是东方人长得太瘦弱,他把阿贤看小了两岁。难道他看到了阿弟工作,还告诉了工头?傅灵芳反复读那段文字,简简单单的叙述中隐藏着某种说不出来的恐怖——工头知道阿弟,也知道未来的老板有意让更多工人变得像它一样;工头听说了会有更多华工来代替白人,或者索性将他们全换成不会偷懒犯错的机器;工头记住了他的指示,在某个场合透露给了其他工人,可能是下班在酒吧闲聊的时候,可能是在责骂他们效率太低的时候,可能是在他们再次威胁罢工的时候……

总之,最后有人知道了那两个"机械般"的华工,跟踪了他们,还带了尖刀,就像过去砸烂纺织机器的英国工人一样,将他们——被误会的阿贤和被偶然牵连的阿强——开膛破肚。

傅九听完傅灵芳的推论,仔细读了报纸,神情凝重。他说8月的那场晚宴上,乔治确实一直在向唐人街的代表们打探"两个简直不像人的华工",对白人宾客也不讳言,说是一定要找到石泉城煤矿成功的秘密。当时傅九叫陈阿贤暂时不要带阿弟下井,除天气外,也有一部分是这个原因。

"真正杀死他们的人,是他吧?"傅灵芳问父亲,"随便哪个白人矿工都有可能刺出那刀,只要想到自己随时都可能丢掉饭碗,就因为他们的上司想'省力又便宜'。"

"你都快二十岁了,还整天想着杀来杀去的。你阿妈像你这么大的时候,早就生下你了。"傅九啐了一声,他早就不指望女儿像其他女孩儿那样早早嫁人了,但离开埃文斯顿后,眼看着她在惨案的回忆中越陷越深,他开始害怕女儿向他提出的每一个问题。

"阿贤还有其他人就这么白死了吗? 没有人要负起责任?"傅灵芳脸涨得通红,"不管怎样,我总得负责的,是我造出阿弟,害死了阿贤，还有他们所有人。就算用我的命来偿还，也不够伸张他们的冤屈。我必须再为他们做点儿什么。"

"别把你自己牵扯进去。你也是为了帮他们，降低他们的危险，让他们稍微轻松点儿，怎么料得到后来的事？"傅九劝道，但自己听听都觉得无力。他攥着手里的报纸，想到乔治说起"人力成本"时理所当然的精明眼神。他明白傅灵芳的判断没有错，换作他自己，恐怕此时此刻就要动身。

"只有我可以做到，哪怕您不愿帮我，至少不要阻拦。"傅灵芳的脸上带着哀求。

傅九深深地望着她，她眼里的亮光令旁边的白炽灯都显得黯淡。这么多年来，每次他看向这不肯安分的大女儿，感觉都像在直视太阳本身，总是惊诧于她那似乎与生俱来的天分，又被她的执着和活力温暖。

没有任何力量能敌过渴望复仇的太阳，哪怕是最先进的机械。他的面前有且只有一个答案，"你需要一个帮手。"

"你需要的帮手不止一个。"梅阿香的声音在房间门口响起，不知她在旁边默默听了多久，但她显然听够了。

15

1886年2月4日，丙戌年正月初一。纽约曼哈顿下城的唐人街钟鼓齐鸣,鞭炮呼啸着炸开,洒下的红色纸屑挂在人们的头上和衣服上,抖落到地下铺成薄薄的一层。往日不起眼的洗衣工、厨师、皮条客和鸦片馆伙计换上鲜艳的新衣,在百老汇大街上悠然游荡。敲锣的、唱戏的、舞狮的,争先恐后地抢夺着围观者的眼睛和耳朵。

乔治·戈登二世与清政府驻纽约领事等一行人坐在茶楼包厢里俯瞰底下的巡游。他是代表他父亲出席的——太平洋铁路雇用了大量华工,加上最近的石泉城惨案和赔款风波,中方大概想探探戈登先生的口风,但他父亲在纽约这么多年从不肯踏进唐人街一步,更不想卷入外交斡旋。乔治本人其实也兴趣寥寥,但在哥大校园里偶然看到传单,说今年唐人街会有特别的机械龙表演和拍卖会。他想起当年在埃文斯顿的见闻,便回去主动向父亲揽下了这个邀约。

"听说西部早就有机械龙了,轮了一大圈,倒是纽约落在了后面。"领事对宾客们说,"不过今年我们为支持华工权益举办拍卖会,有位五金师傅自告奋勇说也想造一条试试。当然,还有我们同胞传家的古董、专程从国内进口的顶级茶叶和瓷器,诸位先生如有兴趣,等会儿不妨赏光来看看。"

乔治无暇去和旁边几位酷爱收藏的旧富新贵讨论家中的珍宝,他的视线聚焦到慢慢跟在人群后面的龙身上。和在埃文斯顿那次一样,龙就像被注入了生命,只需一个孩子牵着就能轻松前进。大概是纽约的街道过于逼仄,它的长度只有十米左右,但色彩更显浓烈,在刺眼的金色鳞片之间,描红的边缘让人恍惚以为它的体内流淌的是真实的血液。

"精彩的还在后面。"见到宾客们倾着身子指指点点,领事得意地笑着,像一个难得有机会炫耀家中宝贝的孩子。乔治却已经料到了将要发生的事——果然,牵龙的孩子跑开了,龙腔里轰鸣起来,身前的人们向两边散去。龙口中喷出火焰,爪子底下的轮子向前快速滚动,跑了不到一个街区,它已全身离地,朝华尔街的方向展开了翅膀。乔治站起身,目光追随它消失在一栋高楼后面,又在另一栋高楼边上出现。人群的惊叹声就像起起落落的海浪,在龙穿越狭窄的建筑间隙时恐惧地吸气,又在它成功冲进广阔蓝天时爆发出欢呼。

无论模仿的是风筝、飞艇、自动人还是别的什么神秘技艺,这一飞需要大量实地测算和细致到英分①的规划,以及足够强大的引擎。曼哈顿才是最适合这条龙的地方,乔治想,不是在埃文斯顿那片蛮荒之地,而是在这新世界的中心,钢筋水泥中间,与人类最宏伟的创造并列在一起。他感到自己的胸口也在随着龙翼震颤,那种感动,就连他去雅典帕特农神庙参观时都未曾体会过。

他忆起在埃文斯顿遇见的那个"驯龙"的少女,她纤弱的身形与龙坚硬的外壳形成了某种微妙的平衡。石泉城排华的时候,她还安全吗?当龙缓缓降落时,他试图在簇拥上去的男人

---

① 有较强殖民地色彩的一个旧式英制单位,一英分约为三毫米。

之间寻找她的身影。可惜她是个黄种女孩，不然，乔治无法想象自己会在这样一个白人姑娘面前做出什么傻事，或者哪怕她只是个普通工人家的儿子，乔治也会很乐意在哥大的课堂上与其相识，资助一点儿奖学金都不成问题。

乔治去参加了拍卖会，并用两千美金买下了那条龙。周围那些"东方收藏家"都笑他竟然花钱买了堆已经显出锈迹的边角料，话说回来，这个打算亲自去矿上做工程师的继承人本来就有点儿傻气。戈登先生倒是习惯了儿子的任性，一接到消息，便命人腾出家宅大厅，静候龙的到来。

16

2月6日是周六，乔治从学校开蒸汽车回到曼哈顿以北的庄园。与此同时，傅家四人——除了等在终点的小妹——也坐蒸汽船沿哈德逊河逆流而上，将龙护送到买主手中。

傅灵芳盘起的长发藏在帽子里，一身学徒打扮，趴在栏杆上眺望冬日里苍凉的山林。一切比她的打算还要顺畅——两个月前，母亲通过邻里闲聊层层介绍认识了驻纽约领事的夫人，提议由父亲造龙参加拍卖；一个月前，小妹经同乡会牵线，顶替正打算永久回国的女佣进入戈登家工作；一周前，二弟假称为洗衣店送货混进哥大，在矿业学院周边的几处公告栏都贴上了关于唐人街春节活动的传单。

这一切的基础是傅九的一句无心之语,"对了,我们来埃文斯顿的第一年春节,你见过那个戈登少爷,他好像对飞龙挺感兴趣,在唐庙后院跟你聊了很久。"

原来就是他。

傅灵芳在黄昏的落日下看到乔治大步走出宅邸,礼貌地与傅九握手,对用帆布遮盖的龙两眼放光时,她认出了那个曾帮她提水、向她转述他见过的各种新飞行器还亲自飞上过天的少年。这次,他的注意力全都集中在龙身上,没有看她一眼。

她恨这个满口自由意志,转头又将华工比作机器的家伙。正是他的比喻,连同他那位被报上的激进派斥为"强盗男爵"的父亲,开启了那场屠杀。

龙被盘起身体,安放在大厅里。按乔治和戈登先生的说法,他们想将这里布置成一座"技术的殿堂",以金属锻造的神兽为中心,安放他们将来收集的各种展现工业之美的物品。傅九监督两个徒弟——他的两个"儿子"——与被召集来的男仆们一起完成了工作,就和妻子站在墙边不发一言。直到乔治结束了与父亲的讨论,想起屋里还有别人,才转向他们,像对小孩子那样刻意放慢了语速,"谢谢你们,辛苦了。"

"这里面还装着燃料,安全起见,是不是应该把燃料和引擎都取出来?"傅九问。

"不急,我还想多研究一会儿,之后自己再拆。"乔治咧着嘴道,突然意识到什么,迟疑着问,"请问,我们是不是见过? 您看上去有点儿脸熟。"

傅九谦恭地垂着眼睛,"没有,您一定是认错了。"

"哦,抱歉,"乔治也不好意思地笑笑,"我不是非常擅长辨认……东方人的面孔。"

17

夜深,傅灵芳躲在小妹提前勘查好的隐蔽角落,眼看着大厅里的灯光暗去,乔治轻快地走上楼梯,哼着小曲回到房间,一路留下淡淡的煤味。过了一会儿,从门缝里透出的光亮也消失了,整栋宅子沉入完全的黑暗中。

她蹑手蹑脚地下楼,进到厅中。龙依然在原位,反射出荧荧月光的鳞片好像经过擦拭,比送来时干净了些。龙腔被打开过,但里面的东西一样不少,应该是它的主人想等白天空闲时慢慢处理。

她找到龙头底下的牵引绳,用力一拽,再往左右摇摆了两下,绳子自动缩了回去,龙腔内的齿轮开始运转,一会儿将要相互摩擦的木条渐渐靠近。她退到大厅门口用手帕蒙住口鼻。

"在另一个更理想的世界里,你们也许能成为伯牙子期那样的知己,是不是很讽刺?"傅灵芳想起傅九当时听完计划之后的苦笑，现在她完全懂他的意思了。只有一颗和她一样的灵魂会落进这个陷阱，她不需要多动脑筋就能预判乔治的行动，因为她只需想象换成自己会如何就够了。

她怀里的金丝雀垂下了头，时候到了。

火球轰地炸开的时候，傅灵芳也满头大汗地从树林中冒了出来，裤腿沾着泥土，发间插着杂草。候在路边的蒸汽车发动了，梅阿香和小妹一起伸手，将她拉上车。"结束了吗？"捏着手枪的傅九从副驾驶座回过头。傅灵芳上气不接下气地应了一声。"那就出发吧。"傅九发令道，二弟踩下了踏板。

乔治·戈登夫妇和他们的一双成年儿女在爆炸中丧生，住在底楼和庄园外围的佣人们及时逃生，少数几个消失了，恐怕是被吓跑的，反正事发时确定不在现场。调查表明，乔治·戈登二世买来的唐人街飞龙因喷火用的气体泄漏引发爆炸，而戈登家的主要卧室正好都位于存放飞龙的大厅上方。多名男仆作证，戈登父子曾在唐人街师傅面前验货，当时对方提醒是否要取出龙身里的危险物品，但被乔治拒绝了。傅记五金店老板也向警察展示了设计图纸和燃料订购单，说龙从制作到唐人街巡游都从未出过问题，恐怕是乔治后来自己捣鼓时误触了什么东西。

"痴迷技术的富豪之子意外酿成灭门惨剧。"各大媒体做出这样的结论后，便将注意力转向太平洋铁路的股权之争，每天都有记者穿梭在华尔街的高楼间，到处打探。而就在不到一英里之外的地方，傅记五金店在某天清晨摘下了招牌，五口人坐着蒸汽车离开了。没有人送别，出摊卖早点的小贩经过时只是好奇地抬头看了一眼，便继续去忙自己的生意了。

没有人知道傅家去了哪里。他们的飞龙就像其他那些新大陆的华人故事一样——一个为孩子正常上学将官司打到最高法院的母亲，一个用筷子和洋人约战决斗的学者，一个随美国军舰闯进北极无人区、在浮冰上放风筝的厨师……细节渐渐模糊，直到成为传奇。

在之后的那些年，有哗众取宠的三流作家臆想出一个来自东方的恐怖发明家，操纵机械和魔法妄图破坏白人的世界。有大人吓唬孩子，不要去偷看老妇人的小脚，说不定哪次掀开宽袍，看到的是一个铁怪。有记者写到一个出生在金山的中年女飞行员，健步如飞，目光如炬，孤身回到父辈的故国，投身推翻帝制的革命。

他们和她们的脸庞与姓名就像千千万万普通华人一样，流离于地球的细微角落，消失在翻滚的历史之中。

左手边

刘麦加

凌晨两点,我推开书房虚掩的门,书桌旁窸窸窣窣的声音骤然停下,黑暗又宁谧地凝在了一起。

　　家里闯进不速之客我一点儿都不意外。自从母亲住进来,因为她不会使用基因密码锁,已经不止一次任由大门彻夜敞开。现代科技带来的便捷高效,渐渐地变成了一张体面客气的网,一步步地筛选掉所有迟钝固执的人。

　　也许在一堆论文和书籍中很难找到值钱的东西,他在书房里逗留了很长时间。我在门口消耗掉所有耐性后,提着手中的老式台灯走了进去,将电线插头插进家里仅存的位于书房沙发旁的一个插座里。

　　切断所有感应灯的自动感应器,是我唯一能光明正大对他进行驱逐的方式了。

　　"啪——"

　　打开台灯开关,蒋晟和光一起出现在我眼前。他如山岭般挺拔的鼻梁在面孔上深深地投下一片阴影,锐利的目光顺着山峰的陡坡加速向我袭来,把我定在原地。

"蒋老师……"

"太好了,我没记错房门号。太久没来了,有点害怕走错地方……"

借着微弱的灯光,蒋老师在我的书桌前坐下,晃了晃一直拿在手中的硬皮书,左手无名指上的戒指和书封烫金的"宇宙语言学(第一册)"几个字一起反射出夺目的光亮。

他露出鲜有的微笑,摆摆手示意我坐下,"你做得很好,比我想象中走得更远。"

我不知道该如何把蒋老师口中"你做得很好"和"历时九年、五百页完稿、发行两个月卖出三本"的事实挂钩,只能半个屁股靠在沙发上以沉默应对,细细打量着他。

蒋老师比两年前我们最后一次见面时更瘦了,花白的头发好像被剃刀啃食过一样,参差不齐地挂在耳边。即使是在不甚明亮的灯光下,他卡其色外衣上的污渍也一目了然。我开始庆幸他没有记错我的房门号,这副样子出现在任何人的家里,都会被当成一个无家可归的流浪老头。

一瞬间,内疚涌上心头。

两年前,蒋师母曾经叮嘱过我们好好照顾蒋老师,虽然那之后他主动离群索居,但即使是道义上的关怀,我也只做到在五个月之前,给蒋老师发送了最后一封问候邮件。

"老师身体还好吗? 我们一直想去拜访您……"

"你们给我的邮件我都收到了,措辞都太郑重,不知道该怎么回复。"蒋老师像检查作业一样翻看着我写的新书，让我不得不紧张起来。他猛地抬头看向我，"不过，你最后给我的邮件——确切地说是最后三封，语言结构变得简单起来，甚至还有些天真，你有孩子了吗？"

"啊，哦，嗯……"

蒋老师的笑意更深了，"没想到，真的没想到，十年前我即使能想到你会在学术上做到今天这个地步，也没想到你竟然会成为父亲。"

"现在说学术上的成就还太早，物理学界始终不愿意承认我的说法，估计波士顿和南加州那帮家伙正在加班加点写论文批判我吧。"

"别忘了，相对论出来的时候，全世界只有三个人能读懂。"蒋老师起身，两三步走过来，在我身边的椅子上坐下，一边转动着左手上的戒指，一边戏谑地说道，"那些十年前毙了你博士论文的老家伙肯定疑惑极了。这将会是一场持久战，他们到死都不会承认，汉字才是打开物理学终极大门的钥匙。"

即使三个月足不出户，我也能感受到天气已经从处暑走到深秋。屋外的凉气渗过书房的玻璃和紧紧闭合的丝绒窗帘，跟着蒋老师的言语一起从我的脚底陡然升到天灵盖，给转瞬即逝的复仇快感平添了几丝战栗。

　　十年前的十月，波士顿的天气已经渐凉，我被教授喊去办公室。也许是没想到会迎来一个失望至极的消息,匆忙间我只穿了一件短袖。教学楼前有一排长椅,从审美的角度看,并无存在的必要,但传闻中,它是用来给刚拿到成绩的同学冷静一下用的,所以大家叫它failure bench[1]。当我得到博士论文不予通过的结果,从教学楼出来后无力地跌坐在这条椅子上时,才深深地感受到它的名副其实。

在其他学科的同学看来,二十六岁完成博士论文,哪怕是个不尽如人意的结果,未来仍未可知。可是在物理界,时间意味着一切。一个人若想在物理学上取得成就,必须要在二十五岁前提出一个相当有价值的观点,以在之后的二十年内,让这个理论被自己或者他人不断充实和验证,并在五十岁左右把这个理论夯实继而推广开来,也不过是刚过及格线。至于能不能借此进入诺贝尔殿堂,抛开学术成就本身来说,活得足够久也是一个影响很大的考量标准。特别是TOE[2]领域,在实验物理学已经比理论物理学发展更快的情况下,十年就已经够同行中的翘楚颠覆一个理论基石了。

毫无疑问,我只配当个被淘汰的败者。

在长椅上冷静了足够长的时间,一阵萧瑟的秋风拂来,我打了一个寒战。流动的空气带着查尔斯河中泥土的腥味在我周遭打着旋儿盘桓,吹散了放在手边的四百多页的论文——又

---

[1] 失败之椅。

[2] Theory of Everything,大一统理论,又称万物之理。

或许可以说是"一堆废纸"。

后来我时常会想，如果不是蒋晟路过捡起了我的论文，我会不会已经放弃了物理，又或者说，已经放弃了自己。

蒋晟当时是作为语言学学术代表来美国进修的，传闻他精通十几种语言，和他聊天至少要有四种语言的储备量，否则完全跟不上他的频道切换。我只在亚洲学生聚会上见过他两次，都穿着一件卡其色的外套，衬衣领子并不妥帖地立在脖颈后，一直醉醺醺的样子。在这个学校，成为一个不修边幅的老头反而可以把自己很好地隐藏在各种怪咖中间。

那一天，我瘫坐在椅子上，蒋晟刚巧路过，捡起吹落的纸张，随意看了两眼，便停下前行的脚步，像我的教授一样神色凝重。我开始怀疑，我到底是写得有多差，让一个外行人看了也如同嚼蜡。

"还真是一团糟啊。"

之前，教授辗转委婉地跟我聊了半个小时，也只是点到为止，最起码用了四个"well done"、七个"not bad"、十一个"did your best"。当我听到母语版的全盘否定，明明已经冷却了的失望和挫败，霎时燃烧成愤怒。那么具有杀伤力，又那么赤裸、具体，一个"糟"字旁逸斜出，轻巧地在我二十六年的人生中戳出"失败"二字。我扬起脸，无法友好地看着蒋晟，粗鲁地把他手里的几页论文拽了回来。

蒋晟却没有在意，在我身边坐下，拿起整本论文翻阅，"你这篇论文,可以说是出发点就错了。"

"你懂超弦?"

"不懂。"

"你懂多重宇宙?"

"也不懂。"

"那你凭什么对我的论文指手画脚?!"

"为什么不尝试一下用汉语来表达?"

"什么?"哪怕蒋晟没有随意切换语种频道,我对他的话也有些摸不着头脑,"不好意思,英译中并不能让我的论文有什么突破。"

"不不不,不是用汉语写论文,是用汉语表达物理学。你还没感受到吗?用二维语言系统来解释高维宇宙,确实有点儿吃力了。"

"二维语言系统?"

"没错,包括英文在内的所有印欧语系都是表音文字,是二维的语言系统。你们这些理科天才,只着眼于实在的事物因果,而忽视事物表达的重要性。"蒋晟坐在我身边,用狡黠的目光锁住我,"你跟着最权威的老师,读着最新鲜的文献,英文说得比美国人还地道,但你有没有想过,或许物理的终极,藏在我们的汉语中。"

蒋晟在我论文封面的作者名"Kevin Hu"下面留下一串地址,好似递给了我一张命运的邀请函。他说:"如果你还想在你喜欢的领域中做出点成就,今晚来这个酒吧找我,那里有整个马萨诸塞州最好喝的白兰地。"

"你看上去很累,为人父并不是一件轻松的事情吧?"蒋老师目不转睛地盯着我。

"从知道她存在的第一天开始,就很累……"我自然知道自己现在是什么样子。不记得多少天没有睡过一个整觉,每天靠咖啡度日,身上的睡袍已经快一个月没有脱下。蒋老师的身子稍稍往旁边撤了点,我怀疑他是闻到了我两个星期没洗澡而散发出的味道。

"你应该记住那一刻,它将永远把你们连接在一起。"

我扯开干涸的嘴唇苦涩地笑笑,指了指他手中的书说:"我本来在后记的初稿里写了对你的感谢,提到我们在波士顿的第一次相遇。我发给过你,你一直没有回应,所以终稿版本里我便删去了。"

"没必要。你更应该感谢当时在酒吧里把你揍醒的那群马来留学生。"

"其实有一个问题我很想问你。"

"什么?"

"为什么会是我?那所学校有很多比我聪明的中国留学生,为什么你会选择我?"

"你家里有酒吗?"蒋老师把脸伸到台灯底下,矍铄的眼神中闪出期待的光芒,"这时候不来点儿酒精有点儿聊不下去吧。不要告诉我你已经戒了。"

我不得不调整情绪跟上蒋老师的节奏,努力回想家里现在的布局。

"客房的壁橱里,应该还有几瓶。"我边说边准备起身,被蒋老师一把按住。

"你继续歇歇,我去拿吧。"

"书房左手边第二个房间就是客房。"

话语落下三秒,我开始懊恼为什么会说出"左手边"三个字,待我转头看向门口的时候,蒋老师的身影已消失不见。

如果对语言学家这个称谓的理解是"世界上没有他不认识的字",那么蒋晟毫无疑问是个不称职的学者。当年,他跟我解释自己分不清左右的原因,说他不认识"左"这个字。

他说,汉字脱胎于象形文字,但比象形文字的符号更简洁、信息储存量更大,除了音、意,还有形,所以是三维语言系统。对于表音文字,你只要会读就表示认识这个字了,但是对于汉字,你不仅要会读会写,还势必要通过它的"字形"联想到实体,才能算认识这个字。

"我可以清晰地指出 left 和 ひだり①是哪里,但到了'左'这个字,我无法联想到真正的左边,所以我不认识它,于是便分不

_____

① 英语和日语的意思均为左边。

清左右。"说完,蒋晟抿下一小口白兰地,用意大利语豪放地夸赞了一声。

一个语言学家用他不认识的字来和一个不得志的物理博士肄业生交换内心的焦虑,安抚效果其实并不理想。但不得不说,这是我听过的关于"左右不分"最学术的解释。

"你刚才对那群马来留学生说的是哪国语言?"

"达雅克语,达雅克人是马来土著人。我只想试一试,让他们停止那些粗鲁的举动,没想到真的把那群马来人吓退了。"

蒋晟打了几个响指,可热闹酒吧里的侍者无暇顾及我们。他把我敷在伤口上用毛巾包裹的冰块拿去,放进杯子里,把剩下的白兰地一饮而尽。

去那间酒吧,并非真的奢望蒋晟会给我指点迷津。我十八岁来到美国读书,带着对自己的期望,八年来一直勤俭治学,最后落得一场空,无论如何都需要地方发泄一下——跟一群马来留学生发生冲突在我的意料之外。不过,他们几个人围殴我的时候,拳拳到肉打在脸上,反倒给了我更爽快的痛苦体验。

蒋晟过来替我解围的时候,发出热带风暴般的嘶吼,从上颚发音的喊叫像某种召唤,冲出鼻腔的时候变成咒语似的语言,几个膀大腰圆麦芽色皮肤的年轻人真的就被他的厉色吓住,最后悻悻离去。原来那是从雨林里生出的语言信仰,带着当地人才能感受到的权力和压迫性。

很多时候,感知比秩序更有震慑力。

那天晚上，我挨了最痛的一次揍，喝了第一杯白兰地，也在蒋晟临时开设的酒吧课堂里，第一次感受到了语言的力量。

蒋晟把琴酒、龙舌兰、白兰地、朗姆、伏特加、威士忌这几种酒依次排开让我品尝。我闭着眼睛感受它们给我的口腔和胃部带来的灼烧，耳边听着蒋晟低沉而又深邃的引导："刚刚喝下的这杯伏特加，你尝到了麦芽和马铃薯的味道了吗？在黑海和里海的围绕下，被高加索的阳光养育的生机勃勃的小麦，你感受到了吗？和刚才那杯白兰地里若隐若现的干邑葡萄，是不是有很大的不同？"

"感觉，都很辣……"

"使用三维语言系统就像你真切地品尝每一种烈酒，味觉能把你从这些混合后的液体里拉出来，带你走进它的来龙去脉，让你体会，甚至可以触摸，这就是联想的作用。如果表音文字的表达是身在问题之中阐述问题，那汉字就是让我们跳出问题的绳索，能让你站在更高更远的地方，看到全貌。"

"嗯哼，坦叔说过，我们都是大爆炸的产物，无法在问题里解决问题。"

"没错！事实上，语言作为信息载体有两个作用，一个是沟通，一个是表达。作为沟通工具的时候，信息是矢量传递，语言作为信息载体，只要能触发使用者的记忆功能就行，就像要把货物从 A 送到 B，你可以用一艘船、一辆车，或者是一架飞机，载体是什么无所谓，区别只是效率而已。但是作为表达工具的时候,尤其是在描述一个无法被客观观察到的事物时,就需要触发参与者所有的联想。很显然,中文的语言系统具备良好的联想功能。"

"……好像确实是这么一回事。"几杯烈酒下肚,我已经有些晕乎乎了,"可是啊,我不觉得你说的这些,对我研究的课题有什么帮助啊。"

"可感知、可表达、可存在,这三个是一个循环。"

"什么?"

"力的作用是相互的,对吗?"

"不好意思,您总是跳跃太大……嗯,在经典体系中,力的作用是相互的,没错。"

"那么,请告诉我,联想是不是一种力,想象力是不是一种力,意念的力量是不是也是一种力?"

我皱起了眉头。查尔斯河在跟我隔了一片玻璃窗的地方冷漠地流淌着,波士顿城的灯火辉煌更是在河对岸用轻蔑的目光嘲笑我。曾经我那么深信不疑的物理学否定了我,我又何必滴水不漏地去维护它本就不清晰的正义边界。

我仰着头深吸一口气,打了一个嗝,喃喃答道:"我无法否认它们不是。"

蒋晟乘胜追击,"很好。那么,请再告诉我,你该如何区分,是你先感知到存在,还是存在先决定让你感知到?"

别说存在和感知了,此时手里拿的到底是一杯马提尼还是长岛冰茶我都分不太清楚，只能哑口无言，任凭蒋晟振振有词地把我逼到角落。"你可以不用回答，因为当表达参与其中时，它们到底谁是前谁是后，已经不重要了。表达就是那股在你和存在之间互相碰撞的力的投影，是连接你与世界、与自己的突破口。"

蒋晟的每句话、每一个词语的运用都饱含着满满的生命力，在他言语的驱动下，我忍不住握紧拳头，企图抓住那股力、那片投影，希望它亲口告诉我，我这八年的努力，是不是真的付诸流水。

"但是，不得不说，大多数人在使用汉语系统的时候，还是只停留在沟通工具的使用上，而不是表达工具。"蒋晟的语调降了下去。

"大概因为正常生活中，我们并不需要太多联想。"

"也许吧。而且，想精准翔实地使用汉字来表达，最重要的一点就是先认识它。可能是我太苛刻了，其实大部分汉语使用者，都没有达到真正认识汉字的地步。"

"就比如，你不认识'左'吗？如果是按照这种标准，那是挺苛刻了。"

"真正地认识汉字、确认它们的存在，意味着需要储存巨量的联想素材，这很难，需要我们无时无刻不在体会时间的流逝，用心感受这个世界所有的变迁和任何一点异动，不管是喜悦的还是悲恸的。这太难了，但也着实让人激动。"

"确实很激动人心。不过说实话,我还是不知道我能做些什么。"

"我很早就听说过你,你是这一代年轻人里最有希望做出点儿成绩的那个人。"

"可是你也看到了,我的论证被否定了……"

"那就去成为以汉语系统为基础的中国现代物理学奠基人。"蒋晟不假思索,掷地有声地说道。这一夜的酒似乎都是为了这一刻把我震撼到而做的铺垫,蒋晟仿佛蓄谋已久,太过认真的样子比他的话语更吓人,我瞬间酒醒了一大半。

蒋晟没有在乎我惊愕的表情,自顾自地说:"我指的不是简单地把外国文献翻译过来,也不是笼统地把那些理论用发现者的名字命名一下,而是在汉语表达的基础上,重塑物理学。"

"这相当于再造现代物理学! 毕竟爱因斯坦和麦克斯韦,都是表音文字的使用者。"

"确实是个大工程,但必须做。我相信,那些无法触摸、无法客观观察的真理,汉字完全可以表达出来。"

"你对我们的语言真的很有信心。"

"为什么不呢?"蒋晟轻笑一声,"当我们写下'木'时,一棵树就长在那里了;写下'人'时,一个人就站在那里了。所以宇宙在哪里,时间到底是什么样子的,尽头在何处,我们在这片混沌里究竟处于什么位置,这些维度的真相,一定藏在了拥有三维表达能力的文字中。"

"汉字，真的能做到吗？"

蒋晟凑近我，浑身散发的谷物发酵后混合的香味进一步蛊惑着我，"汉字是至今唯一存活下来的象形文字，它有六千年的历史。数字才几年？两千年而已，克劳修斯和狄拉克就已经用它表达出了世界尽头。汉语系统所蕴含的生命体量超出你我的想象，我们应该延续它的生命，不仅仅在时间长度上，而是各种意义的延续和发展。中国制造的飞船已经飞向火星了，我们的汉字没有理由不去和最深处的神秘碰撞一下、较量一下、验证一下，看看它到底是不是宇宙范围内更高级别的表达方式。"

那天我们一直聊到天空露出鱼肚白。波士顿清晨金红色的阳光如同一杯尼格罗尼泼到了蒋晟已经有不少皱纹的脸上，他坚毅的眼神很容易让人忘记他已年近花甲。

在听我一把鼻涕一把泪地哭诉完年少的抱负后，蒋晟平静地看着我，说："你知道在中国化学界，最值得铭记的人是谁吗？第一个诺贝尔化学奖获得者？不，是一个叫徐寿的人，是他第一次把元素周期表用汉语系统表达了出来。他并没有简单地把元素的英文音译成中文，而是一律用金字旁，再配一个与该元素第一音节近似的汉字，从而创造了'锌''锰''镁'等元素的中文名称。没有他的话，中国人背诵元素周期表将会是件多么可怕的事情。每一个从事化学领域研究的中国学者都要喊他一声师尊，是他为所有的中国人打开了化学的大门。"

"我承认你说的很有吸引力，但是，如果，这一次的选择又是无功而返呢?"

"那就去体验失败。没有任何经历是无效的,你应该比我更清楚。三维空间里根本不存在选择,在这条只能单行的轴线上,时间自然会把我们带去正确的地方。"蒋晟的鼻头和两颊被急速奔腾的血流冲得通红,眼神却越加清澈,金色的光芒透过他的眼底折射到了我身上。"我看过你的论文,论点都很自信,你坚信你的超弦和多重宇宙的存在,汉语是你的母语,你已经在高维表达上占据了先天的优势,何不暂时把'为什么'放在一边,先尝试把它表达出来,为大家打开这扇门呢?"

也许是真的被这位语言学家的三言两语说服了,又或许仅仅是因为还没有醒酒,我当天就收拾好行囊,买了回国的机票。十二个小时后,我从美国东岸的Kevin Hu变回玄武湖畔的胡文,蹲在一扇极有可能根本不存在的大门前,像被这座古都的城墙困住的所有年轻人一样,横冲直撞,无所畏惧。

十年转瞬即逝。

蒋老师把酒拿过来的时候,我感觉自己已经睡醒一觉,身上有股倦倦的酸疼。

他递给我一个杯子,里面还放了冰块。我惊异地望向他,因为我清楚地记得,三天前我都没有在自己家的冰箱里找到冰块。蒋老师把酒倒满我杯子的四分之一后,便把酒瓶放在沙发旁边,琥珀色的瓶身仿佛一盏亮起的灯。

这瓶杰克丹尼新得我仿佛根本没见过。它纯粹而锋利的甘辣让我的味蕾像个饮酒的新手一样被玩弄得无所适从。我不得不放松下来,躺进沙发里,让敏锐的体感后置,以躲过冰冷和苦涩直接的追击。

蒋老师则盘腿随意地坐在沙发前的地毯上。他不时地晃动酒杯,冰块碰撞敲打出的玻璃声音,让我这间并不宽敞的书房回响出深邃的空洞。

蒋老师已经喝完了一杯酒,拿起酒瓶又倒了一杯,开口道:"我记得你三年前给我的一封邮件里,上面有用六十四卦的形式来表达量子的六十四种不定态,很有创意,但是你的这本书里好像没有用到。"

"原本计划会在第二册中出现,但应该不会有第二册了。"

"为什么不会有? 你已经有了一个很好的开头了。"

"实际情况并没有你说的那么顺利,我们都把事情想得太简单了。"

"过程会很艰难。"

"我已经黔驴技穷。我真的没有自信去表达一个无法论证是否正确的世界。"

"所有平庸的科学家都能去论证,你要做的是更伟大的事情。"

"我不觉得犯蠢是伟大,我真的累了……"

"你之前那么相信自己是对的,你要记住这种感觉。"

"老师,你可以停止你的话术了。"

"这不是话术,是对你的信任。"

"你为什么这么信任我?我不要表达,我要解释,要原因。"我忍不住提高音量。

蒋老师顿了一下,喝了一口酒,缓缓地反问我:"需要吗?原因、借口、理由,只是大脑臆想的产物,它甚至都不用符合因果律,只要能让你舒服、开心就够了。"

"我现在就想舒服一下!"

"胡文,你的酒量下降了。"

"我一定就是对的吗?你凭什么觉得,我一定是对的?"我转过头看向蒋老师,蒋老师第一次主动噤声。

传说美国南部的男人谈正经事的时候都会提着一瓶威士忌去,我想一定是因为这酒里的烟熏味儿够冲。呛鼻的烟熏味儿让我第一次有勇气扔掉一个学生的谦卑,振振有词道:"所以你到底是觉得我是对的,还是你自己是对的?从一开始,你到底是希望我能在自己的领域做出成就,还是只是拿我做试验品,想看看语言和物理到底有多大的关系,以证明你的预见是多么的高明?"

酒气震起了房间里些许的尘埃,氤氲的光附着在尘埃中让蒋老师的面庞变得迷离。

他躲开我的质问,打量起我的房间。

"这个台灯,感觉有些年头了。"

"这么多年，我把所有的精力都放在这本书上了，所有的精力！你明白吗？可是我得到了什么？什么都没有。我什么都没有了。"

蒋老师并不在意我的话，他的手指顺着台灯的开关拂过灯座后方向外延伸的线，声线毫无起伏，"科技发展得太快了，我上一次看到带电线的东西至少是在五年前。"

"你到底能不能，至少有一次，听听别人在说什么，而不是自说自话！"我终于鼓足勇气对着蒋老师怒吼，手中的杯子同时失控地冲向地面。

玻璃杯撞在地毯上，发出结结实实的"咚"的一声，无力地在地毯的绒毛中瘫倒。

十年真的是个很长的时间跨度吗？一杯威士忌就能把当年酒吧里那个幼稚鲁莽的小子带回来。

蒋老师平静地看向我。比他的反击更早到来的，是书房门被轻叩两下的声响。

"阿文，你在里面吗？又没睡吗？"母亲站在门口。

"妈……"

"家里的灯好像都不亮了。"

"嗯，感应器出了点儿问题。"

"我明天找人来修一修吧。"

"不用，我等下就去看看。"

母亲大喘一口气，我和蒋老师都听见了她握住门把手的动静，但她忍住推门而入的动作，依然站在门外。

"阿文，你明天想吃什么？有没有什么想吃的？"

"你看着办吧。"

"盐水鸭吃不吃？好久没吃了，何师傅家的盐水鸭都是自然鸭子，不是人造肉，要不要尝尝？"

"可以。"

大概是因为我很久没有表现得这么爽快了，母亲很快放过我，只在门口驻足了一分多钟，在我第二次强调"很快就去睡了"之后，便趿拉着拖鞋离开了。

头晕目眩的时候，必须要保持头部稳定，才能尽最大可能地保证自己不会吐出来。这是我酗酒多年的经验。所以此时我只能侧卧在沙发上，让手臂作为固定器把头埋进去。

一声"对不起"从臂弯中闷闷地传出。

"老师，对不起，我刚才……"

"和我们这样的人做家人，确实是一件很辛苦的事情。"

地毯上发出细碎的摩擦声，我猜蒋老师从地板上站了起来。他大喘一口气说："所以你师母提前离开，对她来说其实是一件好事。"

我缓缓把头抬起来，看到蒋老师又坐回了书桌旁。在远离灯光的地方，他略微驼起的背和被光影进一步瘦削的脸颊提醒我,他已经是个年近古稀的老人了。

"你师母刚去世的那段时间,我确实不能面对,她仿佛真的不在了,可又似乎无处不在。两年了,我用了两年,才真正找到面对的方法。"

"师母她……从来没有觉得做你的妻子很辛苦……"

"谢谢,我知道。但是,你应该明白,当我们回头看的时候,总觉得自己应该能做得更好。"

两年前,蒋老师六十六岁生日。夫妇二人一向简朴,在师母的强烈要求下,摆了两桌酒席,列坐的全是蒋老师最欣赏的学生,我也有幸被邀请。酒桌上,我们第一次知道蒋老师和师母相遇相知相爱的故事。对于这些,我当时表现得意兴阑珊,因为两年前我的婚姻正处于崩溃的边缘。

妻子想要一个孩子,而我始终认为自己无法胜任父亲的角色,为此我们几乎争吵了半年多。

师母作为一个学者的妻子,敏锐地察觉他人的情绪似乎是一种本能。她主动来询问我的苦恼,听完了我的倾诉,笑着对我说:"你知道吗? 我第一次和蒋晟约会的时候,他做的唯一一件事,就是努力隐瞒自己的左右不分。他太害怕在我面前暴露缺点了,以至于彻底把我们第一次约会搞砸了。"

"然后呢?"

"然后,我把婚戒戴在他左手的无名指上时告诉他,不用担

312

心迷失方向,我会永远在你的左手边。"师母和风暖煦的声调随着她轻拍我肩膀的节奏起伏着,"你们是世界上最聪明的那群人,所以才更害怕面对自己的不足。你真的不用太过担心,我想你的妻子想要的并不是一个完美的丈夫和完美的爸爸,她想要的,是和你共同经历生命所有的馈赠。"

蒋老师的生日宴结束三个月后,师母病逝的消息就传来了。彼时我们才了解到,师母早就知道自己大限将至,只是想借着蒋老师生日的机会,把蒋老师托付给这些学生。然而师母的葬礼办完,蒋老师便逃离了我们的关怀,消失匿迹近两年,直到今天,在我的书房,我才再一次看见他。

"那么,说说你吧,关于你现在的一无所有。"蒋老师靠在椅背上,轻轻眯起眼,"是她?还是她们?什么时候的事情?我猜是不久前,变故太大了,别说接受了,可能连直面的准备都没做好,是吗?"

"你是在客厅看到了我妈请来的神龛了吗?"

"用不着。从你刚才问我为什么是你,我大概就知道了。很多时候,问题本身比答案更能说明问题。"

刚刚摔下去的杯子就在脚边,我懒得去捡,直接拿起酒瓶吹了一口。

"五个月前。"我说。

"那确实没过多久。"

"本来应该是我陪她去做最后一次产检,但那天也正好是《宇宙语言学》终稿确认的日子。她说她先去检查,然后我去接她,可是交完稿子我太开心了,就喝了点儿酒……"

在这五个月里,我已经把这段回忆在我脑中重复了一千四百五十二次了。

"因为你酒驾?"

"不,她听说我喝了酒,就说自己回来,结果路上被一个闯红灯的车……"

一千四百五十二次。一千四百五十二个我和妻女可能会有的不同人生,只要我愿意,它可以变成无限次。但无论这些可能延续到多久之后,结局全都会塌缩向那一天的那一刻。五个月来,我第一次尝试敞开心扉,也是第一千四百五十三次感受那一刻。蒋老师坐直了身子,欲言又止,静静地看着我的情绪逐渐失控。

"其实我就算喝了酒,也可以打车过去接她们的……最后一次产检,那张3D彩超,我的女儿,都已经在对我笑了。明明之前我那么抗拒一个小孩,可我真的感受到一条时间线在我眼前湮灭的时候……"

"为什么没有接受仿生技术?"蒋老师突如其来的质问把我还没有流出来的泪水挡在眼眶中,"如果只是单纯的车祸,完全可以用仿生再造技术挽救。你还没出生的女儿,重新放回人造子宫里,DNA再生都只是时间问题。为什么没有这样做?"

314

在签死亡确认书之前,医生确实把仿生技术详解单拿给我看过。

——是啊,我为什么没有选择那些呢?

"其实两年前,我可以选择让你师母进行意识上传,持续期是五十年,至少在我死之前,她都能以某种方式一直陪伴我,但是我也拒绝了。为什么我们要拒绝呢?"蒋老师站起来,在我面前一边踱步一边絮叨着,"现代医学和前沿科技发展太迅速,同时也太简单粗糙,它让你梦想成真的方式太粗暴了,太难以让人信服了,我们都是出于本能地拒绝它……是因为我们相信,肯定有更精确细致、更接近真理的解决方法。胡文,你会怀疑自己在做的事情,就是因为你还有相信它的冲动,那么为什么不继续相信下去呢?"

他停下来回走动的脚步,突然转过身去,拉开了书房厚重的窗帘,一片白光"哗"地扑进来,我许久没有见过白日的眼睛被瞬间刺痛。外面是已经接近清晨的光景,探入窗内的一簇树枝刚刚摊开掌心,用几片浅绿色的梧桐树叶平复着我的不适,抚慰我,提醒我,原来现在并不是深秋,而是初春。

"没有想到你发生了这样大的变故,我很遗憾。但我更加确信,这样的你肯定能走得更远。我今天来找你,其实是有非常重要的事情,不过在那之前,我希望你能答应我,不要再把你的学识用在低级的解决方法上了。"蒋老师拉过台灯的插头,一把扯掉台灯后面的电线,把这近两米长的绳子扔到一边,在我面前正色道,"高中的力学知识就能让你掌握一百种死法,但是人只有一种活法,那就是相信自己愿意相信的,然后堂堂正正地走下去。"

不是批评,不是怜悯,甚至不是劝解。他的话语充满力量,仿佛死亡这个选项根本不存在。

"老师……"

"还记得我以前给你说过的吗?可感知、可表达、可存在,这三者是一个循环。两年了,我终于知道它们是如何循环在一起的,但我不知道该怎么跟你更详细地解释才能说得清楚,所以我不敢轻易描述,我怕误导你。我只要完成我自己的愿望就够了,而你,是要给大家打开大门的人。"

蒋老师的语速变得非常快,我不得不强迫被酒精麻痹的大脑快速运转,以跟上他的话语。

"如果连你都不知道该怎么解释,那一定非常神秘。"

"不,世界怎样存在并不神秘,世界存在的这个事实才最神秘。所以你要看仔细,这件事,应该只会发生一次。"蒋老师把左手无名指上的戒指摘下来,在我呆滞的眼前晃了晃,放到我的手心里,往后退了两步,"胡文,体会这一刻,体会每一刻,坚持你相信的事情,时间自然会把我们带去正确的地方。"

"谢谢今晚的威士忌,谢谢我们之间的每一杯酒。"蒋晟最后对我说。

在那之前,蒋晟肯定还给我说了其他的话,但这些都不重要了,因为我的余生都将活在这半分钟里,我有足够的时间去回忆和品味他离开前说的每句话。

因为此时此刻,我需要把我所有的感观调动起来,去感受一件更重要的事情。

我需要连毛孔舒张的记忆都用到,刻下我是如何眼睁睁看着蒋晟抬起他的左手冲我摆了两下,如何看到他在原地侧了个身,如何在半秒后,即使环视一周也只看到被填满了温暖和光明的书房里,除了我自己,便再无其他。

房间里又一次漾起尼格罗尼般的金红色,一切都还在微醺之中,如果不是手中握着还留有蒋晟体温的那枚戒指,我一定以为这又是一个梦境。

他去了左边。

——真正的左边。

这个表达方式在我脑中冒出来的时候,所有能够描述刚刚发生的一切言语和词汇,兀地变成了一把把钥匙,重重地敲打着空间中,被时间分隔开来的无数堵厚墙。

.